La profecía del Dragón

Libro primero
de las Crónicas
de Arendar de Tyrion

PALABRA

Colección: Astor
Director de la colección: Juan Manuel Burgos

Paseo de la Castellana, 210 - 28046 MADRID (España)

Diseño e ilustración de cubierta: Raúl Ostos
I.S.B.N.: 84-8239-961-6
Depósito Legal: M. 41.111-2005
Impresión: Gráficas Anzos, S. L.
Printed in Spain - Impreso en España

La profecía del Dragón

Libro primero de las Crónicas de Arendar de Tyrion

Elena Martínez Herranz

astor juvenil
PALABRA

A todos los que alguna vez
me enseñaron algo,
pero sobre todo a Gerry,
que me enseñó a volar.

REINOS DEL NORTE
DESIERTO DEL NORTE
PASO DE JUSHK
Liorb
APACH
ALARÚN
Lisk
Atelli
LAËTAN
Hast
Gádunar
IMESK
BOSQUE DE MAST
Tarian
LLANTAR
Fendra
XART
Kelxor
THOR
Arghast
Umg
Sythm-er
Pryeth
Marm
Wahal
Kahbal
RYEPATH
IMWOBBER
Fiyel

TAYR
Urmil
Ildor
Fhael
POISK
CORDILLERA DE GON
yrion
CORDILLERA OESTE
IM-TAYR
Fiarem
Yar
BOSQUE DE YAR
ÄHD
Jasit
Yamar
DÖRN
m
Thropse
N
O
E
S
ETHEIRYN
REINOS DEL SUR
Luge

PRIMERA PARTE:
LOS ALARI

El verdadero destino

Año 1003

—Solo serán unos días, Ulhirma.

Dos mujeres hablaban en el interior de la cabaña.

—No te preocupes, Arniane. No me supone ninguna molestia cuidar de ellos.

Arniane echó una mirada hacia la cama donde dormían sus dos hijos. Ninguno estaba acostumbrado a viajar grandes distancias y ambos habían caído rendidos nada más llegar al molino.

—Pienso estar de vuelta pronto –prosiguió–, pero ya sabes el revuelo que se ha organizado en la Orden. Mi viaje podría alargarse.

—Lo pasarán bien aquí. Tú eres la que debe tener cuidado.

Arniane se apoyó en el respaldo de la silla. Era una mujer joven, de apenas veinticuatro años. Tenía la piel clara y el pelo castaño, muy liso, le caía hasta la mitad de la espalda. Solía hacerse una coleta, mucho más cómoda para cabalgar. Solo en el breve período en el que estuvo en palacio, ni siquiera una semana, había llevado el pelo suelto.

—Ulhirma –dijo Arniane, acercando su cara a la de la otra mujer–, si me pasara algo, quiero que tú te encargues de ellos dos.

—¿Yo?

—Sí, tú –respondió la joven madre–. Bajo ningún concepto tiene que enterarse la Orden de que tuve hijos. Ocúpate de su educación, por favor, y... tú eras maga, ¿verdad?

—Sí, pero...

—Quiero que les coloques un enganche, a los dos –dijo Arniane.

—No te entiendo, ¿por qué diablos no quieres que lo sepa la Orden? ¿Por qué no lo tienen que saber ellos? Si les pongo un enganche, se olvidarán de todo.

—Escucha, Ulhirma. No quiero que sepan nada, no han de saber quién fue su padre. Si la Orden los descubre, se acabó. Les llenarán la cabeza de ideas estúpidas, tal como hicieron con él. Su padre murió porque creía que la profecía se refería a él, y no fue así. Quiero que ellos tengan la libertad suficiente para decidir acerca de su destino.

—El verdadero destino es inevitable.

—Tú misma lo has dicho –dijo Arniane poniéndose en pie–, pero solo el verdadero.

Ulhirma también se levantó y acompañó a su invitada hasta la puerta. Arniane desató el caballo y montó. Aún había nieve en el suelo, pero hacía ya horas que la tormenta había pasado.

Las mujeres intercambiaron las últimas palabras. Arniane estaba a punto de irse cuando vio una pequeña figura que se acercaba, todavía soñolienta, a la puerta de la cabaña. Era Endar, tan parecido a su hermano gemelo que, en ocasiones, incluso su propia madre no los podía distinguir. Pero Arniane se sabía el truco. Endar, su primogénito, no podía aguantar las cosquillas, mientras que Eidin, sí.

—¡Lahare! –los niños siempre usaban la palabra alaria para dirigirse a ella–. ¿Dónde vas?

—Me voy un tiempo, Ulhirma os cuidará.

Dos lágrimas escaparon de los ojos del niño. Salió de la cabaña, pisando la nieve con los pies descalzos, y corrió hacia el caballo de su madre. Su paso era inseguro, el propio de un niño de tan solo dos años. Ulhirma le cogió y le subió al caballo.

—No llores, Endar –dijo su madre–. Tienes que ser fuerte y estar preparado para todo.

Mientras decía esto, Arniane le limpiaba las lágrimas al pequeño. Cuando este pareció calmarse, le dejó de nuevo en brazos de la otra mujer y le lanzó un último beso. Uno a él y otro a su hermano, que seguía dormido en el interior.

Endar no volvería a verla nunca más.

Arniane espoleó el caballo y comenzó a alejarse, pero aún podía oír los gritos de su hijo, que gritaba ahora con más fuerza. En ese momento no habría podido volver la mirada, no quería que su hijo la viera llorar.

CAPÍTULO I

Penmar

Gald se sumergió en el pequeño lago de montaña. Bajo el agua no podía percibir ningún sonido, y era capaz de relajarse completamente. El mundo parecía detenerse y esperar, mientras él se dejaba mecer por las débiles corrientes de agua. Cuando ya no podía contener el aliento por más tiempo, abrió los ojos e, impulsándose con los brazos, salió a la superficie.

Con cierta torpeza y mucho salpicar de agua, el resultado de nunca haber aprendido a nadar, llegó hasta la orilla del lago. Allí se sentó, observando el bosque a su alrededor y dejando que el frío viento se llevara con él todos sus pensamientos. Un buen rato después despertó de su ensueño, fue entonces cuando notó el frío en todo su cuerpo y se percató de que estaba temblando. Gald se vistió deprisa, con las mismas ropas que había llevado en los últimos años: una ancha y muy remendada camisa blanca y unos pantalones marrones que ya se le estaban quedando cortos pero que aún tendrían que servirle un tiempo más, aunque, a sus quince años, empezaría pronto a crecer con rapidez.

Con el cabello aún mojado, comenzó a caminar siguiendo la corriente, río abajo, hasta el pueblo. Las frías aguas habían aturdido sus sentidos pues, justo cuando salía del claro, un sonido delató la presencia de alguien en el bosque. No fue más que el remover de unas hojas o el crujir de una pequeña rama; pero, normalmente, esto hubiera valido para alertarle. Sin embargo, Gald no lo oyó y siguió ignorando que estaba siendo observado.

La pequeña aldea de Penmar estaba situada en la ladera de la montaña, presidiendo uno más de los valles de la cordillera que cubría el sur de Llantar. Olvidada por todos menos por sus habitantes y los de la cercana ciudad de Fendra, la aldea no formaba parte de ninguna ruta de caravanas. La vida en ella discurría tranquilamente, tal como lo había hecho durante los últimos cinco siglos y tal como lo seguiría haciendo tantos otros después.

Bajando del bosque, Gald observó las pequeñas casas, agrupadas en torno a la plaza, con algún hilillo de humo saliendo de las chimeneas. Las viviendas, construidas todas en el mismo estilo, parecían colgarse, aferrarse con fuerza a la ladera para no caer por la pendiente. Los únicos edificios que rompían la monotonía del poblado eran el templo y la hacienda del conde.

Esta última se encontraba algo separada de las demás casas del pueblo y estaba rodeada por un alto muro de color arenisco, bastante innecesario, ya que nadie hubiera intentado entrar por la fuerza para robar. La casa en sí era de piedra gris, de buena calidad, y estaba poco dañada por las estaciones. Las tierras del conde se extendían desde los terrenos que rodeaban la casa hasta la base del valle, donde este vivía habitualmente, en un intento por alejarse del clima de la montaña. En su ausencia, normalmente durante todo el año, un criado del conde, el señor Magrol, llevaba la hacienda. Su afán por agradar a su señor iba tan lejos que nunca permitía que se gastase un cobre de más.

Cuando Magrol estaba en el valle, administrando las tierras de la ribera, Gald iba, a veces, a la hacienda esperando que Floss, la cocinera, pudiera darle algo de comer. No obstante, su suerte había terminado el verano pasado, cuando un día Magrol se enteró de que se le había dado comida. Desde entonces no se le permitió a Floss darle nada más. Allí, por lo tanto, no podía acudir en busca de la cena.

Resolvió al fin ir al templo; allí nunca se le negaba algo de pan a nadie. Gald conocía al sacerdote desde siempre, o por lo menos desde que tenía memoria. Nior era un hombre mayor, ya había pasado los cincuenta, pero su espíritu, de naturaleza joven, no daba muestras de haber sido afectado por la edad. Ya no madrugaba para caminar por la montaña, como lo había hecho cuando era más joven, pero aun así ansiaba saber dónde anidaban las águilas este año o si los conejos seguían viviendo entre las raíces del gran roble. Esta extraña afición suya resultó en que Gald y él pronto se hicieran muy amigos, a pesar de ser muy diferentes.

Perdido en sus reflexiones y el recuerdo de algunas conversaciones que había tenido con el sacerdote, que siempre insistía en que se asentara en alguna granja, Gald llegó al templo antes de lo que esperaba. Las paredes del edificio estaban hechas de grandes bloques de piedra blanca. Seguramente, la construcción habría sido diseñada por un arquitecto extranjero, para que la fachada resplandeciera al sol en una región más cálida. Aquí, en las montañas de Llantar, la luz solar apenas la tocaba.

Nior estaba atendiendo el altar consagrado a la tierra, el más cercano a las inmensas puertas de entrada. Al ver a Gald, terminó rápidamente de colocar una ofrenda y se volvió hacia él, su rostro mostrando una sonrisa.

—Buenas tardes, Gald. Entra, vamos. Veo que has estado en el lago –dijo, observando su pelo y sus ropas. Gald subió los dos pequeños escalones que le separaban de Nior y se colocó frente a él. Un gesto de reproche cruzó el rostro del sacerdote–. No deberías subir en invierno, o un día de estos caerás enfermo y dime, ¿quién te cuidará?, el viejo Nior, como si no tuviera otras cosas de las que preocuparse...

Gald sonrió, Nior era lo más cercano a unos padres que había tenido. Comprendía su preocupación pero sabía que nunca sería feliz trabajando en una granja, o ateniéndose a unas reglas. Prefería dormir en el campo a hacerlo en un granero, incluso si estaba lloviendo. Muchas mujeres en el pueblo habían intentado 'civilizarle', quizá intentando encontrar un buen mozo para sus hijas, pero, para Gald, eso hubiera sido como robarle su única posesión: la libertad.

Esa misma noche, después de haber compartido la cena del sacerdote, unas tortillas de harina y algo de queso, ambos se sentaron frente a la chimenea. La casa de Nior era una austera vivienda de una sola habitación, pero cercana al templo. Los amigos observaban el fuego en silencio, mientras el sacerdote daba caladas a su pipa. Era uno de los pocos vicios que el anciano se permitía, a pesar de todas las prohibiciones del médico de Fendra. Tras observar las llamas durante unos minutos, la cara de Nior adquirió una expresión de preocupación, y el hombre pareció envejecer unos años.

Tras un largo suspiro, dijo:

—Gald, he de pedirte un favor.

El muchacho se sorprendió ante el cambio de tono del anciano, que durante toda la cena había estado hablando vivamente, como siempre lo hacía.

—Dime de qué se trata –dijo–, ya sabes que por ti haría lo que fuera.

—Eso es precisamente lo que me preocupa... –dijo el sacerdote mientras se recostaba en la silla. Miró entonces por encima de su hombro y señaló a su cama–. Mueve la cama, Gald, y levanta la tercera tabla contando desde la pared. Está suelta. Tráeme lo que hay allí.

Gald se levantó despacio de su asiento junto al fuego y empezó a mover la cama. Las patas emitieron un desagradable chirrido al ser arrastradas por el suelo. ¿Por qué necesitaría Nior esconder algo? Nadie pasaba casi nunca por la aldea de Penmar, tan solo el médico y algunos vendedores ambulantes, pero nunca subían durante más de unos días. Y entre la gente de la aldea, gracias a los ciudadanos y sus interminables chismes, era prácticamente imposible esconder un secreto.

La tabla cedió al fin, con algo de dificultad, y Gald extrajo del hoyo que había en el suelo una pesada caja de madera, que parecía firmemente cerrada. La llevó hasta donde Nior estaba sentado y este sacó una llave de un bolsillo, con la que abrió el candado de hierro. Al abrirse la caja, Gald pudo ver un montón de objetos revueltos, entre ellos, algunos libros, pero la mayoría eran papeles con marcas de humedad.

Convencido de que esta solo era otra estrategia para intentar enseñarle a leer, Gald olvidó sus temores y una sonrisa asomó a sus labios. Pero Nior permanecía serio.

Sacó un papel de la caja, lo desdobló y lo puso de tal manera que Gald también pudiera verlo:

—Esto es un mapa de los reinos de Arhiez, entre los que se encuentra Llantar. Este es el valle –dijo Nior señalando a una parte del mapa–, las montañas separan Llantar de las tierras del sur.

Gald asintió, ya había oído hablar de los pueblos del sur. Eran 'mala gente', y por el valle circulaban todo tipo de leyendas acerca de ellos, la mayoría de ellas tan escalofriantes que solo se podían contar en noches tormentosas, en las que los oyentes de tales relatos se sentían protegidos al estar en sus casas junto a la chimenea encendida. Se decía incluso que los sureños se comían a sus propios hijos nada más nacer en un horrible acto de canibalismo, pero Gald no creía esto, pues, sin descendencia, ¿cómo podía perdurar su raza?

La voz de Nior le sacó otra vez de sus pensamientos:

—¿Te han hablado alguna vez de los tiempos en los que los pueblos del sur invadieron los reinos?

Las palabras alejaron a Gald de la habitación tan repentinamente que le pareció como si alguien le hubiera empujado hacia otro tiempo, hacia otro lugar. Extrañas memorias aparecieron en su mente, en un lugar apartado, en el que apenas era consciente de que existían. Fue como cerrar los ojos y aparecer en otro sitio completamente distinto. Una casa caliente. Olor de una comida que no era ajena ni mendigada. Tres sillas y una mesa de madera en una pequeña habitación. Una señora que le hablaba con una voz dulce, lentamente, inculcándole los valores del bien y del mal...

—¿Gald?

Todo se esfumó, tan rápidamente como había llegado.

—No –respondió el chico. Nunca le había pasado algo así, intentó apartar de su mente lo que le acababa de ocurrir, intentó machacar la incertidumbre que le había invadido achacando la momentánea visión a las altas horas de la noche. Era un sueño, no podía haber sido nada más que un sueño.

El sacerdote no pareció notar nada fuera de lo normal en Gald, y prosiguió con su explicación:

—En el pasado, estos pueblos invadieron Llantar, y también las demás tierras del norte. El rey Arhiez fue el que detuvo la invasión. En esa ocasión, los onak, unos engendros que los sureños utilizan en la guerra, atacaron por el este, cerca del mar. Esto fue hace cientos de años, y los terrenos por los que pasaron sufrieron un cambio tras pasar el ejército entero. La tierra se reveló contra los onak, pues sabía que querían dañarla, y una montaña apareció justo ahí, cortándoles la retirada a los ejércitos enemigos, y también la entrada en un futuro –ahora Nior señalaba a otra cadena montañosa cercana a la costa.

Gald examinó el mapa y, en efecto, comprobó que ahora una gran cadena de montañas separaba el norte del sur, sus tierras, de las de los onak. Pero había un punto débil...

—Sí –dijo Nior al ver que Gald miraba con ansiedad una brecha en la robusta cadena de montañas–, aún queda un paso hacia las tierras del norte, por un pequeño valle de montaña de la pequeña provincia de Llantar. Nuestro valle.

Nior se reclinó en su butaca, esperando que Gald asimilara todo lo que le acababa de contar. Al ver que el muchacho se disponía a hablar prosiguió:

—Yo fui elegido por la Hermandad de Justicia para vigilar este paso. Penmar es una aldea pequeña y domina todo el valle, además, yo soy un sacerdote sin demasiado trabajo y me ofrecí voluntario. Pero sospecho que los mapas y estos otros documentos no están seguros aquí, últimamente rondan por aquí personas sospechosas. Algunas, aunque lo intentan ocultar, de raza onak. Creo que me buscan. Saben que la Hermandad ha designado a alguien para este trabajo. Por eso he de pedirte este favor –dijo el sacerdote–. Necesito que te lleves esta caja al bosque y la escondas entre las raíces del roble torcido, el que está cercano al arroyo, ahí hay una antigua madriguera. Solo será durante un tiempo, pero necesito que hagas esto por mí.

Gald asintió, a la vez que esbozaba una sonrisa. Nior tenía razón: haría cualquier cosa por él, y esta no parecía en exceso difícil. Por la mañana colocaría la caja donde le había indicado, y entonces Nior podría olvidar sus problemas, al menos por un tiempo.

El sacerdote ofreció a Gald dormir en su casa, así podría salir pronto a la mañana siguiente. Nior se acomodó en la pequeña cama mientras que Gald se acurrucó al lado del fuego, tapado por una manta. Cuando estaba a punto de cerrar los ojos le pareció ver una sombra en la ventana, solo durante un segundo, justo antes de que el mundo se sumergiera en la oscuridad al estallar una de las terribles tormentas que en las montañas podían durar hasta semanas.

Gald despertó algo tarde por la mañana, Nior ya hacía tiempo que se había marchado al templo, dejando la caja de madera oculta bajo la cama. Gald pensó que no sería buen momento ahora para esconderla. Todo el pueblo estaba ya levantado y los jueves había mercado en la plaza, la gente estaría fuera de sus casas, observando todo y husmeando en busca de algún chisme. *Siempre los dichosos chismes.* No, no era el momento de correr con un bulto sospechoso hacia el bosque.

Determinó entonces ir a buscar a Nior, que seguramente estaba atendiendo los altares del templo. En esta zona, el elemento más venerado era la tierra. Llantar era un país montañoso, donde muchos campesinos intentaban vivir lo mejor que podían, la tierra era fértil y les daba de comer, por eso resultaba tan importante. Sin embargo, los otros elementos no eran mal queridos: el fuego daba calor en este clima tan frío, el agua hacía que los cultivos crecieran y el aire era sinónimo del buen tiempo, necesario para que no se estropeara la siembra.

Esa mañana, el cielo estaba cubierto por una espesa capa de nubes, no había ningún hueco por el que se filtrara ni un rayo de sol que dotara al paisaje de un poco de alegría. Los mayores del pueblo seguramente estarían diciendo que se avecindaba una tormenta, que lo sentían en los huesos. El tiempo era por lo general un buen tema de conversación en Penmar.

Esa mañana Gald también supo que se avecinaba algo, no sabía qué. Él no lo sentía en los huesos, sino en su mente, que parecía haber perdido súbitamente su libertad.

Llegó finalmente al templo, pero no encontró a Nior en la gran sala, así que avanzó entre las blancas columnas hasta llegar a la pequeña oficina del sacerdote. Allí, sentado tras un escritorio, se encontraba Nior mirando algunos papeles. Su cara tenía otra vez la misma expresión de la noche anterior, mayor y cansada.

—Hola, Gald, ¿ya has despertado?

Gald asintió y Nior le señaló un mendrugo de pan y algo de vino que había en una bandeja, parte del desayuno del sacerdote.

—Sírvete –dijo amablemente–, en un segundo habré terminado.

Gald mordisqueó el mendrugo de pan y bebió algo de la botella. Rápidamente, una sensación de calor recorrió su cuello y mejillas. Apenas había bebido antes, solo en invierno para mantenerse en calor, y el sabor del vino aún no conseguía agradarle. Le habían dicho que, si continuaba tomándolo, acabaría por gustarle, pero Gald no lograba comprender cómo se podían emborrachar las personas con algo que, en un principio, nunca les había sabido bien.

Nior acabó de revolver los papeles y levantó la vista para mirar a Gald:

—Bueno, ya la has escondido, ¿verdad?

A Gald casi le subió el poco pan que había comido de vuelta a la garganta. Nior esperaba que hubiera puesto la caja a salvo, pero él había venido al templo directamente. Ahora, la caja estaba desprotejida en la casa del sacerdote. Este, solo por la expresión de Gald, supo que no había realizado la tarea.

—Bueno, no te preocupes. De momento está a salvo ahí, pero se nos está acabando el tiempo. Esta mañana ha venido al templo uno de esos espías de los que te hablé anoche. Se acercó a mí y habló en una lengua extraña, creo que quería ponerme a prueba...

—¿La lengua onak?

—No, no creo. Esa lengua tiene muchos sonidos guturales. La lengua hablada era más bonita, melódica y solemne a la vez, aunque la voz áspera del bruto parecía estropearla. No –dijo con un suspiro–, estoy seguro de que era alarian.

—¿Qué es eso?

—La lengua que hablaba el pueblo de Arhiez, los alari. Lengua de gente culta y noble, creo que ya muy pocas personas la conocen. Seguro que pensó que un buen vigilante debía conocerla pero...

En ese momento, un grito agudo perforó la tranquila mañana, igual que un rayo en una noche de tormenta. Venía de fuera, de la dirección de la plaza. Gald salió corriendo de la sala y no paró hasta que llegó a la calle. Lo que vio habría de dejarle marcado para el resto de su vida. Unos cien hombres armados bajaban desde las colinas hacia la aldea, los primeros ya deberían haber llegado; el griterío en la plaza y el negro humo de una casa a la que ya se le había prendido fuego daban testimonio de ello.

Al fijarse nuevamente en los atacantes, Gald vio que no todos eran hombres, aunque de lejos lo parecían. Algunos tenían la piel de un color verde pálido tan antinatural que en un humano hubiera sido claro síntoma de enfermedad. Se movían de una manera extraña, agachados y con las piernas tan sincronizadas que a Gald no le habría parecido extraño si, al momento siguiente, hubieran empezado a impulsarse contra el suelo usando también los brazos.

—Onak –dijo Nior, que había estado observando junto a él–, vamos, ¡rápido!

Gald empezó a correr hacia casa de Nior con un único objetivo en mente: llegar hasta los mapas antes de que lo hicieran los invasores. Pero Nior pronto quedó atrás, sus ancianas piernas ya no podían mantener el ritmo de otros tiempos.

Por las callejuelas empezaban a aparecer algunos soldados, con las armas preparadas, persiguiendo a los aldeanos que habían escapado del ataque a la plaza. Claramente, todo había sido planeado, todo el pueblo estaba el jueves en el mercado. La sangre del chico amenazaba con empezar a hervirle en las venas, no podía asimilar el que alguien hubiera planeado un acto de semejante crueldad. Los campesinos no tenían armas ni sabían cómo utilizarlas; un ataque así resultaría una masacre.

Finalmente, Gald llegó a casa del sacerdote. Rápidamente se arrodilló junto a la cama y comprobó que la caja estaba allí. La envolvió con una manta y se dispuso a salir, pero ahora no podría correr tan rápido como antes, y debería tener más cuidado.

Estaba repasando mentalmente la ruta que seguiría para llegar lo antes posible al bosque cuando un ruido le alertó de que no estaba solo en la cabaña. Cuando giró la cabeza vio a un onak de casi dos metros de estatura bloqueando la puerta por la que había entrado.

El engendro le observaba con unos ojos rojos, surcados por venas de color verdusco, las pupilas dilatadas a causa de la adrenalina de la lucha. No vestía nada de la cintura para arriba, solo unas chapas metálicas tapaban a la vista unos potentes músculos, tan poco humanos que parecían fuera de lugar en semejante cuerpo. Como arma llevaba una lanza con tres puntas metálicas, algo parecida a un tridente deformado; media docena de cuchillos colgaban de un destartalado cinturón de cuero.

Gald sufrió un ataque de pánico, en el que los pulmones parecieron encogérsele debido al miedo, pero el onak permaneció impasible, sonriendo. *Va a matarme.* Era algo que el chico había deducido solo con mirarle a la cara.

Se dispuso a arremeter contra el hombre de piel verde en un último intento por salvar la vida, pero alguien se le adelantó saltando sobre el onak por su espalda y agarrándose a su cuello.

—La puerta de atrás –Gald oyó que decía Nior con esfuerzo contenido en la voz.

Supo al instante que Nior ya no saldría vivo de este ataque. Sintió ganas de ayudar, de dejar a un lado la caja y morir salvando al sacerdote. Era una posibilidad, pero Nior nunca se lo perdonaría. ¿Podría perdonarse él abandonar a un amigo? No tenía tiempo para decidir, no podía permitirse un momento de duda. Con lágrimas en los ojos, Gald dirigió una última mirada al sacerdote antes de atravesar como un rayo la puerta que daba a una pequeña callejuela. Empezó a correr en dirección al bosque, pero pronto se dio cuenta de que estaba siendo perseguido de nuevo. Esta vez era un onak más pequeño y, tal como había supuesto, a veces se impulsaba con las manos para poder avanzar más rápido. La distancia entre él y su perseguidor menguaba cada vez más deprisa.

En un intento desesperado, Gald giró bruscamente y se metió en el patio trasero de una carpintería cercana. Tiró al suelo la caja de Nior y, en poco tiempo, localizó un grueso palo de madera que había sido amontonada para vender como leña. El onak venía corriendo desde el callejón, creyendo que su presa sería fácil, pero no pudo adivinar las intenciones de Gald. La velocidad que llevaba y el golpe que Gald le asestó en la cabeza hicieron que el onak quedara inconsciente en el suelo.

El chico se acercó con precaución, en el repentino silencio la sangre parecía latir de manera atronadora contra sus orejas. El pecho del engendro subía y bajaba rítmicamente. Aún respiraba. *Adelante, remata lo que ya has empezado, venganza para Nior.* Un charco de sangre cada vez más grande aparecía junto a la cabeza de su enemigo. *No soy un asesino. No por culpa de esto me convertiré en uno.*

Volvió a coger la caja y corrió todo el camino que le quedaba hasta llegar al bosque, siempre perseguido por los gritos de los inocentes a los que se estaba matando en todo el pueblo.

Una vez que se hubo cerciorado de que ya no le seguían, aminoró la marcha. Remontó el curso del río, más allá del lago donde había estado nadando hacía tan solo un día. Ahora todo había cambiado. En breve llegó al gran roble. Se sentó entre las grandes raíces con la caja de madera entre sus piernas y las lágrimas corrieron libremente por sus mejillas. No quería llorar, y en parte se sentía estúpido por hacerlo, pero Nior era el único amigo que había tenido; el único, aparte de Floss, que le había mostrado algo de simpatía.

Tras un rato, el olor a quemado le alertó de que aún no había pasado el peligro. Empezó a buscar la madriguera de la que el sacerdote le había hablado, pero ¿de qué servía ya? Le había fallado una vez y ahora, ¿quién iba a reclamar los documentos? La Hermandad de Justicia nunca sabría que los documentos se salvaron, pensarían que los onak se los habían llevado o los habían quemado al arrasar todo el pueblo.

Él tampoco sabía leer, nunca se había tomado la molestia en aprender, los libros nunca le darían el pan de cada día. Nunca sabría lo que había dentro de la caja, solo recordaba algunos de los nombres que la noche anterior le había enseñado Nior en el mapa. No tenía otra opción, debería esconder la caja hasta que pudiera encontrar a alguien de confianza que pudiera leer.

Cuando por fin encontró la madriguera, tapada con las hojas que habían caído durante todo el otoño y se disponía a introducir la caja en su interior, una voz calma sonó a sus espaldas con un tono de autoridad que le hizo obedecer al instante:

—Quieto.

El sueño de Ziron

Año 1290 aT.

Ziron observaba la congregación mientras pensaba en las noticias que debía dar a sus hermanos. Tras años de búsqueda había conseguido reunir allí a todos los dragones del norte. Muchos de ellos se habían mostrado reacios a venir, pero el asunto que Ziron debía tratar con sus congéneres era de una gran importancia.

Drugbur fue el último en entrar en la gran caverna, indicándole que ya no quedaba nadie en el exterior.

—Hermanos dragones –dijo Ziron para lograr la atención de los presentes.

Los grandes reptiles no utilizaban la voz para comunicarse, sino otro canal cercanamente vinculado a sus pensamientos. Por esa misma razón, los dragones eran incapaces de mentir, cualquier interlocutor podía fácilmente detectar la diferencia entre lo pensado y lo dicho.

—Hermanos dragones –continuó–. Hace ya más de cincuenta años que desperté de mi reposo, pero, esta vez, el carácter de mi sueño ha sido muy distinto. A juzgar por lo que me habéis dicho, muchos de vosotros habéis tenido también estas visiones.

Ziron percibió un mudo asentimiento por parte de todos los dragones.

—Hermanos, nos enfrentamos a la extinción de nuestra raza. Los sueños os han revelado a todos nuestro destino común, pero os he congregado aquí porque yo también he soñado con un destino distinto. Tan solo dejaremos de existir si no actuamos.

—¿Qué es lo que debemos hacer? –preguntó un dragón joven.

—Nuestra única esperanza son los humanos.

—¡Los humanos tan solo desean matarnos!

—Es cierto que los humanos del sur intentan matarnos, pero he estudiado a los hombres y son todos muy diferentes –dijo Ziron–. Debemos hacer un trato con ellos: debemos ofrecerles nuestros servicios a cambio de los suyos. Pondremos dos huevos en el interior de esta montaña, que serán hallados en un futuro por los humanos. Todos nosotros moriremos, de eso no cabe duda, pero antes habremos elegido a siete crías de cada raza para que su descendencia lleve a cabo esta empresa.

El silencio se apoderó del auditorio.

—Tu plan tiene un fallo –dijo Durgbur–. Los humanos no hablan nuestro idioma, ¿cómo vas a hacerles comprender?

—Eso no será un problema. Falta ya poco tiempo para que nazca un hombre que conozca nuestra lengua: Aud-Me, el que habla con los dragones. Él enseñará a más humanos y, cuando estén preparados, podremos firmar el pacto.

—Aún hay otro problema –dijo otro de los dragones–. Hablas de algo que ocurrirá dentro de miles de años. La vida de los hombres es corta, y pronto olvidarán cualquier acuerdo.

—No había pensado en eso –admitió Ziron–, pero creo tener una solución. Divulgaremos el contenido de nuestros sueños como si se tratara de una profecía, así se pasará de generación en generación y, aunque la historia del pacto acabe conviertiéndose en una leyenda, al menos conseguiremos que los humanos elegidos la conozcan cuando llegue el momento de resucitar a nuestra raza.

CAPÍTULO II

La partida

Es una voz de mujer, pero no es ninguna de las de la aldea. Lentamente, Gald se giró, intentando, sin llegar a conseguirlo, ocultar la caja con su cuerpo. Una mujer, más joven de lo que el chico hubiera pensado, estaba de pie entre dos árboles a menos de dos metros.

Estaba vestida con una armadura ligera, y llevaba varias armas, lo que indicaba que no era de los alrededores. Gald había oído contar alguna que otra aventura de heroínas, pero en Llantar, un país algo conservador y poco aficionado a la guerra, era impensable que una mujer fuera adiestrada en el uso de las armas.

La extraña tenía el cabello rojizo, otra característica poco común en el sur, peinado en una única trenza que le caía por la espalda. Era de piel algo pálida pero de ojos tan oscuros como el azabache. Cuando Gald se fijó más cuidadosamente, vio que su iris estaba surcado por cuatro líneas más claras, que se juntaban en la pupila. A Gald le habían dicho muchas veces que tenía los ojos estrellados, con franjas más claras, pero nunca imaginó que el resultado pudiera ser similar al de la extraña.

Sin sonreír, pero tampoco amenazante, la chica dijo:

—No hace falta que escondas la caja. Tráela aquí.

Gald dudó. Aunque la extranjera no parecía un gran peligro, había algo en ella que le inquietaba, y además a esto se le sumaba el hecho de que iba armada. Podía ser una espía de los sureños y, si le daba la caja, todo su esfuerzo habría sido en vano. Decidió que no entregaría lo que había costado tantas vidas, pues cada vez estaba más convencido de que el ataque había sido planeado únicamente para apoderarse de los papeles que ahora estaban a su cargo.

Empujó la caja ligeramente hacia el árbol y miró a la guerrera con un aire desafiante. *Prefiero morir luchando.*

—Vamos, no tienes otra salida, tienes que confiar en mí. No puedes volver al pueblo, aún lo están rastreando, y te matarían. Tu única esperanza es quedarte conmigo, Gald.

El chico se sobresaltó al oír su nombre, ¿cómo podría saberlo la extraña? *Lo que dice es cierto, no puedo volver. Pero Nior no querría que ahora entregara la caja. ¿Qué debo hacer?* En un impulso de desesperación, Gald arremetió contra la mujer, intentando golpearla con los puños. Ella esquivó sus golpes, que tampoco estaban dirigidos con mucha fuerza y no intentó contraatacar. Finalmente, Gald paró, echándose a llorar en el hombro de la chica.

Despertó al atardecer, cuando el sol ya se estaba ocultando por el oeste, tiñendo los picos de las montañas de un oscuro color naranja. Descubrió también una nube de humo en la dirección del pueblo, que seguramente habría estado ardiendo durante todo el día. Ahora solo un fino hilo negro se elevaba hacia el cielo, probablemente algunas cenizas que aún humeaban.

Estaba tapado con una manta, aunque no se acordaba de haber dormido. De hecho no se acordaba de nada, solo de su huida a través del pueblo y del golpe que le había atestado al onak. Miró entonces a su alrededor y vio que estaba en un claro del bosque, uno que conocía, pero tenía compañía. Lentamente, los recuerdos de lo sucedido bajo el roble resurgieron en su mente.

Ahora estaba sentada al otro lado del claro. Se había soltado el pelo y también se había quitado parte de la armadura, que descansaba apoyada en un tronco a poca distancia. Tenía la caja de Nior a su lado y estaba intentando leer algo utilizando los últimos rayos de sol.

El primer impulso de Gald fue levantarse y arrebatarle los papeles, pero pronto se calmó. Descubrió que eran ciertas las palabras que la chica le había dicho esa mañana: no tenía más opción que entregarle todo. De todos modos, pensó, ya había tenido suficiente tiempo de leer todo mientras él dormía. ¿Cómo se había permitido dormir después de todo lo que había pasado?

El chico se levantó despacio y cruzó el claro en dirección a la mujer. Advirtió en ese momento que había un caballo pastando en los alrededores. Un hermoso corcel de pelo castaño que levantó brevemente la vista al pasar Gald.

—Buenas tardes –dijo la mujer al ver que se aproximaba–, siéntate aquí conmigo.

Su voz era amable, pero Gald se forzó a odiarla. La chica actuaba como si nada hubiera ocurrido, como si esta fuera una conversación casual entre dos personas. Además, ella sabía su nombre. Gald no estaba seguro de lo que aquello significaba, pero en ese momento le pareció que solo un espía, y sobre todo un espía del otro bando, podía conocerlo.

—¿Eres una espía? –preguntó casi inconscientemente. Al momento se dio cuenta de lo que había dicho. *Menuda pregunta más estúpida.* A pesar de todo, mantuvo seria la expresión de su cara, no quería mostrarle que la pregunta le había salido del alma. Sonaba también muy infantil.

—No más de lo que lo era Nior.

Gald se sorprendió, no solo sabía su nombre, sino también el del sacerdote. La mujer debió de notarlo porque señaló uno de los papeles que tenía en las manos. Gald ni siquiera se acercó a mirarlo.

—No sé leer.

—Pues eso es algo que habrá que remediar, ¿no crees?

El chico no respondió, simplemente se quedó mirando al suelo, mitad pensativo mitad enfadado. La mujer miró una vez más los papeles, seleccionó unos de ellos y el resto los metió en la caja.

—Toma –dijo mientras se levantaba y caminaba hacia el caballo–. Lleva la caja al arroyo y ponla donde la ibas a esconder, estos papeles no serán necesarios de momento. Cuando acabes, vuelve, tendremos que bajar al poblado esta noche antes de irnos.

Gald cogió la caja y observó cómo la chica guardaba los papeles en las alforjas del caballo. Aún enfadado preguntó:

—¿Dónde vamos?

—Al Norte.

De mala gana, el muchacho abandonó el claro y se volvió a sumergir en el bosque. Su mente estaba a punto de explotar con los miles de pensamientos que ahora la surcaban. ¿Debería ir con la mujer? ¿Abandonar Penmar, el bosque, todo lo que había conocido y querido para irse con una extraña que quizá hubiera estado implicada en la muerte de Nior? En el fondo de su alma, Gald sabía que la chica no quería hacerle daño, y que su mejor opción era partir con ella y abandonar esta aldea donde ya nada le retenía.

Pero todo lo que había descubierto en los últimos días le había aturdido, hasta hace poco, su mundo había sido normal, predecible, y no estaba seguro de que un gran cambio, un largo viaje, fuera lo que deseaba en ese mismo momento.

Media hora más tarde, Gald, montado a caballo detrás de la extraña, divisó lo que quedaba de Penmar. La mayoría de las casas habían sido quemadas hasta ser reducidas a cenizas, lo que daba al paisaje un aspecto de desolación. Por las calles aún había algunos cuerpos que los pocos supervivientes no habían tenido tiempo de retirar. Muchos más humanos que invasores. La rabia revolvía sus entrañas.

En la plaza del pueblo, toda la mercancía estaba tirada por el suelo, el pequeño ejército había arremetido contra todo lo que había encontrado a su paso. Los pocos supervivientes se habían reunido allí, comiendo todos de una olla comunal. Gald vio algunos huérfanos, niños que antes se habían burlado de él o le habían compadecido por serlo. Ahora eran ellos los que estaban sucios y solos, sintiéndolo en la propia piel. Pocos ancianos habían sobrevivido, pero sí unos veinte hombres y mujeres de mediana edad.

Cuando entraron en la plaza se estaba celebrando una reunión para decidir lo que se habría de hacer. Los campos no habían sufrido mucho, pero se necesitaría mucha gente y herramientas para sembrar la nueva cosecha.

La extraña desmontó del caballo y le indicó a Gald que hiciera lo mismo. Se situaron detrás de los aldeanos, pero no pasaron del todo inadvertidos, unas cinco personas se giraron al oírles llegar. *¿Por qué diablos tengo que permanecer aquí? ¿No íbamos a ir al norte?* Nunca le habían importado los asuntos del pueblo y, ahora que se marchaba, menos aún.

—Yo voto por separarnos –dijo uno de los hombres–, vayamos a otras aldeas, seguramente puedan acoger a algunos de nosotros para la siembra.

—¿Y qué pasa con los niños? –preguntó una mujer, tenía una voz dulce que mostraba autoridad. Gald se alegró al ver que era Floss, que había sobrevivido–. La mayoría aún no pueden trabajar y ¿quién los alimentará si han perdido a sus padres?

—Yo opino que hay que marcharse.

—Pues márchate ahora, Dulblach. Vete y nunca más te preocupes por Penmar. Los que nos quedemos la reconstruiremos con nuestro esfuerzo.

El hombre se levantó y, dando una patada a una cesta volcada, giró para irse. Algunos de los hombres y los dos chicos más mayores le siguieron, murmurando vagas disculpas al pasar:

—Lo siento, Floss...

—... tiene razón, no pasaremos de este invierno.

Solo quedaron los hombres más jóvenes, las mujeres y los niños más pequeños, que ya empezaban a quedarse dormidos. Con algo de leña, los aldeanos construyeron un fuego y pusieron a los niños cerca, tapándoles con harapos y alguna que otra manta.

Cuando acabaron con esa tarea, la mujer de pelo cobrizo se separó de Gald y se situó donde todos podían verla. La luz del fuego jugaba con sus cabellos, dotándolos de una gran variedad de tonos, desde un negro profundo hasta el color del oro.

Tomó aire y se dirigió a los aldeanos:

—Sé que soy una extraña para ustedes, de hecho solo me encontraba de paso por aquí. Siento mucho lo que ha ocurrido hoy en su aldea, y siento también no poder quedarme para ayudar a reconstruir lo que los sureños han destrozado, pero pienso ayudar de otra manera. Un tío de Gald trabaja en la Hermandad de Justicia. Me encomendó buscarle y traerle de vuelta conmigo para que empezara a estudiar y se preparase para ocupar su puesto en un futuro. Me llevaré a Gald conmigo, así habrá una boca menos que alimentar. Nos dirigimos hacia Fendra, allí daré parte de lo ocurrido e intentaré que manden un grupo de soldados.

La asamblea quedó sorprendida, ¿un tío de Gald trabajaba en la Hermandad de Justicia? Poco a poco, todos se fueron girando hasta llegar con su mirada al sitio donde estaba Gald. Allí, vestido con harapos y con la cara sucia, no tenía, ni de lejos, el aspecto de un futuro guardia ni abogado, y mucho menos el aspecto de un juez.

La primera y la única en reaccionar fue Floss, que, con lágrimas en los ojos, vino hacia donde estaba y le espetó un sonoro beso en la mejilla. Intentó ofrecerle comida para el camino, pero Gald la rechazó, consciente de que quedaba muy poco para alimentar, incluso, a los habitantes del pueblo.

—Cuídate –le dijo.

Al momento siguiente, Gald estaba otra vez montado a caballo, abandonando, finalmente, la aldea de Penmar, cuyos habitantes siguieron discutiendo acerca del futuro, bastante indiferentes a la partida de Gald. La mayoría no volvería a acordarse de él hasta un día en un futuro muy lejano.

Cabalgaron durante la mayor parte de la noche y, solo a mediodía, la mujer consintió que pararan para comer y descansar. Ya habían dejado atrás el valle, y se detuvieron en un pequeño claro al lado de un arroyo que fluía a través de una arboleda.

Nada más haber comido un poco de pan duro y queso de cabra, la chica se preparó para dormir, recostada contra el tronco de un árbol de abundante sombra. Solo cuando Gald vio que respiraba con regularidad se atrevió a mirarla con detenimiento. Aquella mujer era muy distinta a las del pueblo, aunque él no se fijaba mucho en ellas. Tampoco ellas se habían fijado mucho en él; de hecho, solo lo hacían las mujeres mayores, para comentar que era un sinvergüenza, o las chicas pequeñas, que inventaban extrañas historias acerca de él que siempre intentaban explicar la causa de su orfandad.

No, no era como las de la aldea. Para empezar no tenía ese aire de resentimiento que acarreaban todas las mujeres mayores, sin aceptar que su vida era monótona y que todas las decisiones importantes, en un país como Llantar, las tomaba el hombre de la casa. No, esta chica parecía capaz de imponerse a la sociedad, de tener obligaciones, de poder dar órdenes y ser escuchada... No era como las mujeres mayores, pero tampoco tenía la alegría de las jóvenes, ansiosas por encontrar marido y ser las señoras de su propia casa; la chica parecía no tener amores, quizá no le estuviera permitido el tenerlos.

Toda la furia del día anterior se había esfumado. Mientras cabalgaban los dos juntos por la noche, Gald tuvo suficiente tiempo para meditar. Su ira y sus deseos de venganza ahora estaban dirigidos hacia la raza onak, y no hacia la chica que, como siempre había sabido en el fondo de su alma, no tuvo nada que ver con el ataque a la aldea.

La ira volvía a crecer dentro de él cada vez que recordaba la masacre y, casi inconscientemente, quebró una pequeña rama que tenía en sus manos. El ruido sonó alto y claro, perturbando la paz natural que había en el prado.

—Yo que tú dormiría –dijo la chica sin abrir los ojos.

Qué extraño, aún no sé su nombre, pensó Gald súbitamente.

—¿Cómo te llamas?

—Iriyed.

—Tú no eres una espía.

—No.

—¿De veras tengo un tío en la Hermandad?

Otra pregunta estúpida.

—No, no lo tienes. ¿Más preguntas?

—Sí, la verdad es que sí –dijo Gald algo enfadado–. Si me sacas de mi aldea de este modo, creo que me debes una explicación.

Iriyed abrió los ojos y se incorporó ligeramente:

—Dime.

—Si no trabajas para mi tío en la Hermandad, entonces, ¿quién eres y por qué sabes mi nombre?

—Es largo –dijo la chica tras suspirar–, pero te lo tendré que contar tarde o temprano, así que presta atención. Seguramente no hayas oído hablar de ella, pero existe otra raza además de la humana en los reinos de Arhiez, los alari. Yo soy una alar y tú también lo eres.

Gald miró a Iriyed con incredulidad. ¿Él, de otra raza? La mujer prosiguió sin prestar atención a su gesto de sorpresa.

—Normalmente se puede reconocer a un alar a simple vista. Las mujeres suelen tener pelo rojizo y los hombres, castaño, ambos sexos tienen, por lo general, la piel bastante pálida. Pero para estar realmente seguro hace falta mirarles a los ojos: todos tenemos cuatro franjas más claras en el iris, pero seguramente ya te habrán descrito tus ojos alguna vez.

El muchacho recordó cómo el día anterior se había fijado en los ojos de Iriyed, y cómo la descripción de los suyos coincidía a la perfección.

—Antes, los alari éramos una raza próspera pero ahora quedamos pocos en los reinos. Cometimos un error en el pasado. Muchos errores, de hecho. Somos grandes guerreros, pero no somos inmortales. Innumerables guerras han hecho que la población baje, y ahora quedan tan pocos alari que continuamente no nos queda más remedio que mezclarnos con los humanos, y la sangre acaba perdiéndose.

—¿Entonces eran mis dos padres alari? –interrumpió el chico.

—Sinceramente, no lo sé. Puede que lo fueran los dos o solo uno de ellos o quizás ninguno. Sí –explicó al asombrado muchacho–, a veces, pero en muy raras ocasiones, nace un hijo de nuestra raza a una pareja de humanos.

Nadie sabe lo que esto significa. Yo creo que ser alar no es del todo una cosa del cuerpo, sino del espíritu. Eso lo explicaría en parte. Algunos de nuestros filósofos, pues has de saber, Gald, que antes de la decadencia tuvimos los mayores filósofos de los reinos, aseguraban que una persona es alar porque en su cuerpo se encuentran los cuatro elementos en una proporción casi perfecta. Yo, la verdad, no sé qué creer.

Sería posible que, al fin y al cabo, se llevara bien con Iriyed. También ella parecía detestar a los hombres de letras.

—¿Por qué somos entonces tan pocos? No pudo ser solo por las guerras.

—No, aunque las guerras fueron la principal causa de lo que ocurrió. ¿Conoces la historia de Dörn? ¿La que cuenta cómo la tierra se alzó, revelándose contra los onak y cortándoles la retirada?

—Más o menos –dijo Gald evocando su última tarde con Nior.

—Desde ese día no se ha visto un ejército alario tan numeroso. Pero en esa batalla hubo bajas, y también en muchas otras en las que se intentaron defender los pasos de montaña. Los humanos de los nueve reinos vivían tranquilos, no se preocupaban por la guerra, pocos se adiestraban para ser guerreros ya que los alari parecíamos tener un talento natural para las armas que resultaba muy difícil igualar. Años más tarde, cuando la falta de soldados obligó a bajar la guardia, un asesino mató al descendiente directo de Arhiez. También se cree que el resto de la familia real murió, pero nunca se supo. El asesino, además, robó la Perla. Poca gente ha oído hablar de ella, pero era la esencia del reino de los alari, Tyrion.

Iriyed hizo una pausa, sus ojos parecían no ver el paisaje que había a su alrededor.

—La perla solía colocarse en el interior de una gran fuente en el palacio, y de esa fuente precisamente nacían los dos ríos que atravesaban nuestro país. Al robar la perla, la fuente se secó, y toda la vida de Tyrion fue sofocada por una sequía infinita. Nuestra gente emigró a los otros reinos, desperdigándose, y lo que antes era un país verde se convirtió en el desierto de Tyrion o, como lo suelen llamar ahora, el Desierto de las Sombras, a pesar de que ahí ya no queda nada que pueda proyectarlas. Algo irónico, ¿verdad?

La tristeza parecía apoderarse por momentos de la voz de la chica, pero prosiguió su historia:

—Los pocos hombres capaces de pelear que quedaban en el reino, rabiosos y llenos de odio hacia los onak por haber asesinado a su rey y robado la perla, planearon un ataque a los reinos del sur, imaginando una victoria que les daría más gloria que la que años antes había obtenido Arhiez...

—Pero no funcionó.

—No podía haber funcionado. La cadena de montañas había construido una barrera entre el norte y el sur, ningún pueblo podía adentarse en el territorio del otro sin sufrir grandes bajas. Nadie regresó, y los pocos alari que quedaban dejaron a un lado la esperanza y abandonaron Tyrion.

Iriyed hizo una pausa, su mirada se perdía en la distancia, parecía que su alma estaba gritando de dolor ante la pérdida de su gente. ¿Pero cómo podía ser? Seguramente, ella nació siglos después de que todo esto ocurriera...

Entonces también él descubrió en su interior una sensación que nunca había estado allí. Era, en parte, la satisfacción que le proporcionaba el saber que tenía un lugar en el mundo, que había personas que estaban unidas a él como nunca lo habían estado los aldeanos de Penmar, pero también sintió pena por las vidas perdidas, por la decadencia de su raza y la muerte de su propia gente.

—¿Pero dónde entro yo en todo esto? No creo que hayas ido hasta Penmar solo para poder encontrar un alar más.

—En parte, sí. Nosotros sabíamos que había un alar en un pequeño pueblo al sur de Llantar, y que era joven, sin entrenamiento. Yo estaba patrullando por Llantar y fui enviada a Penmar, en parte, para observar vuestro valle y, en parte, para observarte a ti. Me ordenaron que fuera…

—Un segundo, ¿quién te ordenó?

—Bueno, esa es otra larga historia, pero ya que preguntas...

Hizo una pausa mientras pensaba cómo continuar. Se pasó la mano por el pelo, retirando un mechón que le había caído frente a los ojos.

—Hace algo más de un siglo, algunos alari retomaron el estudio de la lucha y las armas. Se entrenaron entre ellos, negándose a vivir como campesinos o como comerciantes, reclamando al fin la destreza y el poder de sus antepasados. Fundaron la Quinta Orden, en honor al quinto elemento...

—¡Para! –dijo el muchacho, con un visible sobresalto. La mujer estaba loca. Nunca se debía decir eso. Nunca.

—¿Qué te pasa? –preguntó, la sonrisa no había abandonado su rostro ni un solo instante–. ¿Te asusta que mencione el quinto elemento?

—¡Eso es blasfemia! –gritó. Acto seguido comenzó a recitar– ... y en el primer día se crearon los cuatro elementos, tan solo cuatro, dejando fuera del mundo lo malvado y lo impuro.

—Hablas como si hubieras estado allí en el momento de la creación –se burló la chica–, ¿cómo sabes que fue realmente así?

—Si la Hermandad oyese lo que estás diciendo...

—Soy consciente de lo que me pasaría si la Hermandad lo supiera. No muy agradable, a decir verdad. Pero no te preocupes, nunca diría esto estando rodeada de gente. De todos modos, esta sociedad ahora ha pasado a llamarse simplemente la Orden, pues los otros alari no fundaron ninguna más, ya habían renunciado a sus raíces. A veces, los descendientes de estos alari sí quieren ser adiestrados, y los maestros consienten si el alumno tiene potencial, pero, por lo general, la Orden está falta de nuevos reclutas, y en ocasiones también de maestros, pues las reglas solo permiten a cada miembro tener un alumno.

—¿Tú qué haces exactamente en la Orden?

—Pues ya te lo he dicho, en su mayor parte, yo vigilo los valles del sur. No soy una alumna, pues dejé a mi maestro hace cinco años, pero tampoco me han asignado un discípulo a mí.

—¿Entonces me sacaste de Penmar porque tengo 'potencial'?

—No lo sé. Yo no soy quién para decidir eso. Nos dirigimos hacia Tarian, allí uno de los maestros, un hombre sabio, te podrá contestar. Descansa ahora, pronto partiremos.

Por el tono de voz, Gald supo que la conversación había terminado. Se tumbó sobre el mullido musgo a la sombra de unas rocas pensando que no podría dormir. Todo lo que había dicho Iriyed le había impactado, y las imágenes de antiguas batallas en las que los héroes de su raza se defendían de los temibles invasores aún flotaban en su cabeza. Pero hacía calor y había pasado toda la noche cabalgando, poco a poco, sus párpados se fueron cerrando y se sumió en un tranquilo sueño, en el que era entrenado por un gran caballero en el dominio de las armas.

Al atardecer del día siguiente llegaron a Tarian, finalmente, dejando atrás la región montañosa donde Gald había pasado toda su vida. Tarian era una ciudad más bien pequeña, rodeada de una muralla de piedra y madera que, en muchos tramos, necesitaba una buena reparación. Desde su posición los jinetes podían distinguir dos entradas a la ciudad. Se dirigieron a caballo hacia la más cercana, la puerta del sur. Pasaron el control a las puertas de la ciudad sin dificultad, a pesar de que Iriyed iba fuertemente armada.

Las primeras sombras de la noche ya alcanzaban la ciudad y, siendo demasiado tarde para visitar al maestro de la Orden, Iriyed decidió buscar un alojamiento. Lo encontraron en una posada de un barrio marginal, la única con habitaciones libres. El Conde de Tarian daba una fiesta en la ciudad, y las demás posadas habían sido ocupadas por nobles u otros invitados.

A Gald no le había gustado el clima de la posada en lo más mínimo. Nada más entrar, el humo, el calor y el olor a cerveza y alcohol le habían golpeado en la cara, causando una horrible sensación de mareo y asco. Iriyed había hablado con el dueño para alquilar una habitación y, mientras daba su espalda a los bebedores, algunos de ellos la habían mirado de tal manera que hizo que incluso Gald se sintiera incómodo.

La perspectiva de tener que bajar a cenar al ruidoso salón simplemente le repugnaba. Iriyed había ido a atender a su caballo, pero pronto subiría para buscarle. Gald empezó a pensar en una excusa que podría darle para no tener que bajar, pero justo en ese momento se abrió la puerta. La chica asomó la cabeza, dirigiéndole a Gald una amplia sonrisa, como si, en realidad, fueran a comer en una elegante fiesta de palacio.

—¿Vamos?

—Verás yo... –aún no le había dado tiempo a pensar en una buena excusa–. No puedo bajar.

—¿Por qué? –preguntó Iriyed. Entró en la habitación y cerró la puerta tras de sí.

—No me gustan los hombres de abajo, no me siento cómodo. Parece que siempre tuviera que estar a la defensiva.

—No nos van a atacar, Gald. La gente es así, y si no te gusta tendrás que quedarte en Penmar –al ver que no respondía, añadió–: Baja al menos para hacerme compañía.

Gald consintió, aunque no de buena gana. Prefería el campo y el aire libre si eso significaba estar alejado de gente como la de la posada. Sentados en la mesa del rincón, como Iriyed había prometido, tomaron su primera comida caliente en días: un potaje de patata y otras hortalizas o verduras irreconocibles.

Más tarde subieron a la habitación y Gald cayó rendido sobre la cama nada más desvestirse.

El faro de Urmil

Año 659

Guyd se encargaba del faro de Urmil, tal y como lo había hecho su padre antes de él, y tal como lo hizo, en otros tiempos, su abuelo. El joven subió a la parte más alta de la construcción, a la sala donde se encontraba la gigantesca antorcha que él debía abastecer. Era importante, sobre todo en una noche de tormenta como la de hoy, que el faro funcionase correctamente. Pero, de todos modos, ¿quién iba a haber en el mar ahora? Hacía meses que no había llegado ningún barco desde Fhael, la isla que había frente al continente, y las barcas de Urmil tampoco habían salido del puerto en los últimos tres días por el temporal.

No, era poco probable que alguien necesitara la luz, pero su trabajo era mantenerla encendida, y eso es lo que pensaba hacer. Se dedicó durante unos minutos a mirar a lo lejos, hacia el mar. La luz del faro se reflejó sobre algo.

De haberse encontrado en otras circunstancias, Guyd habría asegurado que se trataba de un dragón, pero ¿qué idiota se atrevería a volar un dragón en una noche como esta? Guyd observó unos segundos, quería asegurarse de lo que estaba viendo antes de avisar a los ciudadanos. Otras figuras se empezaron a perfilar al lado de la primera: más dragones, y todos venían de la isla. Serían las primeras personas en llegar desde Fhael en meses. Guyd giró la antorcha y la enfocó hacia la ciudad, concretamente, hacia el cuartel de la guardia. Una vez avisados, ellos sabrían lo que habría que hacer.

Un grupo de guardias esperaba en la playa la llegada de los dragones. Apenas habían tenido tiempo de llegar hasta allí, pero estaban preparados para recibir a cualquier visitante de la isla.

No salían de su asombro cuando vieron el primer dragón posarse en la playa. Baër, el capitán, estaba acostumbrado a ver a los grandes reptiles. El que había frente a él parecía una cría. Sobre la silla de montar había una figura humana. Más dragones se fueron posando a lo largo de toda la playa, así hasta siete.

—¡Capitán! –uno de los soldados que se había acercado al primer dragón era el que le llamaba–. Es un crío, está inconsciente.

—Llévalo al cuartel, rápido –Baër nunca dudaba a la hora de dar órdenes–. Llama a los sanadores.

La escena se repetía a lo largo de toda la playa. Cada uno de los dragones parecía traer a un niño, y ninguno de ellos había vuelto en sí.

—¡Rápido! –voceaba Baër–. ¡Al cuartel! Vosotros dos ocupaos de los dragones.

—Capitán.

Un soldado se le había acercado, llevaba a un chico en brazos. No mucho más mayor que mi hijo, pensó el capitán, unos siete años.

—Todos tienen esto.

El soldado le levantó la camisa al muchacho, para mostrar una especie de tatuaje pintado sobre la espalda del pequeño. Baër lo miró con atención, pero no pudo averiguar lo que era.

—Eso es trabajo para los eruditos –dijo el capitán–, no para nosotros. Solo ocúpate de él.

El soldado se alejó a paso rápido hacia la ciudad. Baër miró al mar y suspiró.

CAPÍTULO III

La Quinta Orden

La mañana siguiente, Gald despertó temprano, mucho antes que Iriyed. Esto era extraño pues ella no parecía dormir nunca. Durante el viaje, Gald había despertado durante la noche para descubrir a la extraña mujer en la misma posición en la que la había dejado antes de acostarse, sentada al lado de la hoguera y mirando fijamente a la oscuridad.

El chico permaneció un tiempo tumbado en la cama, observando los extraños diseños de las vigas del techo y escuchando la respiración regular de su acompañante.

Poco a poco, la posada fue despertando, incorporándose lentamente a esas horas de la mañana en las que todo parece quieto y apacible. En breve, los mercaderes acudirían a sus negocios y los artesanos a sus talleres, mientras que él e Iriyed irían a ver a... ¿A quién? ¿A un sabio que no conocía pero que podría decirle si merecía la pena en unos cinco minutos?

Por unos momentos, una ola de pesimismo se apoderó del muchacho. Empezó a pensar en lo que ocurriría si tuviera que regresar a Penmar, ahora sin Nior, y en la breve despedida de Iriyed. Ella no volvería la mirada para darle el último adiós. No era de ese tipo de personas. Aun así podía defraudarla, y mucho...

La mañana transcurrió para Gald como si de un sueño se tratara. Desayunó mecánicamente, sin estar realmente atento a lo que hacía, y, cuando Iriyed le hablaba, apenas podía articular dos monosílabos. No podía atender a nada. Su mente se concentraba en la gran prueba y en el fracaso que, a estas alturas, estaba ya seguro de obtener. ¿Cómo iba a poder él, un chico de Penmar, impresionar a un gran alar?

De súbito, Gald se dio cuenta de que empezaba a haber más gente en las calles por las que Iriyed y él pasaban. Debían de estar ya cerca del centro, más cerca cada vez de la casa del sabio, donde se llevaría a cabo la terrible prueba.

En una de las calles, una gran aglomeración de gente les cerró el paso. Por encima de las cabezas de los ciudadanos, el chico fue capaz de vislumbrar una extraña procesión. Un grupo de soldados escoltaba a una mujer mayor. Junto a ella caminaba otro hombre, pero este no estaba tan fuertemente vigilado. Los ciudadanos comenzaban a abuchear cuando el extraño grupo pasaba frente a ellos.

—¿Qué ocurre? –preguntó Gald en un susurro.

—La mujer es una astoiea.

Un escalofrío recorrió la espalda del muchacho. Había oído hablar de estas personas, pero como si de una leyenda se tratara. Cada astoion, o elemental, como se les llamaba en el sur, era capaz de controlar uno de los cuatro elementos, de utilizarlos a su merced para cualquier propósito. Las historias hablaban de personas prácticamente invulnerables que habían arrasado con ciudades enteras mediante su poder.

—La Hermandad va a juzgarla –continuó Iriyed en un tono apenas audible. La gente normal temía y despreciaba a los astoion, pero la voz de Iriyed no mostraba ninguna de estas emociones, sino rabia. Era probable que la alar discrepara con la Hermandad en más cosas, aparte de la existencia de un quinto elemento–. Estando en Llantar, es probable que controle la tierra. Seguramente enterrarán al jemai vivo y esperarán a que le intente salvar.

—¿El jemai? –preguntó Gald. No había oído nunca esa palabra.

—Te lo explicaré luego –dijo la mujer empujando a Gald a través de la masa humana–. Vamos, no sería un buen comienzo que llegáramos tarde.

Una vez pasada la calle de la procesión, no tuvieron ningún problema para avanzar. Unos cinco minutos después, Iriyed paró en seco delante de un gran portal. Pesados cortinajes se podían distinguir en las ventanas del piso de abajo, negando toda vista del interior. Unos escalones de mármol blanco conducían a un pequeño porche sostenido por cuatro columnas de un estilo clásico. En Penmar, esta casa habría desentonado, pero aquí parecía ser la norma en este barrio de la ciudad; parecía que la gran mansión hubiera crecido por medios naturales de la misma tierra. Una gran puerta de madera de roble se alzaba en el lugar donde el porche tocaba la fachada. En ella había un gran picaporte de metal, que Iriyed usó decididamente tras haberse adecentado un poco la ropa, muy sucia ya a causa del viaje.

Casi al instante, la puerta comenzó a abrirse lentamente, seguramente su peso fuera demasiado para un solo hombre. Ya no había vuelta atrás, ya no podría volver a Penmar sin enfrentarse a la prueba. Sentía el pulso latir en sus oídos y, mientras subía los peldaños para reunirse con Iriyed, que ya estaba en el interior de la casa, su estómago pareció encogerse a causa de los nervios.

En el interior de la casa hacía más fresco, pero Gald no lo notó, su cuerpo cada vez estaba más caliente. Fueron conducidos hasta un salón por el hombre que les había recibido. Allí debían esperar a que el alar los recibiera. Para

Gald, el tiempo parecía pasar tan lentamente como si lo estuvieran dejando caer con un cuentagotas. *¿Nos estará observando?*

En realidad, no debieron de estar allí más de dos minutos antes de que las puertas situadas al otro lado del gran salón se abrieran para dejar pasar al hombre que habría de determinar el futuro de Gald.

Un alar anciano hizo su entrada con paso firme en la sala. Debía de tener más de setenta años, pero aun así caminaba totalmente erguido y con cierta majestuosidad. Alto y delgado, vestía una larga túnica blanca cuyo cuello y puños estaban bordados cuidadosamente en hilo dorado. En su cara, marcada con los rasgos de su raza, portaba solemnemente un aire de obligación y deber, un gesto serio que, sin embargo, no puso a Gald en alerta. Nada más ver a Iriyed se dibujó una sonrisa en el rostro del anciano, y comenzó a caminar hacia ella con la intención de darle la bienvenida. Pasó al lado de Gald sin prestarle ninguna atención, menos que la que habría recibido una mota de polvo posada en la alfombra.

Mientras los dos alari se saludaban mutuamente, Gald bajó la mirada hasta el suelo y empezó a contemplarse las botas. Sentía su cara roja y caliente, ahora ya no por el miedo, sino por la humillación de no haber sido ni tan siquiera saludado. Podía soportar el hecho de que no sirviera para convertirse en un gran guerrero, pero esto era demasiado para él. Por muy importante que fuera este hombre, tampoco aquello le daba derecho para tratar así a un invitado.

La prueba ya ha acabado, le ha bastado esa mirada para decidir que yo no valgo.

—¡Gald!

El muchacho levantó la cabeza al darse cuenta de que Iriyed le estaba llamando. Fue consciente de su actitud y miró hacia donde estaban situados la chica y el anciano. La cara aún le ardía y sentía los ojos mojados a causa de la furia. Observó cómo el maestro de la Orden le miraba de arriba a abajo. Sin detenerse apenas a meditar, el hombre le hizo un gesto a Iriyed para que le acompañara a una habitación contigua.

Cuando los dos se hubieron marchado, una ola de furia se abalanzó sobre el muchacho. Ya estaba hecho, aquello era el final, ¿para qué se había llevado a Iriyed aparte si no era para comunicarle que no servía, que tenía que devolverle a Penmar? Tenía ganas de romper algo. De haber estado en el campo, habría arremetido contra un arbusto, una roca, un árbol, cualquier cosa. Estaba harto de estar encerrado en esta apestosa ciudad. Incluso la peor gente de Penmar era más amable que la que había aquí. Poco a poco se fue calmando, quizá el hecho de volver no fuera tan malo como le parecía. Notó que tenía los dientes apretados involuntariamente y, acto seguido, dejó suelta la mandíbula, al instante la sangre comenzó a fluir y su respiración se hizo más acompasada.

Una idea empezó a formarse en su cabeza. *¿Cuánto tiempo llevan ahí dentro hablando?* No se había fijado, pero ya hacía bastante que se habían encerrado en aquella habitación. Para decir 'no' se necesitaba poco tiempo y ellos ya llevaban un rato hablando. ¿De qué?

Gald se acercó más a la puerta lateral por la que habían desaparecido. Era tosca y de aspecto viejo, nada elegante comparada con las otras dos puertas por las que habían entrado ellos y el anciano a la habitación. En la parte de abajo había una pequeña grieta ocasionada por el desgaste, algo de luz se filtraba por ahí desde la otra habitación. Una manera perfecta de satisfacer su curiosidad y, de todos modos, tampoco tenía nada que perder, seguramente mañana a estas horas ya estaría camino de Penmar.

Se acercó a la puerta y se tumbó en el suelo para poder ver a través de la pequeña rendija. Al principio no vio nada, pues la otra habitación estaba más iluminada, pero, cuando se le acostumbró la vista, pudo observar al maestro y a Iriyed, de pie, hablando. El hombre le daba la espalda, y también así le protegía de la mirada de su compañera de viaje.

—... igual que su madre –oyó que decía el maestro–. Prácticamente igual que ella cuando tenía quince años, claro que entonces tú no la conocías. Aunque es posible que no sea su hijo, eso hubiera constado en los anales.

—Su edad coincide con las fechas de la Segunda Guerra.

—A pesar de todo se siguió con el registro –el hombre hizo una pausa, debía de estar pensando.

—Entonces –aventuró Iriyed en voz más baja, como temiendo distraerle–, ¿le llevo a la sede?

—Por supuesto que sí. Pero encárgate de una cosa: enséñale a comportarse durante el camino, la reacción que ha tenido antes no es nada normal, de hecho, me he empezado a preocupar. También tendrías que enseñarle buenos modales, ahora mismo tiene la oreja pegada a la puerta.

Gald, tumbado en el suelo, no se esperaba oír esto. Intentó alzarse lo más rápidamente que pudo para volver al centro de la habitación pero, apenas había levantado la cabeza unos dos palmos del suelo, Iriyed empujó violentamente la puerta de madera, que le dio de lleno en toda la cara. Confundido y dolorido cayó al suelo, solo para sentir que Iriyed le cogía del chaleco y le alzaba de nuevo. Pudo ver los furiosos ojos de la chica durante un segundo, antes de que ella le propinara una sonora bofetada y le volviera a dejar caer.

—En mi opinión –dijo el maestro, con una sonrisa asomando a sus labios–, no valía la pena llevarse dos golpes por lo que has escuchado. En el futuro intenta dominar esa curiosidad o podrás tener problemas.

Gald se levantó del suelo. La imagen de la habitación bailó ligeramente antes de asentarse definitivamente. Comprobó que algo mojado le resbalaba desde la nariz hasta sus labios. Un sabor ferroso. Sangre.

En parte se alegró de que aquello fuera a causa de la puerta y no de la bofetada. Iriyed había demostrado tener mucha fuerza para ser una mujer. Ella debió de ver la sangre también, pues dijo:

—Ve a la posada y lávate. Prepara tus cosas y espérame allí, ya sabes dónde vamos.

En realidad, Gald no sabía dónde estaba la sede de la Orden, aunque saber el nombre de la ciudad tampoco le hubiera servido de mucho. Como ya había demostrado ante Nior en Penmar, apenas sabía leer un mapa. Pero pronto aprendería, iba a ser entrenado. En todo ello fue pensando mientras recorría las calles de Tarian a medio correr, en busca de la posada. Alguna gente se quedaba mirando su herida, pero nadie hizo preguntas. Al llegar a la habitación tuvo todo preparado en cinco minutos. Después se tumbó en la cama a esperar a Iriyed, le parecía flotar a causa de la felicidad.

—La paciencia.

La paciencia es... la base mediante la cual se sostienen las acciones y decisiones. No, eso era la meditación. *La paciencia es...*

Hacía dos semanas que habían iniciado el viaje hacia Gádunar, la sede de la Orden, dos semanas en las que había aprendido mucho. *También he cambiado. No sé si eso me gusta.* Ahora cabalgaban los dos lado a lado, Gald sobre un caballo de color marrón oscuro que habían adquirido en Tarian. Iriyed le intentaba enseñar algo de filosofía, una serie de frases hechas que todo alar iniciado en la Orden debía saber. Unas frases que nunca se olvidaban y a las que se podía recurrir en busca de consejo. *Pero es imposible que exista una frase adecuada para cada decisión.*

—Gald, ¿qué es la paciencia?

Ella desde luego ha decidido que la paciencia no es muy importante en esta situación.

—¡Gald!

—No lo sé.

—La paciencia es la más heroica de las virtudes.

Iriyed parecía recitar desde un pasado cercano. Seguramente, esto le recordara los años en los que había aprendido con su maestro.

—Está bien, lo recordaré.

—No, no lo recordarás. Hace ya un rato que no estás prestando atención.

—Tienes razón.

—Sé que la tengo –dijo la mujer como constatando un hecho–. Anda, baja del caballo y coge algo de agua de ese arroyo, a ver si así te despejas.

Gald cogió la cantimplora y se deslizó desde el lomo del caballo. Al tocar el suelo, el dolor le subió desde los pies a través de sus piernas entumecidas. Aún no se había acostumbrado a recorrer grandes distancias a caballo.

Corrió hasta el arroyo y se agachó a rellenar la cantimplora. El riachuelo serpenteaba a lo largo de toda la pradera, formando unas graciosas curvas. A lo lejos, algunas vacas pacían monótonamente sobre el fondo verde.

Cuando terminó, aseguró el cierre y corrió de nuevo para alcanzar a Iriyed, que se adentraba por el camino en un pequeño bosque. Sus piernas agradecieron el ejercicio, pero pronto se vio sentado de nuevo sobre su montura.

—Dijiste que me explicarías más acerca de los astoion y los jemai –dijo Gald. Intentaba que Iriyed olvidara el asunto de las frases. Tenía la cabeza hecha un lío y no se veía capaz de memorizar ninguna más.

—Es cierto –dijo la mujer–, y no te lo llegué a explicar. Dime, ¿qué es lo que querías saber?

—El hombre que la acompañaba, el jemai, iba a ser enterrado vivo, pero para juzgarla a ella. Eso es lo que no entiendo.

—Dependiendo, normalmente, del país en el que nazcan, los astoion son capaces de controlar un elemento u otro. Durante toda su vida tan solo le cuentan el secreto a una persona, siempre del sexo opuesto; en el caso de esa mujer, el confidente debió de ser su marido, y esa persona se convierte en jemai, si es hombre, o jemell, si es mujer. Entre ellos se establece una relación muy especial: los astoion sienten cada emoción y cada sentimiento de los que comparten su secreto. Si enterraran vivo al hombre y la mujer tuviera el poder de la tierra, la movería para que pudiera seguir viviendo, entonces la Hermandad la condenaría por tener el poder. Lo que les hacen a los acusados, nadie lo sabe. ¡En buena hora les parta un rayo! –Iriyed escupió a un lado de la carretera. A Gald no le quedaba ninguna duda ya de que odiaba la Hermandad.

—Pero Iriyed –dijo el muchacho con algo de recelo–, son peligrosos.

—Antes de peligrosos –contestó la mujer con una voz de hierro–, son personas.

Cabalgaron unos minutos en silencio. El sendero se hacía más estrecho dentro del bosque. Parecía también estar más descuidado. Las ramas de los árboles tocaban, en ocasiones, las cabezas de los dos jinetes. Claramente, por aquí, la ruta había caído en desuso. Los laterales del camino eran invadidos continuamente por arbustos y helechos.

—Me parece que no es muy buena idea seguir por aquí –comentó Iriyed.

Sus temores fueron confirmados en menos tiempo del que esperaban. Al girar el camino se encontraron un grupo de hombres armados, unos cuatro, sentados sobre un tronco derribado que bloqueaba el paso. Se incorporaron todos cuando les vieron llegar.

—Mirad, ¡si hay dos!

—Doble ganancia.

—Un chaval y una amazona. ¿No eres un poco pequeño para ella, eh, muchacho?

—Eso, déjanosla probar a nosotros primero.

Gald se intentó incorporar para bajarse de su caballo. Sentía los músculos de su cuello más tensos que nunca. La mano de Iriyed sobre su hombro le hizo volver a sentarse.

—No intentes hacerte el héroe –dijo la chica con un tono metálico–. Recuerda la paciencia.

La paciencia es la más heroica de las virtudes.

Iriyed descendió del caballo, su capa ocultó del grupo el rápido movimiento que utilizó para soltar la espada de la montura y ajustársela a la cintura, situándola al otro lado de la daga.

Con paso firme se dirigió hacia los hombres, la mayoría de ellos tenía una porra como arma y esperaban a Iriyed mostrando una sonrisa tensa. No habían pensado que fuera a hacerles cara, pero seguían pensando que sería una presa fácil. A menos de diez pasos del grupo, Iriyed desenvainó las dos armas, mientras que el hombre más cercano intentaba asestarle un golpe en la cabeza. Con un solo movimiento, la joven esquivó el bastón y se giró para abrir una herida con la daga en el vientre de su oponente.

Los siguientes dos hombres intentaron combinar sus esfuerzos para poder herir a la guerrera, pero también tardaron poco en caer. Solo quedó en pie uno de ellos que, tras medir sus posibilidades, salió corriendo y desapareció entre la espesura.

Iriyed limpió la sangre de sus armas y, sin perder mucho tiempo, volvió a subirse a su caballo. Gald la observaba atónito, una mezcla de admiración y de sorpresa se veía reflejada en los ojos del chico. Y también miedo, miedo al poder que esta mujer tenía y que acababa de mostrar. Iriyed lo advirtió.

—Verás, Gald –dijo, mientras miraba fijamente las riendas de su caballo–. Es importante que entiendas que esto no es la norma. Los afiliados a la Orden no nos dedicamos a recitar frases bonitas y, después, a pelearnos con el primero que se nos cruza por delante.

El chico seguía en silencio.

—En algunas situaciones no bastan las palabras, hiciera lo que hiciera, ellos querían pelear. ¿Lo entiendes?

—Creo que sí.

—Vámonos entonces, puede que acudan más.

A las puertas de Gádunar sí que fueron registrados. Los guardas abrieron incluso su equipaje y confiscaron las armas de Iriyed, asegurándoles que, más tarde, las devolverían una vez fueran inspeccionadas.

Gádunar era una ciudad muy distinta a las que Gald había visto con anterioridad. Desde el momento en el que ya la habían podido avistar en el horizonte el día anterior, el muchacho había percibido que este lugar era especial. *¿Será porque mi mente sabe que aquí se encuentra la sede de la Orden?*

Gald siguió a Iriyed con su caballo. Habían llegado a la hora de comer y las calles estaban prácticamente vacías, pero las pocas tabernas que pasaron en su camino rebullían con una frenética actividad. A pesar de todo, el chico pudo observar que un gran número de personas lucía los ojos estrellados que les caracterizaban como miembros de los alari, entre ellos, los tres guardias que habían encontrado en la puerta.

La ciudad era grande, sus calles eran anchas y limpias, hechas para poder cabalgar por ellas con facilidad. Por toda la ciudad, sobre todo en las partes más nuevas, imperaba un estilo arquitectónico muy diferente al que Gald había visto en otras muchas casas. La característica más llamativa era el hecho de que la base de los edificios fuera más ancha que sus tejados. El efecto era mayor al que cualquiera se hubiera imaginado. Las calles se llenaban de luz y parecía que los edificios se extendían hasta los cielos.

—No te quedes atrás.

Iriyed había permanecido en silencio durante las últimas millas. Gald sabía que pretendía llevarle a su aluria, una especie de gran casa donde convivían muchas familias de alari, la mayoría emparentadas entre ellas. En Gádunar había tres: una para cada una de las grandes tribus que, en un principio, habían formado el pueblo de los alari. Así lo contaba la leyenda, y, en el presente, el vivir en una comunidad se había preservado como una antigua tradición.

Finalmente se detuvieron frente a un gran edificio. A través de una verja se podía ver un gran patio interior, sembrado de verde y surcado por múltiples senderos artificiales. La fachada del edificio que daba a la calle, sin embargo, había sufrido notablemente los destrozos de las lluvias y del tiempo. Los colores azul y dorado habían sido pintados en una franja de la fachada a la altura de la cintura y aún sobrevivían, pero la pintura del escudo de armas situado sobre la verja se estaba pelando. Sobre la puerta se podía leer: Ir-Alurian.

—Hubo tiempos mejores, como ya te he dicho.

El portero se adelantó, pidiéndoles que se identificaran. Iriyed sacó de entre los pliegues de su camisa y su chaleco un medallón. No era grande ni ostentoso, sino bastante sencillo: un grabado sobre una pequeña galleta dorada, sujeta al cuello mediante una cinta dorada y azul. *Dorado y azul deben ser los colores de este aluria.*

—Soy Iriyed, segunda descendiente de Iradel y Radgol IV, conde de Hast. Él es Gald, un lamdhe.

¿Un qué?

El portero abrió la verja del todo y los dos jinetes pasaron a través de ella hacia la frescura del soportal y el patio interior. Mientras se dirigían a las cuadras para atender a sus caballos, Gald preguntó a Iriyed por la extraña palabra.

—En alarian significa 'el que lo intenta'. Comúnmente se llama así a los candidatos que quieren ser entrenados en el combate alario, la mayoría de ellos vienen aquí, a Gádunar, a que les asignen un maestro. Pocos lo consiguen, pero siéntete halagado. Es mejor intentarlo, ser un lamdhe, que no preguntarte durante el resto de tu vida qué habría pasado de haber tenido el suficiente potencial.

Bien, ahora encima tendré que pasar de nuevo por la prueba del 'potencial'.

Media hora más tarde, Gald se encontraba frente a un plato vacío, sentado en una de las grandes mesas que ocupaban la mayor parte del comedor común en Ir-Alurian.

La comida había sido abundante y, lo que más apreció Gald después de haber estado viviendo a la intemperie: caliente. A pesar de haber llegado tarde había conseguido un sitio en uno de los bancos y se había podido servir hasta quedar satisfecho. Ahora era el único sentado a la mesa. Los demás, según fueron terminando, se marcharon en pequeños grupos, hablando y riendo. Gald se sentía algo solo y abandonado. Iriyed había desaparecido nada más entrar en el comedor.

Un muchacho se había situado detrás de él, al parecer, esperando pacientemente a que acabara. Gald giró la cabeza y vio que el chico no podría tener más de once años.

Vestía los colores de su aluria en el cuello y mangas del traje negro que llevaba. Su pelo era de un profundo castaño, con algunos reflejos rojos en las zonas donde le daba la luz natural. En su boca se distinguía una sincera sonrisa.

—¿Has terminado? –preguntó.

—Sí.

—Soy Urel, me encargaron enseñarte tu habitación.

—Yo soy Gald –dijo este mientras se levantaba y se dirigían a la salida más cercana.

—Eso ya lo sé, viniste esta mañana con Iriyed. Me ha dado un mensaje para ti. Dice que dejes las cosas arriba y después salgas al patio, si quieres, nos puedes ver entrenar.

—Gracias.

Se habían detenido frente a una puerta. Urel la abrió, no tenía cerrojo, y Gald pudo observar un cuarto con una cama, una mesa y dos sillas. En un lateral, también había un lavabo. *Simple pero práctico.* Entró y dejó sobre una silla las alforjas de su caballo.

—¿Dormirá aquí también Iriyed? –preguntó.

—No lo creo. Ella seguramente ocupe el cuarto de su madre. No pienses que va a pasar mucho tiempo contigo... Si me han mandado acompañarte es porque tiene cosas importantes que hacer. Tú deberías prepararte para tu prueba –dijo Urel mientras salía del cuarto junto con Gald–. Dime, ¿cómo te has entrenado?

Bajaban por otras escaleras, estas en espiral, hasta llegar al patio. Allí ya se encontraba congregada una multitud de chiquillos para el entrenamiento.

—La verdad es que no he hecho nada para prepararme –confesó Gald. Dudaba seriamente de que las frases que Iriyed le había enseñado fueran a serle útiles.

—¿Quién es tu maestro? –preguntó Gald en un afán por alejar la conversación de la preparación que él no había tenido.

Urel irrumpió en una sonora carcajada, echando la cabeza hacia atrás, lo que hizo que su pelo brillara con miles de tonos rojizos.

—Yo soy demasiado joven para tener un maestro. Mi prueba será dentro de dos años. Solo me entreno con los otros niños. Los alari siempre hemos entrenado desde jóvenes, es la tradición.

¿Tradición? ¿Cómo diablos iba a estar durante la prueba a la altura de alguien que había estado preparándose durante años?

Ya en el patio, Gald se sentó en un lateral para contemplar cómo transcurría el entrenamiento. Primero, unos ejercicios de calentamiento: correr, saltar y práctica de desplazamientos y caídas para el combate. Había una veintena de muchachos pero ninguno de ellos sobrepasaría los doce o trece años. Gald notó que menos de la mitad eran niñas. *Mal asunto. Los alari se están –nos estamos– extinguiendo.*

Tras el calentamiento cogieron las armas, que se encontraban en un carro de madera a un lado del patio. Para los más pequeños, mofletudos niños de poca edad que, sin embargo, se movían con gran habilidad, las había de madera. Para el resto quedaba el acero.

En pocos minutos, el patio se convirtió en un campo de batalla. Luchaban por parejas con tal fuerza y empeño que a Gald le parecía estar en medio de una guerra. Si los futuros aspirantes eran capaces de luchar así, ¿cómo lo harían los alumnos? ¿O los propios maestros? Echó un vistazo al lugar donde Urel lidiaba con su compañera. La sonrisa de aquel chico no había desaparecido, de hecho, la mayoría de ellos exhibían sonrisas pícaras mientras luchaban. Parecía que no requirieran más esfuerzo que el necesario para conversar.

El entrenamiento duró casi toda la tarde y, después de otra cena en el gran salón, Gald se dirigió a su cuarto. Por el camino se cruzó con Urel. Este iba acompañado de una de las chicas que Gald había visto esa tarde en el patio y, como siempre, sonreía.

—He hablado con Iriyed antes de cenar –dijo ella–. Dijo que vendría a buscarte mañana temprano para la prueba.

Los dos muchachos se alejaron por el pasillo.

Fantástico, todo el mundo consigue ver y hablar con Iriyed menos yo. Se sentía algo traicionado, al fin y al cabo era ella la que le había metido en este lío. *Soy estúpido.*

La mañana siguiente amaneció soleada. Desde su ventana había podido ver el sol emerger de entre los picos de la cordillera oeste, avanzando poco a poco hasta tocar con sus rayos la ciudad. Apenas había dormido a causa de los nervios y ya estaba listo cuando Iriyed vino a buscarle.

Un paseo corto por las extrañas calles de la ciudad y Gald se encontró de nuevo esperando en una sala, tal y como lo había hecho unas semanas antes en Tarian, pero con una pequeña diferencia: esta espera la estaba efectuando solo. Como parecía ser tan común en esta ciudad, a Iriyed la habían conducido a otras habitaciones nada más entrar por la puerta.

No le gustaban demasiado ni esta sala ni esta ciudad.

Tras otros diez minutos de espera, un ayudante vino para conducirle a otra habitación. Nada más entrar, Gald percibió que aquello iba a ser mucho peor que Tarian: no uno, sino unos veinte maestros de la Orden le juzgarían en esta ocasión. Estos estaban sentados a una mesa en forma de U. Iriyed se encontraba de pie, en el espacio vacío que quedaba entre los dos brazos de la mesa. Le hizo una seña a Gald para que se situara donde había estado ella, mientras que la joven rodeaba la mesa para situarse justo detrás del hombre que la presidía.

Este tendría alrededor de treinta años, su pelo castaño, muy corto, no daba signos de edad. Sus ojos eran muy oscuros, exceptuando las características franjas de los alari, y parecían tener en ellos la suficiente fuerza para poder mirar aquello que se encontrara en el interior de Gald. Para determinar si valía o no.

—Iriyed nos ha contado lo que pasó en Penmar y también lo que le dijeron de ti en Tarian. ¿Es verdad que no recuerdas a ninguno de tus padres?

—Es verdad, señor.

Gald nunca había llamado señor a nadie, pero sentía que el hombre que le hacía las preguntas merecía ese trato.

—¿No sabes, entonces, si eres alar de nacimiento? ¿Tampoco sabes a cuál de las tres tribus perteneces?

—No, señor.

—Cierra los ojos.

Gald obedeció. Al principio solo vio negro y sus pensamientos empezaron a divagar. Si el maestro de Tarian había dicho que valía eso significaba... *¿Qué haces? Esto es la prueba.* Justo a tiempo logró cortar su hilo de pensamiento y ponerse alerta. Un segundo después se estaba agachando para evitar que un pesado objeto le diera en la cabeza. El atacante había cogido demasiado impulso y fue el ruido del aire contra el arma lo que advirtió a Gald del peligro.

Se irguió, aún manteniendo los ojos cerrados. Ignoraba si iba a haber un segundo golpe o si iría dirigido a la cabeza esta vez.

—Eso será suficiente –dijo el hombre de antes con un tono tajante. La voz parecía provenir desde una gran distancia–. Mis felicitaciones, he de decir que eres uno de los pocos que mantienen los ojos cerrados después del ataque. Puedes abrirlos.

—¿Esta es toda la prueba, señor?

—Me temo que sí. Siento decepcionarte, pero el resto de lo que necesitamos saber viene definido por tus movimientos, tu manera de hablar, los pequeños gestos que haces casi inconscientemente. Esto es todo, abandona la sala mientras hablamos, por favor, y cuídate de no pegar el oído a la puerta esta vez.

Gald hizo una corta reverencia y salió de la sala cerrando la puerta tras de sí, no sin haber percibido la sonrisa que asomaba a los labios de Iriyed.

Gald creía que le llamarían una vez tomada la decisión y que tendría que enfrentarse de nuevo al tribunal. Por eso se sorprendió cuando, pasado un rato, Iriyed y el presidente de la Orden entraron en la sala. Iban discutiendo, Iriyed protestaba por algo. *Ya está, no me han cogido y por eso protesta.* La discusión cesó en cuanto los dos estuvieron frente a Gald. Su cara debía de delatar su tristeza, pues el hombre dijo:

—Eh, alegra esa cara, serás entrenado.

El asombro y la felicidad se apoderaron de Gald. No había sabido cuánto deseaba esto hasta que al fin se lo habían concedido.

—¿Y quién será mi maestro?

—Iriyed se encargará de ello.

—Aremei, por favor, sabes lo que me han encargado hacer en Átelli. No puedo encargarme ahora de entrenarle.

—Hazlo durante el viaje o mientras estás allí, así conocería el país. Además, sabes que no hay nadie más a quien le podamos dar y su entrenamiento se ha demorado ya durante mucho tiempo.

—¿Qué hay de Ulferey? Él... –Iriyed miró a Gald, que contemplaba toda la escena con incredulidad.

No podía creer que Iriyed no quisiera entrenarle. *¿Qué es Átelli?* Iriyed suspiró y se dirigió a él.

—Créeme, Gald, si lo que tuviera que hacer no fuera tan importante habría pedido tomarte como discípulo. Sin embargo veo que ahora no me queda otra elección, haga lo que haga.

No habían pasado ni cinco días cuando Iriyed y Gald volvían a dejar Gádunar, esta vez, en dirección oeste. Sin embargo, Gald había empleado bien su tiempo en la ciudad. Por las mañanas 'estudiaba' en la biblioteca de Ir-Aluria, progresaba poco pero, gracias a los mapas, aprendió pronto la situación de Llantar, su país natal, y Gádunar, con el Desierto de las Sombras justo hacia el este. El día anterior, para su gran satisfacción, Iriyed le había enseñado Átelli y la ruta que tomarían para llegar a su capital: hacia el noroeste a través de las planicies de Imesk, rodeando los Montes Der por el norte y, luego, de nuevo hacia el noroeste hasta Átelli. La ruta entre las dos ciudades era bastante frecuentada y los caminos, según le había dicho Iriyed, estaban en buen estado durante la mayor parte del año.

Durante el viaje, Iriyed intentaría adiestrar a Gald y, fiel a su palabra, habían comenzado ese mismo día. Tras haber cabalgado desde el alba hasta que se puso el sol habían desmontado para acampar. Gald parecía conocer en este momento todos los músculos de su cuerpo, todos le dolían tanto que podía distinguir con precisión dónde se encontraban. Hoy sí que habían cabalgado deprisa, ni siquiera habían parado para comer. Lo que hubiera que hacer en Átelli, sin duda, era importante. *¿Pero qué tendrá que hacer allí?*

Al chico se le cayó el alma a los pies cuando oyó a su maestra decir:

—Ahora empezamos el entrenamiento. Ponte a correr para calentar tus músculos y, mientras lo haces, ve recogiendo ramas para el fuego.

Ese día no utilizaron ningún arma en el entrenamiento. Iriyed le enseñó a moverse, a concentrarse, a distinguir en la mirada del adversario cuáles eran sus verdaderas intenciones: amagar o atacar, una herida superficial o una mortal.

Después le enseñó a usar los puños, a protegerse con los brazos y a utilizar toda la fuerza de su cuerpo cuando fuera a asestar un golpe. Gald estaba cansado, cada acción le suponía un gran esfuerzo: pensar en el movimiento, ordenar a sus músculos que lo efectuasen. *Con cada ataque me estoy volviendo más lento.* En efecto, cada vez parecía defenderse peor y recibía bastantes golpes de Iriyed. Ella también lo debió de notar y paró.

—Vamos a cenar, mañana seguimos. Has de saber que la lucha no es toda la instrucción que recibe un alar, también tengo que enseñarte desde cero nuestras costumbres, las tradiciones y las leyendas. Va a ser duro, y me temo que también vas a tener que aprender a leer.

Gald estaba demasiado cansado para contestar. La idea de aprender a leer no le seducía, había visto a mucha gente en Penmar que lo intentaba y nunca lo conseguía. *Pero también he visto soldados que nunca aprendieron a luchar y a mí no se me está dando tan mal...*

La cena consistió en un poco de queso y pan. No habían llevado mucha comida para poder viajar más deprisa. En este viaje no habría lujos. *Volvemos a las cenas frías.* Como si hubiera leído su pensamiento, Iriyed habló:

—En cuanto aprendas a utilizar el arco podremos cazar y comer carne.

Gald asintió y sonrió. Se dio cuenta de que aún no había descubierto cuál era la misión de Iriyed en Átelli, pero tampoco ella había parecido dispuesta a contársela. Ahora, mientras cenaban, Gald volvió a insistir. Iriyed le miró antes de responderle:

—La curiosidad.

¿Mató al gato?

La Princesa de Mähd

Año 989

Los pies descalzos de la chiquilla no hacían ningún ruido sobre el suelo de madera. Esta ala del castillo, donde se encontraban los aposentos de la familia real, estaba vacío a estas horas. Niane llevaba las botas en una mano, con la otra abrió la puerta que había ante ella y entró en la habitación. No había luz en el interior; solo la luna, cuyos rayos se filtraban a través de la ventana, iluminaba la estancia. Su luz se reflejaba en los ojos de la niña, que tenían cuatro franjas más claras sobre el negro iris.

Niane dejó sus cosas junto a la puerta y caminó hacia el centro de la habitación, hacia la cama donde yacía otra figura. Apartó las sábanas y se metió junto al niño, pues hacía tiempo que se habían apagado los fuegos de las habitaciones y Niane tenía frío.

—Así que te vas, hermanita.

Había pensado que Devian estaría dormido, pero se había equivocado.

—Quería despedirme de ti.

El chico intentó darse la vuelta, enrollándose en las mantas. Los dos hermanos se miraron cara a cara. El chico tenía los ojos de un azul intenso, pero sin las características líneas claras de los alari.

—Padre se va a enfadar cuando descubra que te has ido.

—Se puede enfadar todo lo que quiera –dijo Niane–, por la mañana ya estaremos lejos.

Hacía una semana que había aparecido un alar en la corte. Quería llevarse a la pequeña princesa a una ciudad llamada Gádunar. Tres veces había insistido el hombre y tres veces se había negado Reviad, el monarca de Mähd, a permitirle llevarse a su hija.

—No comprendo por qué te tienes que ir, me dejas solo.

—Devian, tú eres el príncipe, y tienes que quedarte. Yo, en cambio, siempre fui distinta a ti, y no solo en los ojos. Siento que tengo que ir.

—¿Te está esperando? –Devian se refería al alar.

—Sí, me escribió un mensaje. Lo trajo una paloma. Me reuniré con él en la puerta sur.

El silencio reinó entre los dos hermanos. Daban lugar a una curiosa imagen, los dos en la misma cama, Niane con la ropa de viaje y Devian con la de dormir. Fue el hermano mayor el que rompió el silencio.

—Volverás, ¿verdad?

—En cuanto se le pase el enfado a nuestro padre.

—Júralo.

—Lo juro por los sagrados elementos –dijo Niane–. ¿Me podrías ayudar a bajar por tu ventana? Es la única manera de que pueda llegar a los establos.

—Ven, anda.

Los dos hermanos se despidieron con un fuerte abrazo. Unos minutos más tarde, Niane cabalgaba en dirección a la puerta sur. La noche era fría y el aliento del caballo formaba pequeñas nubes de vaho cada vez que este respiraba. Niane siempre habría de recordar Zärm, su ciudad natal, de esta manera, durmiendo en paz infinita durante las frías noches de invierno.

CAPÍTULO IV

El último rincón

Los días se fueron transformando en rutina y, en parte, Gald lo agradeció. Ya no le dolía el cuerpo cuando galopaban, y eso le permitía concentrarse mejor en las clases que le daba Iriyed. El saber se lo inculcaba durante el día, mientras cabalgaban le iba narrando las leyendas de los alari, le enseñaba la historia de su pueblo. El muchacho escuchaba con avidez, nunca antes había sentido tantas ganas de aprender. Durante la noche, en el campamento, Iriyed le entrenaba en las técnicas de la guerra. En poco tiempo, Gald aprendió el manejo del cuchillo y las dagas hasta el punto de que conseguía mantener a Iriyed alejada, pero aún no había practicado lo suficiente como para poder atacarle con éxito.

Poco a poco fue aceptando la idea de la existencia de un quinto elemento, la quintaesencia, el espíritu, el éter, la sustancia de la que estaban hechas, entre otras cosas, las estrellas y las almas. La noción de este otro elemento aparecía en la filosofía alaria, y también en su entrenamiento. A pesar de todo, su maestra le advirtió que sería mejor no hablar con nadie del tema. El hecho de que fueran alari no les salvaría de caer en manos de la Hermandad.

Por lo general iba ganando terreno con facilidad, e intentaba aprovechar los entrenamientos al máximo. Hacía dos noches que Iriyed le había ayudado a construir un arco y un puñado de flechas. Aparte de eso y de enseñarle la técnica muy básica para disparar, aquello fue casi lo único que pudo hacer por él en ese campo.

—Ahora necesitas tener la suficiente disciplina como para entrenar tú solo. Dime cuando creas que estás preparado –le había dicho.

Y Gald había seguido su consejo y había entrenado. *Pero aún no estoy preparado.* Esa misma noche estaba en el campamento, intentando acertar al círculo que había dibujado en un tronco cercano utilizando su cuchillo. Tenía ampollas en las yemas de los dedos que le dolían al tensar la cuerda, pero no permitía que aquello le distrajese. *Tensa. Llena los pulmones, así no moverás los músculos durante el disparo. Ahora, suelta.* La flecha salió disparada, clavándose en el exterior del círculo. Allí vibró unos segundos antes de quedarse definitivamente quieta.

Menudo asco.

Acababa de levantarse para recoger sus flechas cuando Iriyed le hizo un gesto con la mano, indicando que se quedara quieto y no hiciera ningún ruido. La negra sombra de un halcón proyectada contra el cielo captó la atención del muchacho.

Pasaron unos segundos. De nuevo el ave volvió a pasar por encima de sus cabezas, pero esta vez Iriyed relajó su postura y silbó al pájaro. Este descendió desde las alturas y vino a posarse en el brazo extendido de su maestra, que lo acarició varias veces antes de retirar una pequeña bolsa de cuero que iba amarrada a una de las patas del animal.

Iriyed dejó libre al halcón, que rápidamente se perdió de vista, y se sentó junto al fuego para poder inspeccionar el contenido de la bolsa. Sacó de esta un papel cuidadosamente doblado y sellado.

—¿Quién te manda el mensaje?

—No le conoces.

—¿Y qué dice?

—¿Quieres que te lo lea?

—Claro.

—*Tor haem Miled bar Hast er fil raeth Iyed: irgom gar ober er yast ghanim...*

—Para ya, Iriyed –protestó el muchacho–. Tú ganas pero no me tomes el pelo. Sabes que no conozco el alarian.

—Solo para tu información, te diré que no es alarian –dijo ella con una sonrisa.

—¿Qué lengua es, entonces?

—Es una lengua inventada. La utilizábamos mis hermanos y yo cuando aún éramos niños. Nadie más la conoce, por eso la utiliza Radai en sus mensajes.

—¿Y dónde está tu hermano?

—En Hast. Él es el conde de allí, me ha pedido que vaya.

—¿Pero no íbamos a Átelli?

—Daremos un pequeño rodeo por el bosque. Además, tengo cosas que hacer en casa.

Al día siguiente desviaron la marcha hacia el oeste. Ahora cabalgaban hacia la cordillera de montañas y los tupidos bosques que cubrían las faldas de estas. Hacia el sur podían ver el extremo norte del bosque de Mast. Parecía extenderse más allá de lo que alcanzaba la vista. A Gald le hubiera gustado dirigirse hacia allí, los bosques siempre le habían transmitido una sensación de paz, de seguridad, pero sabía que no podían detenerse. Quizá en algún futuro...

Apenas llevaban unos minutos cabalgando cuando Iriyed empezó la clase del día:

—Hoy te voy a enseñar la balada de Arhiez...

—Ya la conozco –En Penmar, Dair había querido ser bardo. La única balada que conocía era esa, y la había recitado en todas las celebraciones en los últimos diez años.

—Dudo que la hayas oído nunca cantada en alarian. ¿Me equivoco?

Gald negó.

—Aprendértela te ayudará a la hora de aprender a leer...

—No veo la relación.

—Claro que no la ves –dijo su maestra en tono exasperado–. Nunca me dejas explicarte. Mi maestro hubiera tenido menos paciencia.

Gald bajó la cabeza y sus mejillas enrojecieron ligeramente.

—Tengo un libro en Hast en el que está escrita la balada completa. Está transcrita entera, verso por verso, en runas alarias y junto a ellas lo mismo pero con las runas comunes. Con un poco de esfuerzo aprenderás ambas.

—Pero para cantar una balada necesitarás un instrumento...

—¿Quién te dice que no tengo uno?

Gald miró los flancos del caballo de Iriyed, como si esperara que un laúd o algún otro instrumento se materializara en ese momento. Y eso fue precisamente lo que pasó.

Iriyed sacó una serie de tubos, aparentemente hechos de cañas, de una de las alforjas. Comenzó a juntarlos con habilidad y en breve sostuvo un rectángulo hecho a base de cañas entrelazadas sin orden aparente. Sobre algunas de ellas había una especie de almohadillas cuadradas. El rectángulo no mediría más de un palmo por cada lado.

Gald observó con asombro cómo Iriyed soplaba por uno de los tubos con fuerza. Nada sucedió. Iriyed comenzó entonces a presionar las almohadillas con gran precisión y el instrumento emitió una corta melodía.

Este sonido yo ya lo he oído antes. Junto al sonido del fuego, la risa de otro niño...

Gald se agarró a la montura. Su cara debía de mostrar su confusión pues Iriyed dijo:

—Funciona a base de mantener aire comprimido en algunos de los compartimentos. Al apretar las teclas se escapa y produce el sonido. Es el único instrumento de viento con el que se puede tocar y cantar a la vez. Muy útil. Adivina quién lo inventó.

Gald se fue recuperando, procuró que Iriyed no lo notara, y aventuró:

—¿Los alari?

—Sí, eran otros tiempos...

Iriyed tomó aire y volvió a soplar por uno de los tubos.

—¿Listo?

Gald asintió.

Entraron en el bosque hacia el medio día. Al principio tuvieron que desmontar y llevar a los caballos de las riendas, pero pronto Iriyed encontró un camino que atravesaba el bosque en la dirección deseada: hacia el norte cruzando la cordillera por el paso de Hast. El camino había caído en desuso, pero no tuvieron muchos problemas a causa de ello.

Gald había conseguido aprenderse la primera parte de la balada. Hasta él mismo se sorprendió de su memoria: todo el poema estaba en alarian, un idioma completamente nuevo para él. El contenido era bastante similar al de la versión que él conocía y había podido adivinar el significado de las palabras que más aparecían.

Acamparon en un claro al lado del camino. En el centro aún perduraban las huellas de una hoguera, probablemente, hecha hace años, cuando el camino era más transitado. A pesar de todo, ellos no encendieron fuego. Iriyed aseguró que no eran los mejores tiempos para acampar en solitario en un bosque.

Su maestra había dicho que, tras la cena, entrenarían ambos con los cuchillos. Tampoco debía dejarlos de lado ahora que practicaba con el arco.

—Además, no querrás que mis sobrinos te venzan, ¿verdad?

—¿Sobrinos?

—No son exactamente mis sobrinos, ya que Radai no es mi verdadero hermano, sino un hijo que tuvo mi padre con su primera mujer.

—¿Entonces tu hermano no es un alar?

—Radai no, su madre es humana, Iryal sí lo es.

—¿Y tu otro hermano vive en Hast?

—Mi otro hermano no vive en ningún lugar, va siempre de aquí para allá. Ojalá sentara cabeza. La última vez que oí algo de él estaba en la costa, en algún pueblo perdido de Dörn.

—¿Y entonces...

—¡Basta ya de hablar! –dijo Iriyed desenvainando sus dagas–. No creo que un onak te fuera a contar su historia familiar mientras luchéis.

Gald tuvo el suficiente tiempo de sacar sus propias armas y defenderse antes de que Iriyed cayera sobre él. Retrocedió, giró, se defendía como mejor podía de la lluvia de cuchilladas que caía sobre él. Nunca antes había entrenado en un bosque y tuvo que acostumbrarse con rapidez a la irregularidad del terreno, a concentrarse en la lucha mientras también buscaba obstáculos para su movimiento, como raíces semienterradas o musgo resbaladizo.

El sonido del metal perturbaba la paz del bosque. Los golpes se fueron haciendo más seguidos, el ritmo más rápido. Gald parecía practicar una macabra danza, con todos sus movimientos intentaba defenderse de los rápidos golpes y, al mismo tiempo, acercarse a su maestra.

Finalmente, ni su cuerpo ni su mente pudieron soportar durante más tiempo el frenético ritmo. No pudo apreciar que iba a pisar sobre una madriguera abandonada y sus piernas no reaccionaron lo suficientemente deprisa para evitar la caída. Por suerte, la hierba amortiguó el golpe.

—Has mejorado –dijo Iriyed mientras le tendía la mano–. Vamos, se acabó por hoy.

Gald se levantó y ambos se dirigieron hacia el campamento. Los caballos pacían en la cercanía pero ahí, en medio del claro, había algo. ¿Alguien?

Es extraño que Iriyed no le oyera acercarse, ella siempre ve y oye todo.

La figura se incorporó dejando caer hacia atrás la capucha que hasta ahora le había cubierto la cabeza. Allí, frente a ellos, había *¡un elfo!* La pálida piel y finos cabellos rubios así lo mostraban, además de su composición: un ser delgado y alto. *E increíblemente hábil, si las leyendas son ciertas.*

—*Hersalv im Gilbum Arhiezem* –dijo el desconocido.

—*Hersalv nas Dalhre* –respondió Iriyed al instante.

Gald presenció el intercambio atónito.

—No se encuentra muy a menudo a gente que conozca las antiguas formas aunque, por vuestra manera de luchar, pensé que quizá tuviera hoy suerte.

Gald observó que Iriyed también estaba perpleja a causa del encuentro pero intentaba ocultar su asombro.

—Supongo que os preguntaréis por qué acaba de aparecer un ser de leyenda en el centro de vuestro campamento, ¿me equivoco?

—Espero no faltar al respeto cuando digo que para ofrecer ayuda y pedir algo a cambio –dijo Iriyed–, ¿me equivoco?

—No andas mal encaminada, alar. Pero este no es un buen lugar para hablar, permitidme ofreceros el cobijo de mi humilde cabaña. Está sumergida en la espesura, a poco camino de aquí.

—Gracias por la oferta –dijo Iriyed sin apartar la vista del elfo–. Gald, recoge todo, nos vamos con el... el señor.

El muchacho se acercó a su maestra y susurró:

—¿Y si es una trampa?

—No hace falta que susurres, Gald, él te puede oír perfectamente. La manera en la que nos ha saludado le impide traicionarnos, igual que nosotros a él –Iriyed terminó de atar la última bolsa a su caballo–. Aún tienes mucho que aprender, así que déjame a mí tomar las decisiones.

El elfo les condujo a través de la maleza, siguiendo caminos que, al parecer, solo él conocía. Daban rodeos para evitar zarzales o setos y cambiaban frecuentemente de dirección. Pronto, Gald perdió el sentido de la orientación y se resignó a seguir al elfo, obligado a confiar en su buena fe. Su mente le daba vueltas al encuentro que habían tenido en el claro. *Como en las historias.* Se preguntaba si sería real o si ahora estaría dentro de un sueño. Todo tenía un aspecto irreal. *En realidad, todo desde que salí de Penmar, ¿y si despierto y sigo allí? No quisiera despertar.*

Finalmente, la comitiva se detuvo delante de una ruinosa cabaña. Toda la construcción era de madera oscura, quizá más oscura debido a la humedad que se aferraba a las enmohecidas tablas. Un fino hilo de humo se filtraba a través de la chimenea, hecha de otro material distinto.

El elfo les señaló dónde atar los caballos y abrió la alta puerta.

—He llegado, Maryel –dijo con un tono jovial–, y traigo visita.

Gald vaciló ante la puerta, pero un firme empujón de Iriyed le introdujo en la estancia. Una mujer apareció en la única otra puerta de la habitación. *Una mujer no, una elfa.* La cabaña solo parecía tener dos cuartos: este en el que se encontraban hacía las veces de cocina y comedor. Gald imaginó que el otro sería el dormitorio.

—Taeer –dijo la elfa–, hacía tiempo que no teníamos ninguna visita...

—Lo sé –respondió Taeer– pero también hacía tiempo que no venían los alari a este bosque. Confío en que ellos puedan resolver nuestro problema.

—¡Ella no es un problema! –respondió la mujer.

—Ya lo sé pero...

—Quizá esperan demasiado de nosotros –intercedió Iriyed–. Al venir me he comprometido a ayudar, pero no sé si será posible. Mañana deberíamos ponernos en camino.

—Hay suficiente tiempo –respondió el elfo–. Sirvámonos algo caliente y charlemos. Sé lo duro que es estar en camino y cuánto se agradece un fuego y algo que caliente el estómago.

Les ofrecieron asientos junto al fuego y un vaso a cada uno. Gald aceptó pero no abrió la boca. Decidió que sería mejor dejárselo todo a Iriyed, al fin y al cabo, ella había conocido mucho más mundo que él...

Taeer sacó una botella de un armario que hacía las veces de despensa y fue sirviendo a Maryel y a Iriyed. Dudó cuando le llegó el turno a Gald.

—Tú aún eres muy joven –le dijo con una sonrisa mientras sacaba otra botella distinta–. Creo que esto será más de tu agrado.

—Gracias –dijo este.

—Bueno, ¿qué os trae por el bosque? –preguntó la elfa, mientras su marido guardaba las cosas y se sentaba.

—Vamos a Hast –respondió Iriyed.

—Poca gente utiliza ya este camino para ir a Hast –dijo Taeer.

—Ha caído en desuso, sí –respondió Iriyed sin levantar la vista de su bebida–, pero eso comenzó hace doscientos años. ¿Fue entonces acaso cuando ocurrió este... problema?

—El problema es más antiguo que eso –dijo Taeer– pero nuestro problema surgió hace relativamente poco.

—¿Hace cuánto? –preguntó Gald. Era la primera vez que hablaba durante toda la conversación, pero consiguió la atención de ambos elfos.

—Unos cien años. Ella tendría, aproximadamente, la misma edad que tú, a nuestros ojos, claro está –respondió Maryel.

—Hablemos claro, por favor, es demasiado tarde para andar con adivinanzas –dijo Iriyed–; ¿qué es lo que pasó con el asentamiento de Sar-Mast? ¿Y por qué queréis nuestra ayuda?

—Cantan los elfos de Sar-Mast bajo las estrellas, lejos queda el mar, las luchas y querellas.

¡Sagrada tierra! ¿Qué diablos estoy diciendo?

—¡Gald! ¿Dónde has oído eso?

—No te extrañe que la sepa. Era una rima infantil muy extendida entre los alari –dijo Maryel con una sonrisa de madre.

—¿Hace doscientos años, quizá? –respondió Iriyed cortante–. Di, ¿quién te la ha enseñado?

—No lo sé, de veras –dijo el chico–. No sé ni siquiera por qué lo dije.

Un silencio incómodo se apoderó del grupo sentado frente a la chimenea. Gald sentía los ojos de su maestra sobre él. Tras unos segundos eternos, Taeer decidió hablar:

—El asentamiento de Sar-Mast se encuentra a menos de media milla de aquí. Los otros elfos desaparecieron poco a poco. A nosotros nos mantienen aquí las ganas de vivir.

—¿Sin ganas de vivir también desapareceríais? –preguntó Gald.

—Lo más probable.

—¿Y por qué seguís aquí? ¿En qué sois distintos de los otros elfos?

—No lo sabemos. Eso es lo que queremos averiguar. No parecía haber ninguna explicación lógica. Los elfos simplemente perdían la voluntad, un día ya no hablaban, después, sus ojos dejaban de ver este mundo, el siguiente ya no se movían y, finalmente, desaparecían...

—¿Este era el primer problema del que hablabais? –preguntó Gald.

Maryel asintió.

—No creo que podamos hacer nada nosotros.

—No, una vez que han desaparecido, ¿qué se puede hacer? –dijo Taeer–. Pero esperábamos que nos ayudarais con otra cosa...

—Nuestra hija cayó también en el letargo –continuó Maryel.

Silencio de nuevo. Los dos elfos miraban el fuego de la chimenea, el fuego hipnotizante.

—No sé qué puedo hacer –dijo Iriyed.

—En realidad pensábamos que ayudara él –dijo Taeer señalando a Gald.

—¿Yo?

—Tú eres joven y serás el que mejor la comprenda. No te pedimos nada, solo que lo intentes.

Gald se levantó de su asiento. Iriyed le miró. De súbito parecía más mayor.

—Lo haré de buena voluntad.

—No se hable más –dijo el elfo antes de que Iriyed pudiera negarse–. Ahora estamos en deuda con vosotros. La tradición dice que debéis elegir vuestra recompensa. He oído que la codicia no es muy extendida entre los alari. ¿Debo asumir, entonces, que querréis unas viandas para el camino?

Iriyed reflexionó durante un segundo y luego miró a Gald.

—Eso no sería muy justo, ya que es Gald quien os va a hacer este favor. Preferiría que saldaras la deuda dándole mañana una clase.

Taeer fijó sus ojos en Gald.

—No parecía mal estudiante allá en el claro –dijo–. ¿Y de qué habrá de tratar esta clase?

—De equilibrio y sigilo en el movimiento. ¿Qué mejor maestro que un elfo? Además, ya le viste luchar, eso hay que mejorarlo.

Pasaron a discutir otros temas, algo menos interesantes. Al parecer, los elfos no habían tenido noticias del mundo desde hacía bastante tiempo. Iriyed les habló durante mucho rato acerca de política, de las relaciones entre los reinos. Gald, poco interesado en esos asuntos, fue durmiéndose poco a poco.

La mañana siguiente, Iriyed despertó a Gald antes de que saliera el sol. La mayoría de las estrellas aún eran visibles, pero el cielo se iba aclarando con rapidez. Salieron de la cabaña y se dirigieron hacia un pequeño claro, lo suficientemente lleno de obstáculos como para que Gald pudiera poner a prueba sus habilidades.

El entrenamiento prosiguió bajo la atenta mirada de Iriyed, aunque esta pronto pareció ver que la vigilancia no era necesaria. Taeer resultó ser un maestro mucho más estricto.

—Los pies firmes en el suelo, ¿así cómo esperas que no te tire?

—Dóblate, ¡dóblate! Eres peor que un madero viejo.

Otra patada en las costillas. Gald fue propulsado por el golpe hasta el otro lado de la pequeña explanada. Allí permaneció un rato, intentando recobrarse.

Taeer miró a Iriyed:

—¿Aún no le has enseñado el Tar-ipach?

—No –respondió esta–, solo le tengo desde hace dos semanas. Además, la lucha de los alari no se centra alrededor del Tar-ipach.

—¿Qué es el Tar-ipach? –preguntó Gald mientras se levantaba.

—Es un método de lucha –comenzó a decir su maestra–, muy usado por los elfos...

—Se trata, más bien, de una filosofía –cortó Taeer–, y no sirve únicamente para la guerra.

—No entiendo cómo puede servir una filosofía a la hora de luchar.

—El Tar-ipach –explicó Taeer– dice que la naturaleza es una fuerza que siempre está presente en las acciones de las personas, siendo así, la puedes intentar controlar momentáneamente para tus propios propósitos.

—¿Como vencer a mi contrincante?

—Sí, exacto –respondió Taeer–, tienes que intentar ver el bosque como otra persona que también intenta vencerme a mí. Apóyate en él, aprovecha los momentos en los que te defiende. En definitiva: no debes verlo como un obstáculo, sino como un aliado.

Gald reflexionó durante unos segundos. Era cierto que había intentado mantenerse en el centro del claro, trayendo al elfo hacia el entorno en el que Iriyed le había enseñado a luchar...

—Vamos –dijo Iriyed–, una última vez. Ya pronto tendremos que salir hacia Sar-Mast.

La lucha comenzó de nuevo, pero ahora Gald podía apreciar cómo su contrincante utilizaba el bosque, cómo se ayudaba con las ramas, cómo se refugiaba tras los troncos. Pronto comenzó a hacer lo mismo y notó que el número de golpes que recibía iba disminuyendo.

Tras un tiempo que a Gald le pareció eterno, Taeer dio la orden de parar. El muchacho se dobló al instante, las manos en las rodillas. Nunca habría pensado que su respiración pudiera ser tan acelerada.

—Definitivamente ha habido una mejora –dijo el elfo. Gald notó que también este respiraba más deprisa–. Para haber entrenado solo dos semanas, tu velocidad no está nada mal.

—Gracias por todo –le dijo Gald.

Iriyed apareció al poco tiempo junto a Maryel, llevando sus dos caballos de las riendas.

—Vámonos.

Llegaron a Sar-Mast antes de lo que Gald hubiera anticipado. Primero caminaron a través de la espesura, por un sendero que seguramente solo utilizaban los dos últimos elfos para visitar su patria, pero pronto llegaron a un camino pavimentado de piedras blancas, muy regulares a pesar de los años. La espesura no había tocado esta parte del bosque, de hecho el camino parecía estar mejor conservado que el que Gald e Iriyed habían seguido el día anterior hacia Hast.

Nada podía haber preparado a Gald para la escena que vio al final del camino.

Lo más notable era el silencio, pegado a las calles y edificios, la única esencia del lugar. Fue como entrar en una gigantesca burbuja, un sitio aislado del mundo por algo que iba más allá del tiempo. El abandono le recordó al edificio de Ir-Aluria, la comunidad de Iriyed, en Gádunar. *Las diferencias corren en tus venas, ocultas, pero están ahí.*

Gald comenzó a caminar inconscientemente hacia las primeras casas. Iriyed le agarró del brazo con firmeza.

—Vamos –dijo con un susurro. Su maestra también había percibido el silencio.

Taeer y Maryel no habían entrado a la cuidad, sino que seguían el camino que la rodeaba. Iriyed y Gald se pusieron en camino tras la pareja. Pronto dejaron atrás la ciudad y se volvieron a introducir en el bosque. Ambos elfos se detuvieron antes de entrar en una arboleda. Sus miradas cayeron sobre Gald.

El chico abandonó el grupo sin pronunciar palabra y con aire solemne comenzó a caminar entre los árboles, intentando seguir una línea recta. Por suerte no encontró muchos matorrales. A veces, en la lejanía podía ver una forma blanca, algo que desentonaba con el verde del bosque.

Finalmente supo que había llegado a su meta.

Una gran losa blanca, un pedestal en el centro de la nada, unos escalones que conducían a un pagano altar y allí, tumbada sobre él, una muchacha. Tenía la piel pálida, unos ojos rasgados que rápidamente recordaban a los de Taeer. Cabellos finos y largos descansaban sobre la piedra, formando una tela sedosa, casi invisible.

Gald subió los tres escalones que le separaban de la muchacha y se sentó junto a ella en el pétreo lecho. Aquí también reinaba el silencio, pero era más natural. Podía sentir el aire en las hojas, el bosque palpitando con vida a su alrededor.

El chico cogió lentamente la mano de la elfa. Su estómago dio un vuelco y su cuerpo pareció despegarse de la piedra. Pensó que caería al suelo. Pero ya no estaba allí.

Estaba de vuelta en la ciudad. Sar-Mast. Y comprendió. Sar-Mast: último rincón. Los pocos elfos que quedaban se habían agrupado aquí. Pero ¿para qué? No había esperanza ni futuro, nada que preservar, nada por lo que luchar. Solo quedaba la antigua gloria, antigua. Ese era el problema. El pasado. El pasado. Recordemos el pasado.

¿Le sucederá esto a los alari? Me opongo.

Apareció frente a él la chica. Bueno, no habría podido jurar que apareció, era posible que hubiera estado allí todo el rato.

¿Ahora me entiendes?

Gald asintió con la cabeza. Notó dos lágrimas que querían escaparse de sus ojos.

No deberías sentir tristeza. Le limpió los ojos con la manga de su vestido. *Ni por mí ni por ti. Aún quema el fuego de los alari, fue la pasión y no la indiferencia la que redujo vuestros números.*

Gald permaneció en silencio. No sabía qué decir, sentía cómo parte de la tristeza del lugar empezaba a empapar sus huesos. La indiferencia crecía dentro de él.

Mi madre y yo nos reuniremos con los de nuestra raza dentro de poco. Mi padre morirá libre, gritando el nombre de su amigo y su rey. Debes irte, pero díselo a él.

Cuando Gald emergió del bosque ya estaba anocheciendo. No había sido consciente de haber permanecido allí tanto tiempo. Se acercó a Taeer y le susurró al oído las palabras de su hija. El elfo comenzó a llorar amargamente. Él y Maryel se alejaron por donde habían venido, sin despedirse.

Iriyed le miró a los ojos y decidió no preguntar.

Verán el mundo

Año 1005

—En realidad, no hay nada de lo que hablar, Radgol.

El gran salón estaba vacío excepto por los dos hombres que conversaban junto a la chimenea. Fuera, la lluvia golpeaba contra los cristales. Al Conde de Hast le gustaba tomar vino caliente en este tipo de noches. El hombre con el que hablaba también sujetaba una copa, igual que su anfitrión, y sus ojos estrellados brillaban a la luz del fuego.

—Cuando te casaste con Iradel ya sabías a lo que te prestabas –dijo el invitado.

—Siempre lo he sabido, Ulvien –dijo el Conde de Hast–, pero no por ello me resulta más fácil separarme de ellos.

—Tu hijo Yal tiene quince años. Demoramos su entrenamiento a petición tuya, pero ya no podemos esperar más.

Radgol se dejó caer en una butaca.

—Pero Iyed solo es una niña.

—Hay muchas chicas de su edad que ya tienen un maestro –dijo Ulvien–. Además, los dos quieren ser entrenados; y tienen talento, créeme. La Orden puede hacer mucho por ellos.

—Les daréis una educación que aquí no pueden tener. Verán el mundo. Pero a mí no me verán, ¿verdad? –Radgol miraba fijamente a un punto de la pared.

—A mí también se me hizo duro despedirme de Aremei cuando se tuvo que marchar –dijo el alar–, pero ahora le miro y sé que valió la pena.

—Está bien, Ulvien. Los pondré a tu cargo, pero hazme un favor.

—Dime.

—No les separes, quiero que entrenen juntos.

—Así se hará, no te preocupes.

Esa mañana no saldría el sol. Una pesada niebla cubría la ciudad de Hast, y no se levantaría hasta pasado el mediodía.

La comitiva estaba lista para partir. Solo aguardaban ya a que los dos muchachos se despidieran de su familia. El Conde de Hast dio la bendición a sus dos hijos y, luego, les abrazó. La madre de los chicos, la segunda mujer del conde, y su hermanastro, Radai, hicieron lo mismo.

La niebla envolvió a los jinetes tan pronto como se pusieron en camino. Los dos niños echaron una última mirada hacia atrás. Era temprano y solo la familia había salido a despedirles.

No solo la familia. Un niño se encontraba escondido tras una carreta. Cuando se alejaban salió de su escondite. En sus labios llevaba un nombre que no fue capaz de pronunciar.

—Iyed.

CAPÍTULO V

Regreso a Hast

Hast era una ciudad pequeña, casi tanto que se podía considerar un pueblo bastante grande. Los dos jinetes habían atravesado el paso de Hast a todo galope, siguiendo el camino de la antigua vía élfica. La ciudad había aparecido de entre los árboles, suspendida en la ladera de la cordillera. Un palacete de piedra gris presidía el asentamiento. Las luces no tardarían en encenderse.

Iriyed dio su nombre al entrar y el sonido de las trompetas les acompañó mientras subían por la ladera. Todos en el palacete debían conocer ya su presencia.

Gald descubrió que la ciudad no era tan impresionante como Sar-Mast o Gádunar, pero era más humilde y sencilla, acogedora. *Un lugar que podrías considerar tu casa.*

Una pequeña comitiva les esperaba frente al palacio: un grupo de personas acompañadas de la guardia y algunos sirvientes que sujetaban grandes antorchas. Pero la mirada de Gald se asentó en uno de los hombres. Tenía el pelo castaño y una barba que le cubría la mayor parte del rostro. Vestía una capa roja, con el dibujo de un león bordado en el pecho. Gald había visto este símbolo antes, en las banderas, y supuso que este hombre era el conde. Con o sin bordado, su mera presencia imponía respeto.

Iriyed bajó del caballo y se dirigió hacia él.

—¡Radai!

Los dos hermanos se abrazaron durante un largo rato. Gald se deslizó desde el corcel hasta el suelo.

—¡Mahl! –dijo Iriyed dirigiéndose a la mujer que estaba al lado de su hermano–. No me habíais dicho que estabas embarazada.

—Sí, hemos tenido suerte –dijo Radai rodeando a su mujer con el brazo.

—Espero que sea una niña –dijo esta–. Estos dos bestiajos están acabando con mi paciencia.

Gald llegó frente al grupo, al tiempo de ver cómo Iriyed espetaba un sonoro beso en las mejillas de los 'bestiajos'.

—¿Y quién es este joven que te acompaña? –preguntó Radai.

—Vaya, lo siento –dijo Iriyed a Gald. Se dirigió entonces a todo el grupo–: Este es Gald, me han encargado adiestrarle.

Radai cogió a Gald del hombro, dándole una fuerte palmada.

—Muy mal debe estar la Orden como para tener que asignarle a alguien a mi hermanita –dijo el conde con una grave carcajada–. ¡Vayamos dentro, los reencuentros se celebran mejor con algo de vino y comida!

Temprano la mañana siguiente, Gald se dirigía junto con los dos hermanos a una de las explanadas en las afueras de la ciudad. La noche anterior, los dos sobrinos de Iriyed, Radgol y Ramahl, le habían enseñado el palacete y parte de la ciudad. Gald se había sentido cómodo al instante. Los dos chicos eran cordiales y educados, tanto que Gald había trabado amistad con ellos en pocas horas, sobre todo con Radgol, que tendría su misma edad.

Ahora se encontrarían con Jinask, el Maestro de Armas de Hast. Radai le había encargado hace unos años que adiestrara a sus hijos en el combate, de modo que las clases de lucha habían empezado a formar parte del horario de estudios de los dos hermanos.

Iriyed había dado permiso a Gald para que también asistiera, pero le había llevado a una habitación aparte antes de que los tres chicos partieran.

—Gald –había dicho–, no utilices el Tar-ipach.

—¿Por qué?

—No lo utilices y ya está.

Gald no lo pensaba utilizar, de todos modos, pero el secretismo de Iriyed le intrigaba. Tantos secretos...

—Buenos días, mis jóvenes alumnos.

Un hombre les hacía una exagerada reverencia. Junto a él había escudos, lanzas y algunas espadas en un desordenado montón. El hombre era de constitución muy delgada y, cuando se incorporó Gald, pudo observar un rostro joven, más de lo que se imaginaba, cruzado por algunas cicatrices, la más notable en la sien derecha.

—Y saludos también a nuestro invitado –dijo dirigiéndose a Gald–. Un alar como alumno, creo que disfrutaré... ¡Vamos, perezosas altezas, haced los ejercicios! Y enseñádselos también a...

—Gald.

—Encantado, yo soy Jinask.

El hombre le tendió la mano, que Gald fue a estrechar. Apenas había rozado la piel del Maestro de Armas cuando Gald se encontró volando por los aires y aterrizando dolorosamente sobre el suelo. Jinask se agachó junto a él:

—No creas que todo el mundo lucha de acuerdo con unas reglas, el combate empieza antes de desenvainar el arma. Recuérdalo.

Gald se levantó despacio, sin apartar la vista del hombre.

—Espero que no te lo hayas tomado a mal... Radgol y Ramahl ya están acostumbrados a estas cosas, lo hago cientos de veces. Considérate aceptado como alumno.

—Supongo que tendré que dar las gracias.

El entrenamiento no era en exceso distinto a los de Iriyed, pero algo menos intenso. Gald había cenado y dormido bien la noche anterior y se sentía en plena posesión de sus fuerzas. Por suerte, Jinask había decidido que los hermanos debían repasar hoy el manejo de las dagas, un arma que Gald ya dominaba.

Después de hacer unos breves ejercicios de ataque y contraataque, Jinask les había ordenado que lucharan por parejas.

—No, Ramahl, tú ven aquí conmigo. Vamos a dejar que tu hermano luche con un alar, ya que hoy tenemos uno disponible. ¿Listos? A mi señal. ¡Ya!

Radgol se lanzó al ataque. Gald observó aliviado que sus movimientos eran rápidos, pero no tanto como los de Iriyed. Defendió durante unos minutos, hasta que pudo adivinar el modo de ataque de Radgol y después se lanzó al ataque, aprovechando los pequeños errores que el otro muchacho cometía.

Atrás... Derecha, gira. Los pies de Gald se movían mecánicamente. *Cuidado cuando ataca desde ese lado.* Podía ver por el rabillo del ojo cómo Jinask peleaba con Ramahl. *Pirueta, amago... ¡ya!*

—¡Ahhhh!

El grito de Radgol le hizo parar en seco. Vio al chico caer al suelo mientras se llevaba las manos a la ingle derecha. Jinask estaba junto a Radgol al instante.

—Ramahl, ve a buscar ayuda.

—Radgol –intentó disculparse el chico–, lo siento, no pensaba...

Radgol no habló.

—No te preocupes, muchacho –dijo Jinask–, el corte no es muy profundo así que sobrevivirá. Ayúdame a quitarle el pantalón.

Gald ayudó al maestro en lo que pudo, y este pronto tuvo un vendaje provisional cubriendo la herida. Se oían voces desde las murallas y Gald vio una figura que venía corriendo por la explanada. Iriyed. Un poco más atrás venía el resto de la comitiva, con dos soldados portando una tosca camilla.

La chica llegó hasta el grupo. Gald nunca la había visto correr, pero se sorprendió de su rapidez. Iriyed se quedó parada un instante frente al grupo.

—Jinask...

—Iyed, tú...

—Tengo haldas.

Jinask retiró la venda de la herida y dejó que Iriyed esparciera sobre ella unos polvos marrones que sacó de entre los pliegues de su ropa. Luego volvió a colocar la venda.

El resto del grupo llegó hasta donde se encontraba el herido. Los soldados desplegaron la camilla y colocaron a Radgol sobre ella. A paso rápido se dirigieron montaña arriba, hacia el palacio. Ramahl y el Maestro de Armas también se fueron, dejando al alumno y a su maestra solos.

Iriyed rodeó a Gald con el brazo mientras caminaban.

—No te preocupes, sé que te estás torturando por dentro y no es necesario. La culpa no es tuya. Probablemente estés sufriendo más que él, ¿lo sabes?

—Aprecio que intentes animarme, pero eso no cambia que yo me sienta culpable...

Dejaron a Radgol en su habitación. Parecía haber mejorado, ya que pudo hablar lo suficiente para tranquilizar a sus padres, que acababan de enterarse del incidente.

La habitación estaba llena: criados, guardias, la familia, los médicos. Poco a poco, estos fueron echando a la gente, alegando que el enfermo necesitaba descanso.

Pero necesito hablar con él. Cuando los médicos intentaron echar a los últimos espectadores, Gald se escondió tras uno de los baúles que había en la habitación. Finalmente, los médicos también se marcharon.

Gald se dispuso a salir de su escondite, pero el sonido de una voz le paralizó. Alguien más quedaba en la habitación. Gald se asomó con cuidado. Pudo ver a Iriyed de pie, junto a la cama de Radgol, que ahora dormía. Jinask era quien había hablado, mientras se acercaba hacia ella.

—Has vuelto.

—Radai me lo pidió.

—Ni tú ni Iryal pasáis ya mucho tiempo por aquí.

—Ya no somos niños, cada uno tiene sus obligaciones.

—No es lo mismo sin vosotros, os echamos de menos. Yo te echo de menos, Iriyed.

Jinask cogió a Iriyed de la cintura y la atrajo hacia sí. Ella no se resistió. Con cuidado, Jinask le apartó un mechón de pelo que se había soltado de la coleta y la besó. Tampoco se resistió.

En ese momento se abrió la puerta. Era Radai. Iriyed y Jinask se separaron inmediatamente.

—Los médicos han dicho que necesitaba descansar –dijo Radai–, ¿no hay otro lugar en todo el castillo en el que podáis hacer esto?

—Lo siento, Radai –dijo Iriyed–, no vamos a volver a hacer 'esto'.

—Iriyed –dijo su hermano–, sabes que no me importa que vosotros... bueno... Pero solo te digo que no aquí.

—Siento lo que ha pasado, Iriyed –dijo Jinask–. Radai.

El Maestro de Armas salió de la habitación, seguido de Iriyed. Radai volvió a cerrar la puerta y, tras unos instantes, Gald salió de su escondite. Miró hacia la cama y vio que Radgol tenía los ojos abiertos.

—¿Sabías algo? –preguntó el herido.

—No.

—Yo tampoco –dijo el chico con una sonrisa. Definitivamente ya se sentía mejor.

Los días siguientes transcurrieron lentamente para Gald. Seguía sintiéndose culpable, a pesar de las palabras de Iriyed y a pesar de que todo el mundo se mostrara cordial con él, igual que a su llegada. En el palacio, los ánimos estaban altos, faltaban pocos días para que Mahl diera a luz y, además, Radgol parecía sanar increíblemente rápido. Gald sospechaba que los polvos marrones tenían que ver con esto último.

Por las mañanas, Gald estudiaba en solitario la balada de Arhiez, aprendiendo poco a poco las runas, y las tardes las pasaba con Ramahl. El hermano pequeño de Radgol era simpático, pero los cinco años que le separaban de este hacían que Gald se divirtiera más en presencia del otro muchacho, al que visitaban todos los días durante unas horas.

Una noche, durante la cena, Iriyed anunció que por la mañana partirían. Radgol había sanado lo suficiente como para acompañarlos en la comida, pero Mahl había dicho que no se sentía bien y no se encontraba presente.

—¿Tan pronto? –preguntó Radai.

—Sí, esta tarde he encontrado el escrito que estaba buscando en la biblioteca. No debemos demorarnos más, lo que tengo que traducir en Átelli corre prisa.

¿Toda esta prisa para traducir algo?

—Bueno, qué puedo decir... Siempre vienes y te vas muy rápido. Solo espero que la próxima vez tardes algo menos en volver.

—Sabes que no me resulta fácil venir.

—Lo sé.

Se volvió a hacer el silencio. La mente de Gald divagaba, repasaba mentalmente la ruta y se imaginaba cómo transcurriría el viaje.

—Un halcón de Aremei llegó al alba –dijo Radai–. Iryal también se dirige hacia Átelli.

—¿Desde Dörn?

—Conoces a Iryal, sabes que se mueve rápido.

—Sobre todo, si hay mujeres por medio.

—No sabía que las mujeres de Átelli tuvieran fama de guapas.

—Las magas tienen fama de hacer maravillas.

Radgol y Radai rieron, y una sonrisa asomó a los labios de Gald.

—Señor –una criada entró en la sala–. La señora ha roto aguas.

—¿Habéis llamado a los médicos?

—Sí, señor. Ya estaban allí.

—Muy bien, ahora iré. Tal vez quieras acompañarme, Iriyed.

—Sí –dijo esta–. Quizá pueda serles de ayuda a los médicos.

Antes de salir se volvió hacia Gald.

—Acuéstate temprano. Pese a todo salimos mañana con el alba.

Pese a todo, Gald no pudo acostarse pronto esa noche. Pasó un buen rato hablando con Radgol y Ramahl, pues estos pensaban seguir despiertos hasta que naciera su nuevo hermano o hermana.

—Solo espero que sea otro chico –había dicho Ramahl–. ¿Qué vamos a hacer con una princesita? Las niñas no juegan a las guerras, solo se quejan todo el rato de que se les mancha la ropa...

Finalmente, cuando los dos hermanos se habían quedado dormidos mientras esperaban, Gald decidió retirarse a su habitación.

Unas horas más tarde, Iriyed entró y con un solo movimiento retiró las mantas que le cubrían.

—Vamos, que ya es tarde.

Los primeros rayos de sol entraban por la ventana. Gald recogió sus cosas mientras se vestía e, intentando dejar la habitación lo más ordenada posible, salió a toda prisa hacia la puerta del palacio.

Iriyed ya estaba allí con los caballos. También habían salido a despedirle Radai y sus dos hijos mayores. Estos, con visibles ojeras bajo los ojos, se acercaron a Gald. Radgol aún caminaba despacio a causa de la herida.

—Al final es una niña –dijo Ramahl.

—Bah, apuesto a que en pocos años le echarás el ojo a alguna de sus amigas –rió Radgol.

—Tiene razón Radgol –dijo Gald–, no creo que al final sea tan malo.

—¡Tú no tendrás que aguantarla!

Desde los caballos, Iriyed le llamó.

—Bueno –dijo el hermano mayor–, cuídate, Gald. Vuelve por aquí pronto, me has caído bien.

Radgol le abrazó y le dio unas palmadas en la espalda. Gald hizo lo mismo y, después, se despidió de Ramahl.

Iriyed y Gald se alejaron ladera abajo, sin mirar atrás. Pronto salieron de la ciudad y estuvieron en camino.

—No he podido dejar de notar –dijo Iriyed con un tono de burla en su usualmente impasible voz– que tú y mi sobrino os despedís como los hombres.

—Él fue quien me dio las palmadas.

Así que estamos de broma. El chico añadió:

—¿Y cómo os habéis despedido Jinask y tú?

Gald temió durante un segundo la reacción de Iriyed, pero esta sonrió:

—Te estaba entrenando para guerrero alario, pero veo que quizá sirvas mejor para espía. Aún tengo tiempo de mandarte a la escuela de Lisk. Estabas en la habitación, ¿verdad?

Gald asintió.

—Hace algunos años sí había algo entre nosotros, pero aún éramos críos.

—No se lo diré a nadie.

—No te lo he pedido.

Iriyed cabalgó en silencio durante unos minutos.

—Gald.

—¿Qué?

—Cuando heriste a Radgol, ¿utilizabas el Tar-ipach?

—Me dijiste que no lo utilizara y no lo hice.

—¿Seguro? –preguntó su maestra de nuevo.

—Si no confías en mí, no deberías haberme dejado luchar con ellos.

—Solo quería estar segura. En una batalla deberías luchar con el subconsciente, solo calculando los movimientos más importantes. Durante los entrenamientos piénsalo todo; es un fallo de los alari dejárselo todo al subconsciente. Así es como ocurren los accidentes.

—¿Muchos accidentes?

—Más y más graves de lo que crees. ¿Conoces la historia de Ulhiaz y Arjankas?

—No.

—Algún día te la contaré.

El resto de la mañana cabalgaron en silencio, intentando cubrir la mayor distancia posible. Al parecer, la visita a Hast les había hecho perder bastante tiempo.

—¿Te habían hablado alguna vez de Laëtan?

Iriyed miraba el fuego y, mientras hablaba, removía las ramas incandescentes. Hacía menos de una hora que habían dejado de entrenar. Durante las últimas noches habían entrenado con el cayado, Iriyed consideró que ya manejaba bien el arco.

—Los trovadores no solían pasar por Penmar.

—Entonces –dijo Iriyed–, ¿nada conoces del país de las ilusiones, los hechizos y la magia?

Según hablaba, Iriyed miró directamente al fuego y entornó ligeramente los ojos. Una de las ramas que había estado moviendo segundos antes se separó de las demás y comenzó a ascender. Gald contuvo el aliento. La rama se mantuvo unos segundos suspendida en el aire y, después, cayó libremente.

—¿Cómo...?

—Es complicado, y no sé si podré enseñarte. Solo quiero que estés preparado para lo que verás en Átelli.

—Pero ¿no me puedes enseñar un poco de magia?

—¿Ahora mismo?

—Sí, por favor.

—Por dónde empezar...

Iriyed volvió a remover el fuego.

—¿No has notado nunca que no me registran al entrar en las ciudades a pesar de llevar tantas armas?

—Sí lo he notado, pero pensé que era porque éramos alari.

—Nada más lejos de la verdad. Los reyes y condes no se suelen fiar de los alari. Temen que vuelva a haber un rey en Tyrion que les pueda controlar. No, la razón por la que nos dejan pasar es porque, para ellos, yo no llevo armas.

—Pero las llevas.

—Sí, pero creo una ilusión con mi mente. Convierto mi espada en algo que les cause indiferencia. Convenzo a los guardias, bueno, más bien a sus mentes, de que ese mango negro que sobresale de mi espalda no es negro, sino del color del cielo de detrás, que no es el mango de una espada, que no es nada. ¿Comprendes?

—Creo que sí.

—Veamos.

Iriyed desenvainó su espada y la dejó sobre la hierba, entre Gald y ella.

—Observa cómo lo hago y, después, lo intentarás tú.

—Vale.

Al principio, Gald podía ver la espada a la perfección. Pasaron unos segundos eternos, en los que solo se oía el crepitar del fuego. Poco a poco comenzó a notar frío dentro de su mente. *Hace frío. Debería dormir junto al fuego. ¿Por qué no estoy durmiendo? El estúpido ejercicio de Iriyed...* Su maestra se incorporó ligeramente. *Solo es otra broma. ¿Cómo va a ocultar la espada si no hay espada?* Gald miró hacia la hierba y no vio nada. *No hay espada. La hay.* Gald volvió a mirar, la hierba en ese lugar era extraña... *Seguro que no la hay.*

Una barrera se derrumbó en su mente. Fue como volver a despertar una vez que los ojos se han cerrado debido al cansancio. Iriyed estaba sentada frente a él. El fuego estaba a su derecha y, sobre la hierba, la espada de Iriyed. No se había movido de allí.

—Me ha costado un poco al principio, he de reconocerlo, pero al final has caído. Venga, ahora hazlo tú.

Gald se empezó a concentrar. Intentó que Iriyed viera hierba donde estaba la espada.

—Primero convéncete a ti mismo.

No hay espada. Iriyed echó más leña al fuego.

—Ve poco a poco, no intentes cubrir toda la espada de una vez.

Gald se empezó a concentrar cada vez más: entornaba los ojos, apoyaba la frente en las manos. Pronto sintió que tenía los músculos muy tensos. *Relaja y continúa.*

—Bien, lo vas cogiendo. Esto está algo mejor, pero ¿me puedes decir por qué tienen esas briznas de hierba un color metálico?

Gald no pudo mantener la ilusión por más tiempo. Dejó su mente libre y, al instante, la espada volvió a aparecer sobre la hierba.

—Avanzas muy rápido, en pocos días lo conseguirás.

Historia de Ulhiaz y Arjankas

Año 1007

Iyed caminaba al lado de su maestro. Se dirigían hacia Zärm, después de haber pasado el verano en la zona montañosa al sur de la ciudad. Eran los primeros meses que había pasado sin Yal, pero no le había importado demasiado. Había aprendido mucho en estos días, y hoy también aprendería.

—Te voy a contar la historia de Ulhiaz y Arjankas. Supongo que no la has oído todavía, ¿verdad?

—No la conozco –dijo Iyed.

—Pues bien, cuentan las crónicas que hace muchos años vivían en Tyrion dos amigos: Ulhiaz y Arjankas. Los dos habían crecido juntos y, con los años, también creció su amistad.

—Pero algo pasó –dijo Iyed–. Las cosas no suelen ser tan estáticas.

—Algo pasó. Ulhiaz se enamoró de una mujer, con la mala suerte de que también lo hizo su amigo. Los dos intentaron conquistarla, pero fue Ulhiaz el que lo consiguió, aunque hay personas que dicen que la chica tardó mucho tiempo en decidirse. El caso es que Ulhiaz se iba a casar con ella.

—¿Intentó Arjankas matarle antes de la boda?

—No, claro que no. Si hubiera hecho eso, todo el mundo habría sabido que era un asesino, y nunca se hubiera podido

casar con la prometida de Ulhiaz. No, Arjankas hizo algo mejor aún.

—¿El qué?

—Esperó tranquilamente a que los dos se casaran. Después, una mañana, Arjankas mató a Ulhiez mientras se entrenaban: a plena luz del día, delante de su mujer y de otro amigo.

—Pero ¿cómo dices que hizo algo mejor? Si le vieron todos...

—¿Recuerdas lo que te expliqué ayer acerca del subconsciente?

Iyed asintió.

—Arjankas alegó que se había abandonado al subconsciente, tal como lo hubiera hecho durante una batalla, y que fue en este estado de mente en el que asestó el golpe.

—¿Y se lo creyeron?

—Sí, esos accidentes eran antes más comunes. No digo que no hubiera ninguna sospecha, pero la cosa se silenció. Arjankas se casó con la viuda de Ulhiez y se ocupó también de los hijos de su amigo, parecía lo menos que podía hacer.

—¿Se acaba así la historia?

—No –dijo su maestro–. Una noche, muchos años después, Arjankas bebió algo más de la cuenta, y le confesó todo a su mujer. Cuentan que fue ella misma la que le cortó la garganta, allí mismo.

—No me ha gustado nada esta leyenda.

—No es una leyenda –dijo su maestro–. La mayor parte de ello es verdad; y tienes que aprender que la realidad no es un cuento de hadas, Iyed.

CAPÍTULO VI

De magos e ilusiones

—Gald, despierta.

La voz de su maestra trajo a Gald de vuelta al mundo de los vivos. Con pereza retiró la manta que le cubría y, al instante, sintió el frío penetrar la fina ropa que llevaba. Durante las noches, el fuego resultaba imprescindible para poder soportar el frío pero, ya de mañana, resultaba casi imposible calentarse con las pocas ascuas que quedaban. Aunque se acercara la primavera, esta no se dejaría ver en el norte de Laëtan, hacia donde se dirigía junto con Iriyed desde hacía ya unas semanas. Gald se vistió para el viaje y ensilló los caballos mientras Iriyed buscaba agua para apagar el fuego.

La mañana era clara, y los fértiles campos de Laëtan parecían dotados de una serena paz. Mientras cabalgaban casi no hablaron, cada uno viajaba sumido en sus propios pensamientos. Solo cuando Iriyed le tenía que explicar alguna cosa se rompía su silencio. En el pasado, a Gald esto no le hubiera importado demasiado, siempre había sido un chico de naturaleza solitaria, siempre había preferido correr por el bosque a estar con la gente. Ahora, en cambio, al estar tan lejos de casa, prefería en muchas ocasiones tener compañía, pero siempre respetaba los silencios de su compañera de viaje. Sabía que Iriyed hubiera preferido viajar sola.

Cuando ya el sol había asomado completamente sus rayos por encima del horizonte, buscaron un sitio donde detenerse para poder comer algo. Iriyed aprovechó entonces para darle las últimas instrucciones:

—Recuerda que estamos en Laëtan, tierra de magos. Una parte de las cosas que veas aquí no serán ciertas y las que creas que lo son, solo lo serán en parte.

—¿Entonces cómo voy a poder distinguir entre lo verdadero y lo que no lo es?

—Tendrás que aprender, pero no creo que lo logres. Ahora, concéntrate en esconder las armas.

Durante las últimas semanas, Gald había practicado la nueva técnica por la noche hasta que había sentido que podría controlar el subconsciente de otra persona si quisiera. Iriyed le había asegurado que los alari detectaban las ilusiones fácilmente, pero que los humanos que no tenían conocimiento de la magia eran fácilmente engañados.

Pasada una hora aparecieron en el horizonte una cúpula y una torre, ambas de un color blanco que contrastaba perfectamente con el brillante cielo azul de la mañana temprana. Los edificios que empezaban a asomar por el horizonte pertenecían a Átelli, según explicó Iriyed. A Gald le parecieron un oasis tras las desiertas llanuras que habían estado viendo desde los últimos días. Iriyed no se acercaba a las rutas de caravanas, ni siquiera a los caminos, su instinto parecía ser su único guía. Gald, a pesar de que siempre había sido solitario, echaba de menos, en ocasiones, el contacto humano. Los sucios arrieros al menos le recordaban que él era parte del mundo; cuando, durante semanas, cabalgaban solos Iriyed y él en las llanuras, Gald perdía el sentido de la civilización hasta tal punto que conceptos como una cama, a veces, le resultaban inimaginables.

Al divisar la ciudad apremiaron el paso y llegaron a Átelli cuando aún quedaban unas dos horas para el mediodía.

Cuando se disponían a pasar las vallas de la ciudad, Gald ya estaba en el estado de mente necesario para esconder sus armas bajo el velo de la indiferencia; poco a poco se fue sumergiendo en cada detalle del cayado que llevaba a la espalda y el cuchillo que le acompañaba firmemente sujeto en su vaina de cuero.

Pero entonces sintió una presencia fría y serena en su mente que poco a poco dejaba sus armas al descubierto. Después de luchar en vano contra ella, Gald descubrió a qué se debía aquella sensación que casi conseguía que fuera *él* el que se sintiera indiferente en cuanto a sus armas: los guardias conocían ya este tipo de ocultamiento.

A pesar de todo, y muy ante la sorpresa del muchacho, les dejaron entrar a la ciudad sin registrarles. Al mirar a Gald, uno de los guardias esbozó una sonrisa de complicidad.

—Nos vamos a alojar en una posada cercana al centro de la ciudad, el Viajero Alegre –dijo Iriyed cuando ya se habían alejado de las vallas–. Necesito hablar con los miembros de la Asamblea de los Magos antes de comenzar mi trabajo y tardaré bastante, como mínimo estaremos aquí dos semanas.

—¿Significa esto que en dos semanas no te voy a ver?

—Me verás, pero no demasiado. Te dejaré en casa del maestro Khoun. Pídeselo y puede que te enseñe algo de magia, así estarás ocupado mientras yo soluciono mis cosas.

Al pasar por una calle poco concurrida, Iriyed le indicó a Gald que se bajara frente a una vieja cabaña que parecía a punto de caerse pero que, curiosamente, aún se mantenía en pie.

Cuando su maestra giró la esquina, llevando ambos caballos por las riendas, Gald dio un paso hacia la puerta y llamó. Antes de que pudiera pensar en lo que iba a decir, un señor mayor le salió al encuentro. Tenía ojos grises, tanto como las nubes de la tempestad, y unas pupilas muy pequeñas, que examinaron en poco tiempo al muchacho. El hombre vestía una túnica suelta de mangas largas, toda ella blanca y a juego con la larga barba que caía libremente desde la cara y parecía fundirse con sus vestimentas.

—Dime quién eres y qué quieres –preguntó el hombre secamente.

A través de la puerta, que el anciano había dejado abierta, se podía ver la única habitación de la que estaba compuesta la cabaña. Una silla de madera y una tabla con una manta al lado de la chimenea parecían ser el único mobiliario. Una vivienda demasiado austera para un mago.

—Yo soy Gald, me dijeron que usted era mago. Disculpe si me he equivocado.

—¿Acaso piensas que los magos deberían vivir en grandes mansiones construidas a partir de trucos o ilusiones?

Mientras el mago hablaba a Gald le invadió otra vez esa sensación fría que había experimentado en la puerta de la ciudad, la misma presencia extraña e invasora dentro de su mente, solo que ahora mil veces más fuerte. Con toda su voluntad intentó oponerse, no como si estuviera ocultando las armas como antes. Ahora se sentía realmente amenazado. Algo le estaba invadiendo.

Cerró los ojos y apretó los dientes, haciendo fuerza e intentando poner barreras para contener esa intrusión y, cuando creía que no podría más, que iba a caer al suelo agotado por el esfuerzo, el empuje cesó. Frente a Gald estaba el mago, tan sereno como antes, como si nada hubiera ocurrido.

—Ya he visto lo suficiente. Entra.

Recomponiéndose del duro golpe y con el corazón aún palpitando deprisa, Gald entró en la casa del mago. Descubrió que su primera impresión había sido equivocada, la cabaña parecía más grande de lo que era y había más mobiliario del que había supuesto en un primer momento: un gran armario de puertas de cristal se alzaba detrás de la puerta, con muchas hierbas secas enfrascadas y cuidadosamente ordenadas sobre sus repisas; al lado del fuego había otro armario, más bajo, donde se guardaban las cazuelas y los utensilios de cocina aunque, al parecer por el polvo acumulado, el mago no comía muchas veces en casa.

—Siéntate –dijo el anciano, señalando a la rústica cama–, yo soy Khoun, sí, Khoun el mago. Por lo visto quieres que te enseñe algo en el poco tiempo que vas a estar. Puede que la experiencia resulte entretenida, pero quiero que sepas que lo hago por respeto a Iriyed y a tu padre. No suelo coger a alumnos que no vayan a continuar con esto. Ahora sígueme... –el mago soltó el discurso con rapidez y desapareció por una puerta al otro lado de la cabaña.

La mención de su padre tomó a Gald por sorpresa, tanta que apenas pudo seguir al anciano por la estrecha escalinata que conducía a la parte alta de la ciudad. *Por respeto a tu padre.* Las palabras parecían resonar una y otra vez en su mente. ¿Quién sería este hombre que sabía más que incluso él mismo acerca de su padre? ¿Qué habría hecho su padre para que el poderoso mago le tuviera en estima?

Gald volvió a recordar el día en el que Iriyed le explicó los orígenes de la Orden y la historia de los alari. Su maestra no había mencionado a sus padres, de hecho no parecía saber quiénes eran. *¿Acaso fue mi padre un mago humano? Eso explicaría el respeto. O quizá mi padre fuera un alar y el mero hecho de serlo merezca el respeto de este mago...*

Reprimiendo su impaciencia, Gald se dijo a sí mismo que más tarde, cuando quizá el mago hubiera desvelado algo más, le preguntaría más cosas sobre su padre. De momento determinó seguir al anciano, que ya había ascendido hasta la mitad de la escalinata. Sacaría doble partido a su estancia en Átelli. Mientras estuviera aquí, también aprendería toda la magia que le fuera posible. Ahora que Khoun le había aceptado como discípulo, el resto no parecía en exceso difícil.

Cuando llegó a donde se había detenido el mago, un paisaje grandioso y desolador le golpeó con toda su fuerza. Frente a él se alzaban las ruinas de lo que antes había sido un grandioso palacio, situado en lo que se podría definir como la acrópolis de Átelli. Grandes piedras, caídas de lo que en su día fueron grandes paredes, estaban esparcidas a intervalos irregulares sobre el terreno. En algunos lugares, las hierbas y las matas ocultaban ya el color amarillento de la piedra, que era muy abundante en las canteras cercanas a la ciudad, como le había explicado Iriyed antes de venir.

El mago y él estaban de pie sobre lo que antes había sido el salón del este; solo algunas habitaciones de la zona sur del edificio permanecían en pie y estas servían de sede a la Asamblea de los Magos.

Un grupo de gente se había reunido sobre el ala este, que aún mantenía la mayoría de los suelos intactos. El mago caminaba hacia el grupo, y Gald le siguió. Cuando ya estaba a pocos metros se percató de que había menos gente de la que había pensado. El grupo se componía de unas siete personas, cinco chicos y dos chicas que tendrían, aproximadamente, la edad de Gald, aunque algunos de los chicos parecían más mayores. Estaban todos situados en corro alrededor de una de las grandes piedras areniscas y, poco a poco, según los chicos murmuraban algo o cerraban los ojos, la gran piedra se fue levantando del suelo, hasta pasar por encima de las cabezas de los más pequeños. Después prosiguió más lentamente, en línea recta, hacia el cielo. Gald miraba la escena con la boca abierta. Así que esto era la verdadera magia.

—Basta –dijo Khoun fríamente–. Empecemos.

Cuando Gald volvió a mirar al grupo, la piedra estaba en su lugar original. Los chicos dejaron el corro e hicieron una pequeña reverencia al mago. Se colocaron en fila delante de Khoun. En ese momento, Gald recordó lo poco respetuoso que se había mostrado y cómo había creído que se había equivocado de persona cuando el mago le había abierto la puerta. Su cara enrojeció ligeramente.

—Hoy tenemos una nueva adquisición –dijo Khoun mirando a Gald–. Solo se quedará unos días, pero hasta entonces merece el mismo respeto que el resto de vosotros. Haré una pequeña introducción al ejercicio de hoy para que puedas seguirnos...

Se aclaró la garganta y continuó:

—La magia no existe, eso es lo primero, y lo que siempre debéis tener presente. Lo que caracteriza a un mago es el poder manejar a otra gente mediante la ilusión y esto se puede hacer de dos maneras: la primera, y menos efectiva, es poner toda vuestra atención en un área y conseguir que, cuando otros se fijen en ella, solo vean lo que vosotros deseáis que vean.

En ese mismo momento, una llama surgió de una de las finas ranuras de entre las piedras, del mismo suelo. En un instante, la llama se alzó por el aire, provocando un cilindro de fuego que pronto fue roto por las rojas y brillantes alas de un dragón. Gald, sobrecogido, dio un paso atrás. El dragón giró el cuello hacia él y se dispuso a avanzar en su dirección. Gald estaba apartado del resto del grupo, pero sus nuevos compañeros no parecían sobrecogidos por aquella nueva aparición. Permanecían de pie, con los ojos entrecerrados y, algunos, murmurando nuevamente entre dientes.

Dando otro paso atrás, Gald deseó con todas sus fuerzas que pronto encontraran un hechizo capaz de matar al dragón, que cada vez se acercaba más peligrosamente. ¿Hechizo? *La ilusión*. Manejar mediante la ilusión...

A Gald se le ocurrió entonces ocultarse tal como lo hacía con sus armas. Quizá de este modo podría, al menos, burlar al dragón. Poco a poco fue ocultando todo su cuerpo, mezclándolo con el paisaje y las rocas. Abrió entonces los ojos, solo para descubrir que el dragón seguía viniendo hacia él, con las fauces abiertas. Una llamarada se formó en la garganta del reptil y rápidamente avanzó hacia él hasta que...

—¡Por la espada de Arhiez y el fuego bendito! ¡Ninguno lo ha conseguido!

El dragón había desaparecido, frente a él solo estaba Khoun, regañando a los estudiantes, que no habían conseguido pasar la prueba. *Nunca huyas de una ilusión*. Una voz resonó en la mente de Gald, al tiempo que el mago le dirigía una mirada.

Las clases de Khoun resultaron ser todas algo parecidas a la primera. El mago siempre intentaba hacer ver a los estudiantes la verdad que escondía tan efectivamente bajo la ilusión. Durante esta primera semana, Gald había recordado en muchas ocasiones las palabras de Iriyed: *muchas de las cosas que veas aquí no serán ciertas, y las que creas que lo son, solo lo serán en parte*.

El chico apenas veía ya a su maestra; cuando volvía a la pequeña habitación que tenían alquilada en una posada, estaba tan cansado que se acostaba en cuanto terminaba su cena. El muchacho no lo había querido admitir hasta ahora, pero en realidad ambas tareas, tanto la física como la intelectual, requerían igual esfuerzo.

Llevaba una hora durmiendo cuando Iriyed entró en la habitación. Hablaba con otra persona y parecía haber olvidado que Gald estaba durmiendo. Al abrirse la puerta, la luz del pasillo penetró en el cuarto. La iluminación y las voces hicieron que Gald se despertara.

—Pero Iriyed, vamos, no me digas que no te alegras de verme.

Gald se incorporó de su cama y, ya sentado, se empezó a frotar los ojos. Iriyed había cerrado ya la puerta, pero llevaba un candil que dejó sobre la mesa.

—Mira, Iryal, ya le has despertado.

—Mejor, estoy seguro de que él me apoyará.

Los ojos de Gald se acostumbraron a la luz y pudo ver al hombre que había entrado con Iriyed. *Iryal, su hermano.* El hombre sería unos cuatro años mayor que Iriyed. Gald notó que su color de pelo era distinto al de la chica, un castaño bastante oscuro, más parecido al de Radai. Sin embargo, Iriyed y su hermano tenían los mismos ojos y unas narices muy parecidas.

—¿Apoyarte en qué? –preguntó Gald, aún soñoliento.

Iryal sonrió y se tiró encima de la cama de Gald, aplastándole la pierna. Se sentó junto al muchacho y le pasó el brazo por los hombros.

—Ves, Iriyed, él me apoya.

—¿Pero tú qué quieres? –volvió a preguntar Gald.

Iryal se pasó la mano por una corta perilla. Sus ojos pícaros, no existía otro adjetivo, brillaban a la tenue luz del candil.

—Quiero ofrecerle ayuda a mi hermanita para traducir esos textos que le ha encargado la Orden.

—¿Y qué tiene eso de malo? –preguntó Gald a su maestra.

—Eso, ¿qué tengo yo de malo? –agregó el alar en un tono que pretendía ser enfadado.

—¿De veras hace falta que te lo diga, Iryal? –su hermana levantó una ceja–. Eres un impresentable, completamente irresponsable y, además, no tienes respeto por nada. Nunca te he visto hacer nada serio en toda mi vida.

Gald se quedó boquiabierto. Sabía que el hermano de Iriyed era un vividor, pero había rabia contenida en la voz de su maestra.

—Pero no podrás negar que he sido un buen hermano, ¿verdad? Anda, déjame ayudarte.

—Lo haré, pero porque la orden viene de Aremei.

—Gracias, hermanita.

Iryal se levantó de un salto de la cama y dio un beso a Iriyed en la mejilla. Salió hacia el pasillo medio corriendo.

—¡Iryal!

—¿Sí?

—Hoy duermes aquí.

—¡Pero si solo hay dos camas!

—¿Cuántas veces has dormido sobre el suelo, debajo de una cama, porque un marido llegara algo temprano a casa?

—Sin duda me conoces, hermanita. Iré a por mis cosas.

La puerta se cerró de golpe.

—Cuánto odio que esos dos me llamen 'hermanita'.

—¿Por qué quiere ayudarte a traducir?

—Porque tiene curiosidad. Quiere saber lo que la Orden planea, le gusta después formar parte de los acontecimientos.

—Yo todavía no sé lo que hemos venido a hacer aquí. ¿Qué es lo que estás traduciendo?

—Textos relacionados con el pacto de los dragones.

¿El pacto de los dragones?

—Pero si los dragones no existen...

—Fíate de los elementos y no corras –contestó su maestra. Era un dicho popular, que venía a significar que solo se podía confiar en uno mismo. Iriyed no quería conversar–. Ale, a dormir.

Iryal volvió con sus cosas, pero dos horas más tarde y acompañado de un fuerte olor a cerveza. Gald volvió a despertarse. *¿Cómo diablos voy a concentrarme mañana en las ilusiones?*

El día siguiente amaneció soleado y en las calles abundaban los mercaderes de fuera de la ciudad. Muchos de ellos habían aprovechado el buen tiempo para ponerse en camino, algunos incluso desde Lisk.

Gald caminaba hacia la derruida fortaleza donde los chicos solían esperar a Khoun. Esta vez no estaban realizando ninguna ilusión, como cuando les había visto levantar una de las grandes piedras, sino que hablaban entre ellos. *¿Tramarán algo?*

La conversación cesó cuando Gald llegó hasta el grupo. El chico más alto se adelantó.

—Hola, Gald –dijo este.

—Hola, Dahal –contestó Gald en el mismo tono.

—Parece que Khoun se retrasará hoy un poco. ¿Qué te parece si vamos ensayando alguna ilusión?

Cualquier cosa que te hagan es ilusión. Solo ilusión.

—Sabes que yo solo he estado aquí una semana, no sé crear ilusiones.

Una de las chicas en el grupo habló:

—Pero nosotros sí sabemos crear ilusiones, solo te pedimos que nos prestes tu mente. Mira, si me dejas, te lo mostraré.

Gald dudó. *Dahal trama algo, aunque ella no.*

—Venga, prometo no mirar.

Bueno, cualquier cosa que haga solo será una ilusión.

—Está bien, pero para, si yo te lo indico.

La chica se colocó junto a Gald y cogió su mano. Cerró los ojos y comenzó a murmurar muy bajito. Gald volvió a sentir el frío.

¿Por qué razón murmurará?

Solo para concentrarme.

¿Puedes ver lo que pienso?

Silencio, mira la flor que hay junto a los pies de Dahal.

La flor, una margarita, había logrado crecer entre las piedras de la derruida fortaleza. Un fino hilo de humo comenzó a brotar desde la base de la flor. Se oyó un tenue chasquido y una llama comenzó a envolver el tallo de la margarita. El fuego fue creciendo poco a poco y Dahal se apartó. Gald podía *oler* el humo.

—¡Increíble, Virna! –dijo uno de los niños pequeños–. ¡Se pueden hasta oír las llamas!

—Veamos si tu ilusión aguanta –dijo Dahal.

Dahal empujó con un rápido movimiento a dos de los niños pequeños hacia el fuego. Durante un segundo, las llamas permanecieron encendidas, pero Virna soltó la mano de Gald y los dos pequeños aparecieron tumbados sobre la hierba.

—Con tan poderosa arma, Virna, podrías haberles hecho creer que se iban a quemar.

—Piérdete –había desprecio en su voz.

Dahal se acercó al muchacho, apartando a Virna con el brazo.

—Ahora sentaos y observad cómo lo hacen los grandes magos.

Dahal agarró a Gald del brazo. El frío regresó. Gald intentó cerrar su mente, pero no pudo. Solo consiguió amurallar sus recuerdos, los secretos que no quería que Dahal viera.

Tranquilo, eso que tanto escondes no me interesa. Quiero hacer algo más grande que una simple hoguera.

Gald percibió un pequeño temblor bajo sus pies. Pudo ver cómo una piedra que se encontraba sobre una pared medio derruida comenzaba a deslizarse lentamente hacia el vacío. Otras piedras también empezaron a moverse.

El resto del grupo se giró para ver la ilusión, pero la preocupación asomaba a muchas de sus caras.

Vamos a gastarle una broma a los mercaderes.

Gald miró hacia la pared, las piedras estaban a punto de caer y bajo la pared se encontraba el distrito comercial de la ciudad. El muchacho intentó librarse del agarre de Dahal, pero el otro chico le cogió más fuerte aún.

Algunos de los mercaderes se habían percatado del peligro y cundió el pánico entre los ciudadanos. La primera piedra se desprendió del muro y cayó.

Otra presencia fría entró en la mente de Gald con tal fuerza que tiró al chico al suelo, arrastrando con él a Dahal. Este soltó a Gald y todo cesó. Las piedras volvían a estar en su sitio sobre el muro.

Gald se levantó y vio a Khoun. No le había oído llegar.

—Dahal –dijo el mago–, tengo entendido que tu padre ocupa una buena posición en el gremio de los mercaderes. ¿Cómo crees que le habrá sentado esto? En fin, qué te puedo decir...

El mago se volvió hacia el resto del grupo. Su voz parecía cansada.

—Por parejas. Antes de la clase de mañana quiero que hayáis buscado algo acerca de catástrofes provocadas por un mal uso de la ilusión.

Virna hizo ademán de ponerse con Gald. El mago les separó.

—No, Gald, tú conmigo. Además, después de esta clase te quedarás un rato más. Voy a enseñarte cómo hacer para que no te utilicen.

Se llama Ahara Haldas

Año 981

La hechicera vivía en una cabaña a las afueras del pueblo. Pocas eran las aldeas de Laëtan en las que no había un mago o un hechicero que se ocupara de los males de sus habitantes. La mayoría eran tanto hechiceras como sacerdotisas; se encargaban de bendecir los cultivos, elaborar toda clase de potingues, curar las enfermedades más corrientes y traer a niños al mundo.

Pero incluso Airna, a su temprana edad, había notado que estas mujeres nunca solían vivir junto a los aldeanos de los que se ocupaban. La pequeña caminaba de mano de su tía, hacia las afueras del pueblo. Y sabía dónde iba.

En casa de sus tíos ya no había sitio para ella, estos ya tenían cuatro hijos y, en primavera, nacería otro. Su tía había decidido que la situación no podía seguir así. Un día observó mientras Airna hacía un truco de ilusionismo, un mero juego de niños, y decidió entonces el futuro de la pequeña. Las hechiceras aceptaban a cualquier niña con un poco de habilidad, aunque nunca a niños, y el oficio tampoco era demasiado mal visto.

La silueta de la cabaña apareció tras una verde loma. Era una vivienda bastante austera, con un pequeño jardín frente a la casa, donde crecían numerosas hierbas de uso medicinal. Su tía dejó a Airna frente a la casa y, sin despedirse de la muchacha, dio la vuelta para regresar al pueblo.

Airna se encontraba sola. No quería llamar a la puerta. El miedo a lo desconocido, a su nueva vida, se lo impedía. Observó las flores del jardín. Una en particular captó su atención: era una flor de color morado, muy intenso, tanto que parecía imposible que se diese en la naturaleza. Airna se acercó con cuidado de no pisar las otras hierbas. Entre los pétalos de la flor crecía otra, de color blanco. La chica nunca había visto una cosa así.

—Los antiguos la llamaban Ahara Haldas –dijo una voz desde detrás de Airna–, es muy importante por sus propiedades curativas.

Airna se giró y la hechicera miró fijamente a sus ojos.

—¿Cómo te llamas?

—Airna.

—Ven, entra.

Airna nunca olvidó sus primeras lecciones, aquellas que le impartió una anciana hechicera de pueblo. Ni siquiera cuando, años más tarde, partiera hacia Átelli, donde pudo seguir estudiando el ilusionismo.

No había sido fácil volver a su aldea natal después de tantos años. Airna permanecía tumbada sobre la dura cama en el interior oscurecido de la cabaña. El olor a incienso dominaba el ambiente. Aún era de día, pero había tenido que acostarse a causa de un fuerte dolor de cabeza.

Unos pasos sonaron cerca de la puerta y Airna suspiró. ¿Por qué tendrían que venir a buscarla justo el día que se encontraba mal?

Esperaba oír llamar a su puerta de un instante a otro pero, cuando pasó un tiempo y quienquiera que fuese no se había decidido aún, la curiosidad venció su malestar y se acercó a la ventana. Retiró la cortina pero no pudo ver a nadie.

Estaba segura de haber oído pasos. Abrió la puerta y salió al jardín. Allí, entre las hierbas, había una niña. Estaba agachada, de modo que no la había visto al asomarse por la ventana. Una flor había llamado la atención de la muchacha, una flor de pétalos morados. Cuán familiar resultaba esta situación...

—Se llama Ahara Haldas –Airna ya sabía lo que había de decir–, muy importante por sus propiedades curativas.

La muchacha se levantó y se giró. Durante un segundo, Airna contuvo el aliento. ¡Era un chico! Llevaba el pelo muy largo y descuidado, y una camisa demasiado grande, que no había dejado a la maga ver la forma de su cuerpo.

Extraños tiempos en los que se esperaba que una hechicera aceptara a un niño. Airna dudó durante un instante. El chiquillo parecía especial, distinto, ¿o sería solo la similitud con su propia situación unos veinte años atrás? Estuvo pensando durante un corto tiempo. ¿Y por qué no?

—¿Cómo te llamas? –preguntó Airna.

—Eidar.

CAPÍTULO VII

El medallón plateado

—¿Qué tal os ha ido?

Cuando Gald llegó a la posada encontró a Iriyed y a su hermano almorzando juntos. Pidió una ración al posadero y se sentó junto a ellos.

—Muy bien –respondió Iriyed–. Iryal conoce bastantes palabras que yo no sabía. Estamos avanzando más deprisa.

El posadero llegó con la comida de Gald.

—A mí me ha ido de pena. Casi derribo un muro sobre los ciudadanos.

—Nos hemos enterado del pequeño 'accidente' –dijo Iryal con una risa ahogada.

—Todos los magos con los que nos cruzábamos estaban de pésimo humor.

—No fue por mi culpa, yo no sabía lo que iba a hacer.

—Nadie te ha echado la culpa y no creo que nadie te la eche ya.

Gald terminó su sopa deprisa.

—¿Vas a alguna parte? –preguntó Iriyed.

—Sí, voy con Virna y su hermano a la biblioteca.

—Con la buena tarde que hace y tú encerrado en una biblioteca. ¡Lo que puede hacer una chica!, ¿eh, muchachote? –Iryal rió con una sonrisa pícara.

—No es nada de eso –respondió Gald enfadado–. Es para la clase de mañana.

—¿Qué tal vas con la lectura de las runas comunes? –preguntó Iriyed.

—Bastante fluida, supongo. Pero aún no las conozco todas.

—Bueno, cualquiera que haya por ahí te podrá ayudar.

—Diviértete, Gald –le dijo un sonriente Iryal cuando se marchaba. El chico aún tuvo tiempo de ver cómo su hermana, con gesto reprobador, le propinaba un codazo.

La biblioteca había sido edificada hacía trescientos años. Así lo decía la inscripción que había colocada junto a la puerta. Era un edificio bastante pequeño comparado con los otros de Átelli, aunque Gald sospechaba que muchos de ellos parecían más grandes debido a alguna ilusión. A pesar de todo, la sección dedicada a la magia, o al ilusionismo, era bastante grande. Eso le habían asegurado.

Unos escalones llevaban hasta la puerta. Gald se sentó sobre ellos mientras esperaba. Algunos de los otros alumnos de Khoun fueron llegando y pasaron dentro tras saludar a Gald.

Finalmente apareció Virna, con su hermano pequeño corriendo tras ella.

—Siento que hayas tenido que esperar –dijo–, pero mi madre no quería que dejara a mi hermano en casa.

—Da igual.

Los ojos de Gald tardaron en acostumbrarse a la poca luz que había en el interior de la biblioteca. A través de una puerta pudo vislumbrar estantería tras estantería repletas de libros, pero Virna giró a la derecha y les condujo hacia la planta de arriba por unas escaleras.

—No dejes que la bibliotecaria vea que eres un alar.

—¿Por qué? ¿Qué pasa?

—Te tendrá toda la tarde traduciendo.

—Ahhh.

Cuando pasaron al lado de la mesa de la bibliotecaria, Gald entrecerró los ojos. Pasearon entre las estanterías eligiendo libros. Virna parecía conocer muy bien el lugar.

—Cuando aprendí a leer pasaba aquí todo el día, leyendo acerca del ilusionismo. Fue también aquí donde hice mis primeros trucos. Solía cambiarle el título a los libros que la gente cogía. Una vez conseguí que un mago se levantara cinco veces a cambiar...

—¡Silencio! –la voz de la bibliotecaria resonó por toda la estancia.

Rápidamente acabaron de coger los volúmenes y se sentaron en una mesa junto a la ventana. Gald se enfrentó al primer libro de su montón: *Peligros del Ilusionismo.* El primer capítulo trataba de magos que llegaron a creer verdaderas sus propias ilusiones. La lectura le resultaba interesante y también se sorprendía de lo rápido que había conseguido aprender las runas, pero comenzó a notar cómo se le cerraban los ojos lentamente...

Una palmada sobre la mesa le hizo despertar.

—¡Aquí no se viene a dormir!

La bibliotecaria estaba frente a ellos y Gald no pudo hacer nada para ocultar sus rasgos alarios.

—Espera, muchacho –la mujer le miró fijamente a los ojos–. No se ven muchos alari por aquí, no conocerás por casualidad las runas alarias, ¿verdad?

—Sí, pero...

—Apuesto a que no te importaría ayudarme a clasificar algunos libros...

Virna le dio una patada por debajo de la mesa.

—En realidad no puedo, tengo que buscar información sobre catástrofes del ilusionismo...

—Yo te contaré la historia de una catástrofe que pasó aquí en Átelli hace unos años mientras me ayudas. Ven, anda, pasa a mi oficina. Pasad vosotros dos también –dijo mirando a Virna y a su hermano.

Al día siguiente, Gald llegó a clase con una ojeras bien visibles. La bibliotecaria no le había dejado irse hasta que acabó de traducir todos los títulos de una sección de la biblioteca y, una vez en la posada, la llegada de Iryal le había despertado de nuevo. Esta vez se había pasado con el vino y Gald había podido oír cómo venía cantando por el pasillo.

No habían necesitado relatar las catástrofes frente a los otros chicos, el mago simplemente había entrado de nuevo en su mente y había visto todo él mismo.

—Antiguamente, los magos utilizaban esta técnica para mandarse mensajes entre ellos. Se colocaba un mensaje dentro de la mente del mensajero y, cuando este llegaba a su destino, otro mago podía leerlo.

—¿Y por qué se dejó de usar?

—Cualquiera puede grabar un mensaje, pero pocos saben encontrarlo y borrar su contenido después. La mente de algunos mensajeros se colapsaba si llevaban demasiados mensajes –dijo Khoun–. Ahora voy a mandaros un mensaje por medio de Limbha. Puede que os resulte más fácil leerlo si la estáis tocando. Después os enseñaré a mandar los mensajes y a borrarlos.

Cuando llegó a la posada, a Gald le sorprendió ver a Iriyed recogiendo las cosas.

—¿Nos vamos ya? ¿Tan pronto?

—Te dije que estaríamos aquí unas dos semanas. Ya sé que esperabas quedarte algún tiempo más, pero Iryal se ofreció a terminar el trabajo y llevar los manuscritos a Gádunar.

—¿Y adónde vamos?

—Hacia Apach. De momento no tenemos nada que hacer para la Orden, así que podemos ir a cualquier lado. Allí pensaba recoger provisiones para el viaje que haremos.

¿Provisiones? ¿Qué tipo de provisiones necesitaban que se tuvieran que ir a buscar a otro país?

—Apach... Eso está al norte de aquí, ¿verdad?

—Sí, iremos primero a Liorb. Después, ya se verá...

La noche había caído ya sobre Átelli cuando Gald salió de la posada. El frío viento que mecía suavemente el cartel del Viajero Alegre hizo que un escalofrío le recorriera toda la espalda. Gald se abrochó la chaqueta y continuó su camino.

Se dirigía hacia el barrio que había visitado dos semanas antes, nada más llegar a la ciudad. Buscaba, en concreto, una vieja cabaña a punto de caerse.

Las calles estaban poco transitadas, la poca gente que quedaba caminaba deprisa hacia sus hogares. Gald solo tardó unos minutos en percatarse de que alguien le seguía. Había captado con el rabillo del ojo una figura envuelta en una capa negra al girar alrededor de dos esquinas. La tercera vez que vio la silueta echó una mirada rápida hacia atrás y comenzó a correr.

Por primera vez sintió que los ejercicios de Iriyed habían servido para algo. Sus músculos, acostumbrados a los severos movimientos, no se resintieron de la larga carrera. Sin embargo, su perseguidor ganaba terreno.

Vamos, ya queda poco.

Reconoció la calle por la que estaba corriendo y pudo ver al final de ella la destartalada cabaña. El chico se lanzó contra la puerta, rezando para que estuviera abierta. Lo estaba.

Entró de cabeza en la habitación solo para encontrarse allí con un peligro mayor. Un rayo de luz se dirigía hacia él desde el interior. Tuvo el tiempo justo para echarse a un lado. El rayo salió por la puerta, atravesando el lugar donde había estado tan solo hacía unos segundos.

—¡Para, Ulferey!

Desde el suelo, Gald intentaba recuperar el aliento. Vio a Khoun sentado a una mesa. Otro hombre se hallaba de pie en el centro de la estancia. Parecía haberse levantado con rapidez, pues su silla estaba tirada detrás de él. El extraño vestía una capa negra sobre ropa de viaje. Largos cabellos oscuros rodeaban su cara, cayendo hasta los hombros. Negros eran también la barba y los ojos, pero con franjas más claras. *¡Un alar!*

—Conozco a este chico que ha interrumpido nuestra conversación, Ulferey, por suerte para él. Anda, Gald, haz el favor de cerrar la puerta.

—¡Fuego bendito! Resulta que yo también le conozco. ¿No es el alumno de Iriyed?

—Sí, lo es –dijo Khoun.

—Lo siento, chico, no te había reconocido.

Gald se levantó y cerró la puerta. *¿Quién es este hombre?*

—¿Te conozco yo? –preguntó Gald.

—Veo que no te acuerdas –dijo el joven mago mientras sonreía–, pero yo estaba entre los jueces que debían decidir si eras entrenado o no.

—Solo reparé en Aremei, él era el que hacía las preguntas.

—Lo cierto es que ya me marchaba cuando tú has entrado. Perdona lo del rayo, pero solo los enemigos suelen entrar sin llamar.

—Pero –dijo el chico pensativo–, si el rayo solo era una ilusión, ¿cómo podría haberme hecho algo?

Khoun fue el que le respondió:

—Solo sabes que es una ilusión ahora, cuando piensas acerca de ello tranquilamente. Si no te hubieras apartado lo más probable es que tu propia mente, al querer creer en la ilusión, te hubiera matado.

Gald guardó silencio, su mente sí había creído en la ilusión, pues lo había esquivado. De no haberle dado tiempo...

—Adiós, Ulferey –dijo Khoun–. *Hersalv im Gilbum Arhiezem.*

—*Hersalv nas Dalhre.*

Tras recoger los papeles que había sobre la mesa, Ulferey salió a la calle y se fundió con la noche. Gald y el mago quedaron en la cabaña.

—Ven, siéntate –Khoun señaló el asiento que Ulferey había dejado vacío–. La verdad es que esperaba que vinieras a verme.

—¿Y por qué no advertiste a Ulferey? Casi me muero del susto.

—No hay nada seguro en esta vida. Iriyed es sabia al abandonar la ciudad, a algunos no les gusta que los alari vengáis a meter las narices en manuscritos ajenos.

Khoun se levantó y cogió un recipiente con agua que se estaba calentando en la chimenea.

—¿Té?

—Sí, gracias.

—Lo que te perseguía solo era una ilusión –dijo el mago mientras servía la bebida–, pero detrás de cada ilusión siempre hay un mago.

El mago se sentó.

—Así que os vais mañana y crees que esta es tu última oportunidad para preguntarme qué sé acerca de tu padre.

A estas alturas ya no le asombraba que el mago conociera sus intenciones. Gald asintió mientras tragaba.

Nunca antes había probado un té parecido. *Las hierbas de Llantar deben ser distintas a las de aquí.*

—Conocí a tu padre cuando era un chaval, mucho más joven que tú. Llegó a Átelli la noticia de que un aldeano hacía prodigios y una semana más tarde llegó tu padre.

Khoun hizo una pausa para beber un sorbo de té.

—Normalmente, los discípulos suelen pedirle a los magos que les entrenen. Con él –dijo, sonriendo–, casi fue al revés. Era ya muy bueno cuando llegó y se fue de aquí siendo capaz de hacer cualquier ilusión. Yo solo le di clase durante unos meses.

—¿Y qué pasó después? Cuando se fue, me refiero.

—Yo no conozco toda la historia y, aun así, hay cosas que no te puedo decir. Sé que se lo llevaron los alari y que se convirtió en un guerrero. La Asamblea de Magos no se opuso, realmente, no le podíamos enseñar mucho más.

—Entonces también era alar...

—Sí, sus ojos siempre llamaban la atención aquí. Era un buen chico y seguro que se convirtió en un buen hombre. Eso es lo más importante, en lo que nos convertimos. Puedes estar orgulloso de él.

—¿No me puedes decir cómo murió?

—¿Cómo sabes que murió?

—Me lo dijo... –*¿Quién me lo dijo? ¿Cómo lo sé?*–. Alguien, no me acuerdo bien.

—Murió en la Segunda Guerra, como tantos otros alari.

Gald guardó silencio.

—¿Cómo supiste que yo era su hijo?

—Eres parecido a él en muchos aspectos. Físicamente, en el comportamiento, y tú también tienes madera de líder...

—¿Madera de líder?

—O, lo que es lo mismo, un gran poder de convicción. Dahal y Virna hicieron sus ilusiones a través de ti por esa razón.

—Pero no puede ser solo por eso.

—Claro que no –dijo Khoun mientras removía el té con la cuchara–. Cómo explicártelo... En tu mente hay lo que los magos llamamos un 'enganche'. Alguien puso una muralla alrededor de algunos de tus recuerdos, pero yo pude mirar dentro de ella.

—Pero ¿quién y por qué?

—Eso no lo sé, pero, normalmente, hace falta confiar ciegamente en alguien para que sea capaz de ponerte un 'enganche'. Cuando llegue el momento apropiado, la barrera caerá.

—No es justo.

—Tu padre solía decir eso. Yo podría derribar esa barrera, pero creo que existe una buena razón por la que no debería hacerlo.

Khoun se levantó y retiró las dos tazas. Gald miraba al fuego y pensaba.

—Quería darte esto antes de que te fueras –dijo Khoun.

Puso sobre la mesa un pequeño objeto envuelto en una tela negra. Gald la apartó para descubrir bajo ella un círculo hecho de plata. En la parte superior había perforado un agujero y, en el centro, grabada sobre el metal, una runa alaria. *La M. ¿De mago?*

—El medallón es el símbolo de mi profesión.

Oro para los reyes,
Acero a los soldados,
Cobre a los gremios,
Y plata a los magos.
¿No es así la rima?

Gald no había oído nada parecido en su vida.

—Lo que tienes en tus manos, sin embargo, no es solo un medallón.

—Déjame adivinar: otra ilusión.

—Muy perspicaz –dijo Khoun sarcásticamente–. Es una proyección de este otro medallón que mañana entregaré a Virna. Ella ya ha acabado el entrenamiento.

—¿Y qué hay bajo la proyección?

—Algo que algún día te será muy útil.

—Otro misterio y otro secreto...

—Mientras tanto tendrás un medallón de mago. Me gustaría que siguieras practicando las ilusiones, tienes que ganártelo. Si lo necesitas, Iriyed te ayudará.

El mago se situó detrás de Gald y le ató el medallón con un firme nudo. Sintió cómo la plata fría tocaba su pecho.

—No te lo quites nunca y procura que tampoco te lo quite nadie.

Gald se levantó y se dispuso a despedirse del mago.

—Gracias por todo.

—No hay de qué. Eres un chico muy distinto al que me encontré hace dos semanas frente a mi puerta. En fin –el mago suspiró–, *hersalv im Gilbum Arhiezem.*

—¿Qué significa?

—Uy, eso es tema de controversia. Es alarian muy antiguo: gloria a los reinos de Arhiez. Otros dicen que la primera palabra significa victoria.

—*Hersalv nas Dalhre.* ¿Gloria para siempre?

—Por siempre –corrigió el mago.

Gald salió de la cabaña. La noche era fría.

—¿Khoun?

—¿Sí?

—¿Puedes despedirte de Virna por mí?

—Por supuesto.

—Gracias.

Hijos del Norte

Año 1000

Gaeela no se consideraba una niña, a pesar de lo que sus padres acostumbraban a decir. Se había cansado de todo eso y, en cuanto cumplió los dieciséis, abandonó a su familia en Hast.

Hacía dos meses que había emprendido en solitario el viaje hacia el norte, pero su soledad no había durado demasiado tiempo.

Gaeela observaba a Imhell mientras este recogía el campamento. El chico había prometido llevarla a su tierra, al desierto del norte. Gaeela había oído maravillas acerca de ese lugar, donde la gente vivía en cavernas bajo tierra, pero la mayoría de las personas pensaban que el desierto estaba deshabitado. Se encontraban a las afueras de Liorb, según Imhell, quedaba ya poco camino. El joven parecía cada vez más alegre, le animaba la idea de volver a su casa.

Por esa razón, Gaeela no sabía cómo darle la noticia. Se dijo que ya no debía esperar más.

—Imhell.

—Ya casi estoy, espera un segundo...

—Ven, anda.

Gaeela estaba demasiado seria y su compañero de viaje lo notó al instante. Los dos se conocían bien.

—¿Qué te pasa?

—No vamos a poder viajar tan rápido como otros días.

—¿Te encuentras mal?

—No es que me encuentre mal, Imhell...

Gaeela se sentó sobre la hierba, Imhell la imitó.– Yo... –la boca se le estaba quedando seca–. Estoy embarazada.

Imhell abrió unos ojos como platos. Durante unos segundos se quedó sin respiración. Al final encontró su voz:

—¿Yo...?

—¿Quién si no?

Gaeela escondió la cara entre sus manos. No quería llorar, pero se sentía cansada, demasiado cansada. Imhell le apartó el pelo de la cara y la cogió de la mano.

—No te preocupes, Gaeela –dijo Imhell–, no te voy a abandonar. Yo no soy de esos. Será un hijo del norte y, si es una chica, le pondremos Gaehalu.

La muchacha abrazó a su compañero. Ahora sí estaba llorando.

—Y, si es un chico, Imhalu.

CAPÍTULO VIII

La prueba del hielo

—¿Y en qué idioma estaban los textos que tenías que traducir?

—Era Eilmus, me lo enseñó mi madre. Fue un intento de unificar las lenguas de Imesk y Laëtan, pero fracasó. Años más tarde llegó la lengua común y, hoy en día, poca gente lo conoce.

La nieve crujía bajo las botas de los dos viajeros. Habían tenido que cambiar los caballos en Liorb para poder conseguir pieles y ropa de abrigo. Se dirigían hacia el desierto del norte. Gald no había podido averiguar mucho acerca del desierto en la ciudad. La gente parecía conocer muy poco la vecina región, pero unos pocos comentarios le bastaron a Gald para descubrir que debía de ser un sitio deshabitado al que nadie decidía ir por voluntad propia.

—¿Y de qué trataban los textos?

Iriyed suspiró.

—Ahora que lo sabe Iryal, ya no se trata de un secreto de estado... Supongo que, a estas alturas, lo sabrá medio Gádunar. ¿Has oído hablar de los países de Tayr o Im-Tayr?

—Conozco Im-Tayr, está en la costa este.

La chica miró a Gald y levantó una ceja.

—Me sorprendes, ¿esos conocimientos de geografía?

—Hay un mapa de los reinos de Arhiez en la contraportada de tu edición de la balada...

—Tayr está justo al norte de Im-Tayr, también en la costa. El prefijo 'Im' significa 'nuevo' en este caso. Los habitantes de Tayr debieron de dejar sus tierras hace trescientos años y se establecieron más al sur.

—¿Por qué tuvieron que marcharse? –preguntó el muchacho.

—Por los dragones.

—¿Les atacaban?

—No, no... Será mejor que te lo cuente desde el principio.

La pareja ascendía hacia el paso de Jushk, dejando a su izquierda el monte Chaa. El sol brillaba sobre la nieve y los viajeros debían caminar con los ojos entrecerrados.

—Frente a las costas de Tayr se encuentra la isla de Fhael. Sus habitantes establecieron hace milenios un pacto con los dragones. Nadie sabe exactamente por qué lo hicieron, ni en qué consistía este pacto. Solo se sabe que desde entonces los dragones se establecieron en la isla y el pueblo de Fhael los utilizaba, fundamentalmente, para el transporte y la guerra.

¿Dragones y humanos trabajando juntos? En las leyendas, los dragones se comían a los humanos, hasta que venía el héroe y salvaba a los ciudadanos. En ningún caso combatía el dragón en el bando del héroe.

—¿En la guerra de Arhiez contra los pueblos del sur?

—No, esto pasó mucho antes. Con el tiempo, algunos de los habitantes de Fhael se establecieron en el continente, junto con los otros humanos. Se fundó la ciudad de Urmil, justo frente a la isla. Todo iba bien hasta que sucedió algo. Tuvo su origen en la isla, eso lo sabemos seguro, pero no sabemos qué lo causó. Durante seis meses, Fhael y el continente estuvieron incomunicados. Una noche tormentosa, siete dragones llegaron a Urmil. Sobre ellos traían siete niños, los únicos supervivientes de toda la isla.

—¿Cómo que los únicos supervivientes?

—Pasados unos días, un barco pudo llegar a la isla, pero no había rastro ni de los humanos ni de los dragones.

—¿Y por qué emigraron al sur entonces? ¿No se podían haber quedado en Urmil?

—Te lo dije antes: por los dragones. El invierno descendió sobre Tayr como nunca antes lo había hecho. Los dragones tienen sangre caliente en sus venas y no iban a poder sobrevivir, así que el pueblo de Fhael se trasladó al sur, a Im-Tayr.

—¿Sigue habiendo dragones allí?

—Los hay –dijo Iriyed–, descendientes de los siete dragones que cruzaron el mar esa noche, aunque esos dragones solo eran crías y, por muy extraño que parezca, no crecieron más.

—¿Cómo?

—Otro misterio. Ni entonces ni ahora se sabe mucho acerca de la cría de dragones, algo debió de hacerse mal. Los dragones de Im-Tayr son mucho más pequeños que sus antepasados y ninguno hasta ahora ha podido hablar.

—¿Y los textos de Átelli?

—Al parecer era una versión del pacto de los dragones. Según el autor, los dragones firmaron el pacto para no extinguirse y los humanos debieron de ayudarles a prevenirlo.

¿Salvar a los dragones?

—No se me ocurre cómo...

—A mí, tampoco. La mayoría del texto son elucubraciones del autor acerca de cómo lo habrían conseguido.

—Entonces, ¿qué gana la Orden con todo esto?

—Poder militar. Imagínate que la Orden ayudara a los habitantes de Im-Tayr a recuperar a los dragones, lo más seguro es que se forjara una alianza militar a cambio del 'favor'. En cualquier batalla, un ejército con dragones supone una gran ventaja.

Los caminantes ascendían en silencio. La subida se iba haciendo cada vez más prominente y la nieve, más profunda. Iriyed iba delante de Gald, pues ya conocía el camino. Unos metros más arriba, su maestra dijo:

—Ven, Gald, mira esto.

El chico ascendió los últimos metros deprisa. Cuando llegó al lado de Iriyed, tuvo que contener el aliento. Frente a él se extendía una planicie completamente blanca. El suelo helado reflejaba los primeros rayos de la mañana, que se filtraban a través del paso y, en la lejanía, todo seguía siendo igual de blanco.

—Vamos, el descenso será más rápido, pero mira bien dónde pisas.

—Estoy buscando una cueva, una abertura pequeña en esta ladera.

Habían tardado algunas horas en descender y después habían caminado a lo largo de la parte norte del monte Chaa, en busca de la cueva. Fuertes vientos soplaban sobre el hielo y Gald había agradecido la presencia, la capa y las pieles que habían comprado.

—¡Ya la veo!

Iriyed saltaba de roca en roca hacia una negra apertura. A pesar de que las piedras estuvieran cubiertas de hielo, no resbaló ni una sola vez. Quizá no apoyara el pie el suficiente tiempo como para caer. Gald la intentó imitar y consiguió llegar hasta ella manteniendo el equilibrio a duras penas.

—Ayúdame, anda. Tenemos que bajar todo esto hasta el lugar donde hemos dejado las mochilas.

Gald miró la cueva. En el interior habría podido caber un hombre tumbado, pero todo el espacio lo ocupaban unas maderas, que Iriyed iba tirando hacia afuera.

Gald cargó con la mitad y las llevó hasta donde habían dejado sus cosas. Iriyed le seguía a poca distancia.

—¿Qué es todo esto?

—Nuestro nuevo método de transporte. Aquí no sirven los caballos.

El viento no era tan fuerte junto a la montaña, pero Gald apenas pudo oír las palabras de su maestra. No quería ni imaginar la fuerza que tendría el aire en medio de la planicie, donde no tuviera ningún obstáculo.

Iriyed se agachó y comenzó a buscar entre las tablas. Gald pudo ver que los maderos eran muy finos, y que sus lados eran distintos. Cogió una tabla para examinarla más de cerca. Uno de los lados parecía haber sido pulido. Iriyed le quitó la tabla de las manos y, con algún extraño mecanismo, la juntó a la que tenía en las manos. Trabajó durante algunos minutos más, mientras Gald la observaba.

Frente a él apareció una curiosa estructura: Iriyed había construido una especie de caja a la que le faltaba la parte superior. Los bordes no sobrepasaban la rodilla de la mujer, pero, en uno de los laterales, su maestra había colocado un palo casi vertical, solo ligeramente inclinado hacia el centro de la caja. Solo quedaba sobre el suelo una tela de lados irregulares.

Iriyed hizo una seña a Gald y este se acercó.

—Coge las cosas y túmbate dentro.

Gald obedeció mientras Iriyed sacaba de su mochila algunas cuerdas. Con mucha habilidad la chica comenzó a atar las cuerdas a las tablas laterales y la tela.

—Sujeta esto aquí –Iriyed mantenía una de las cuerdas en tensión–. No, utiliza el pie derecho. Mira, hazlo así.

El viento no le alcanzaba en el interior de la extraña caja y Gald volvió a entrar en calor. Iriyed seguía con las cuerdas y pronto Gald tuvo también ocupados el pie izquierdo y ambas manos.

—Ya está –dijo ella tras unos momentos–. Vas a ver cómo funciona una ilízara.

Gald esperaba que su maestra también se tumbara dentro de la caja, pero se equivocaba. Iriyed comenzó a empujar la ilízara sobre el hielo. Pronto comenzó a coger velocidad.

—Tira fuerte de las cuerdas cuando yo te diga... ¡ya!

Gald estiró con todas sus fuerzas de las cuerdas que tenía en sus manos en el momento en el que Iriyed saltaba al interior. Sintió que las cuerdas en sus pies se tensaban y la tela que había en la embarcación se alzó. El viento la hinchó, como si se tratara de una vela, y pronto comenzaron a ganar velocidad.

Junto a él, Iriyed respiraba con fuerza a causa del esfuerzo. Estaba sonriendo.

—No está mal para una primera vez.

—Solo había que tirar.

—Aun así, no está mal. Mira, ahora te voy a enseñar a girar: dobla ligeramente la pierna izquierda y estira la cuerda de la derecha.

Gald lo hizo y pudo ver cómo la vela respondía a sus movimientos.

—Iríamos más rápido sin las tablas laterales –dijo Gald–. A mí no me importa el frío.

—No sabes lo que dices –respondió su maestra–. El viento en el interior del desierto es mucho más fuerte de lo que te imaginas y, además, esas tablas están ahí por una razón mejor.

—¿Cuál?

Iriyed se incorporó y se asomó fuera de la embarcación. El viento golpeaba con fuerza los mechones que se habían soltado de su coleta.

—Dame las cuerdas y mira tú mismo.

Gald le entregó las cuerdas a su maestra, una operación un tanto difícil en el reducido espacio, y también se asomó. Una sustancia blanca, casi transparente, rodeaba la ilízara. Fluía y se arremolinaba alrededor de la madera de una manera irregular, parecía una especie de niebla. *Pero distinta.*

—Puedes bajar la mano y tocarla –dijo Iriyed–, pero solo un segundo.

Gald lo hizo y, al instante, el frío trepó por todo su brazo, casi hasta su hombro, y eso que solo había rozado la niebla con los dedos.

—¿Qué es?

—Hielo líquido.

—¡Eso no existe!

—¿Lo acabas de tocar y me dices que no existe? Si te gusta más, algunos lo llaman viento líquido, es más poético.

Gald se volvió a tumbar junto a Iriyed, intentando dar algo de calor a su brazo.

—Prefiero hielo líquido. ¿Cuánto tiempo tardaremos en llegar a... –Gald se dio cuenta de que, esta vez, no sabía dónde iban– a dondequiera que vayamos?

—Alrededor de veinte horas. Duérmete ahora, dentro de un rato vas a necesitar relevarme.

Gald se acurrucó en el fondo de la ilízara y se tapó lo mejor que pudo con una de las mantas. Pronto, a pesar del frío y del rugido del viento, se quedó profundamente dormido.

Cuando Iriyed le despertó había anochecido. El cielo estaba despejado y se podían ver con claridad las estrellas. Su maestra le enseñó a marcar un rumbo fijo utilizando algunas constelaciones para que Gald pudiera llevar la ilízara durante el resto de la noche.

Gald vio por primera vez la ciudad de Nighal a la mañana siguiente. Cuando Iriyed le indicó que mirara, apenas pudo ver en el horizonte una mancha negra sobre la blancura del hielo.

Habían bajado la vela inmediatamente pues la velocidad que llevaban ya era suficiente para alcanzar la ciudad.

¿Ciudad?

La ilízara se iba acercando, pero Gald no podía ver ni casas ni murallas ni una fortaleza... *Nada.* Solo una especie de plataformas que, elevadas por encima del hielo líquido, comunicaban algunos lugares de la blanca planicie.

Sobre una de las plataformas había un hombre, que les indicó por señas dónde dejar la ilízara. Unos minutos más tarde se encontraban frente a él. Iriyed gritó:

—Venimos a ver a Ulferey –a pesar de todo, apenas pudieron oírla por encima del rugido del viento.

¿Ulferey? Es el alar que estaba con Khoun, ¿qué hará aquí?

El hombre no les dijo nada, solo les indicó que le siguieran. Llegaron al final de una de las plataformas y el hombre descendió por un hueco entre las maderas. Los dos alari bajaron tras él y fue entonces cuando Gald, al fin, pudo ver la ciudad.

Se encontraban en una caverna subterránea de dimensiones inimaginables. Las paredes estaban iluminadas con antorchas y Gald notó al instante que hacía calor. Las personas que se encontraban en la caverna no estaban abrigadas en absoluto. Cada cual realizaba una tarea, ajenos todos a su entrada. El muchacho pudo ver a un grupo que estaba construyendo algo, al parecer, una ilízara, antes de que el guía les sacara de la caverna por uno de los pasadizos laterales.

El hombre se había deshecho de todas sus prendas de abrigo, incluida una que le había cubierto la cara hasta entonces.

—Bienvenidos. Perdonad que no os lo haya dicho ahí arriba –dijo el hombre mientras caminaban–, pero, si tuviera que quitarme la bahara cada vez que viene alguien, a estas alturas tendría la cara congelada.

El hombre les llevaba por el laberinto de pasadizos sin dudar ni un solo segundo.

—Ulferey está entrenando ahora mismo, así que os llevo a sus habitaciones, pero le haré llegar el mensaje de que hay dos alari aquí. ¿Qué nombre debería darle?

—Iriyed –respondió esta.

—Es aquí.

Uno de los pasadizos laterales estaba cerrado por una puerta hecha de cañas, que el guía abrió. Después se marchó.

En el cuarto no había antorchas, sino una lámpara de aceite que el alar había dejado encendida. El suelo de la habitación estaba completamente cubierto por alfombras. Sobre una de ellas había unos cojines y una mesa baja.

Iriyed se sentó sobre uno de los cojines mientras esperaban. Gald sacó de su mochila la balada de Arhiez y también se sentó a esperar. Tal como su guía había prometido, Ulferey no tardó demasiado en llegar. Esta vez no saludó a Gald con un rayo, sino que le tendió la mano.

—Solo llevo aquí dos días y ya os vuelvo a ver. ¿Puedo preguntar qué os trae por aquí?

—Me gusta pasar aquí el verano –dijo Iriyed–, y además necesito un sitio tranquilo para entrenarle, donde no nos cobren pensión.

—¿Así que te quieres quedar aquí, conmigo?

—No serán ni dos meses.

—Me sorprende que la hermana del conde de Hast no se pueda permitir una posada.

—La hermana del conde de Hast depende del dinero que le entrega la Orden y, como tú bien sabes, últimamente no da para mucho.

—Sabes que, si la Orden me encargara entrenar a alguien, esa sería mi prioridad, dejaría de entrenar a las tropas de Nighal.

Se hizo un silencio incómodo. Gald no entendía del todo la situación. ¿Estaba entrenando Ulferey a alguien que le pagaba más por ello que la Orden?

—Perdóname, Ulferey.

—No te preocupes –el alar rozó el brazo de Iriyed–. Hay otra cama en la habitación, si queréis, os podéis quedar.

—Aún tengo que pedirte otro favor.

—¡Madre mía, Iriyed! –rió Ulferey–, ¿pero tantos te debo?

—¿Conoces la bonita ciudad de Lisk?

Gald aparentaba leer, sin prestar mucha atención a la conversación, pero tenía todos sus sentidos volcados en ella.

—¡Eso fue hace más de dos años! –Ulferey rió–. Pero me sacaste de un buen aprieto. Bueno, dime qué quieres.

—Pensaba ir más al norte, a Ierlach, dentro de dos semanas y quisiera que te quedaras con Gald.

—No puedo, tengo que ir a Tahim con algunas de las tropas.

—Llévatelo.

—Imposible –Ulferey reflexionó durante unos segundos–, ¿por qué no lo dejas con la hermana de Jinask?

—No quiero deberle a Jinask ningún favor.

—En todo caso se lo debería yo. Venga, Iriyed, Gaeela tiene muchos chiquillos, no le importará ocuparse de uno más.

Iriyed se hizo de rogar un rato, pero al final accedió. Gald se sentía como un paquete que el mago y su maestra iban pasando de mano en mano.

—Está bien –dijo finalmente su maestra–, hablaré con ella. Pero lo de Lisk no queda olvidado.

Las dos semanas habían pasado muy deprisa. Gald casi había necesitado una entera para poder aprenderse la red de pasadizos que formaban la subterránea ciudad de Nighal.

Había entrenado con Iriyed y Ulferey, pero era consciente de que le esperaban unas semanas de trabajo académico. Desde el primer momento había notado que los trabajos en Nighal eran altamente especializados y, debido a esto, hacía ya años que se había instaurado la enseñanza obligatoria.

Durante las semanas que iba a pasar en casa de Gaeela, seguramente asistiría a las clases con alguno de sus hijos. *Espero no ser tan estúpido como para que me manden a clase con el más pequeño...*

Iriyed había partido esa misma mañana, y ahora era Ulferey el que le acompañaba hasta la vivienda de Gaeela. En pocos minutos comenzaría el turno de tarde, y la gente ya empezaba a llenar los túneles de la subterránea ciudad.

Llegaron a la casa cuando la familia entera se disponía a salir. El caos reinaba en la pequeña sala que hacía las veces de recibidor: los muchachos más pequeños, dos niñas y un niño, correteaban y jugaban, impidiéndoles el paso a los dos mayores, que intentaban recoger sus materiales de clase. Gaeela intentaba echarles de casa a gritos, mientras recogía sus herramientas. Gald había oído que era una excelente constructora de ilízaras.

Ulferey gritó por encima del alboroto:

—¡Gaeela! –el alar señaló a Gald–. Te traigo al muchacho.

—Está bien –dijo ella–. Imahlu, que vaya hoy contigo. Ten buen viaje, Ulfer.

—Gracias.

El más mayor de los chicos había acabado ya de recoger sus cosas y salió lo más rápido que pudo de la casa. Cogió a Gald del brazo, mientras corría hacia uno de los pasadizos.

—Yo soy Imhalu –le dijo–. Vamos algo tarde, espero que no te importe correr.

—No te preocupes. ¿Está muy lejos la escuela?

—Solo dos pasillos más.

La escuela resultó ser una cueva bastante grande. Cuando llegaron, por suerte, aún no estaba el profesor. Imhalu saludó a sus amigos, que ya estaban sentados, como era costumbre aquí, en el suelo, frente a unos pupitres bajos. Gald notó que había cierto revuelo en la clase. Todos los alumnos hablaban en especial con uno de los chicos.

—¿Quién es? –preguntó Gald.

—Es Caern. Hace dos días cumplió los dieciséis y se sometió a la Prueba del Hielo.

—¿Qué es eso?

—Sales al exterior y, durante una noche, yaces sobre el hielo líquido. En teoría, esto te purifica.

—¿Y solo consigues eso? –preguntó Gald. Esta gente estaba loca–. Que te purifique, me refiero.

—No solo eso –dijo Imhalu–. Mira.

Imhalu cogió el brazo del otro chico y sacó una pequeña navaja de su bota. Ante el asombro de Gald, Caern dejó que Imhalu le abriera una herida en el antebrazo. La piel de alrededor se empezó a teñir de rojo pero, en muy poco tiempo, la sangre que Caern tenía en el corte se convirtió en cristales. Parecía como si se le hubiera helado la sangre.

Caern se frotó el antebrazo con la otra mano, y solo quedaron algunos de los cristales en la misma herida.

—En dos días, ni siquiera tendrá la cicatriz –dijo Imhalu.

—¿Cómo es posible?

Imhalu se encogió de hombros.

—Me parece que nadie sabe lo que ocurre exactamente. Al respirar el hielo líquido durante tanto tiempo consigues que te cambie por dentro.

—¿Hacéis todos la Prueba del Hielo?

—No es obligatorio, pero todo el mundo la hace al cumplir los dieciséis. Yo la haré dentro de muy poco, solo me quedan diez días para cumplir años. Por cierto, ¿cuándo los cumples tú? Mi madre me dijo que tenías mi edad, pero nada más.

—La verdad es que no lo sé –dijo Gald–. Soy huérfano y nadie sabe cuándo nací.

—Vaya, lo siento.

—No hace falta que lo sientas.

En ese momento, el profesor hizo su entrada en la clase. Saludó a los alumnos, dirigiendo una curiosa mirada a Gald. Luego comenzó a escribir en la pizarra. El chico copiaba sobre una hoja: Principios de la Termodinámica.

No resultó tan terrible como había temido, comprendió la mayor parte de los conceptos que le explicaron durante la clase; pero lo que no consiguió comprender era por qué alguien querría saber la capacidad calorífica del granito o la cantidad de energía empleada en calentar agua. Imhalu se lo explicó más tarde, cuando volvían hacia su casa.

—Tú no lo has visto, Gald, pero bajo Nighal hay una red de pasadizos que se utilizan para abastecer a la ciudad de agua, aire caliente e, incluso, comida. Todo ello es posible gracias a la energía de la tierra. Muy abajo, las piedras están realmente calientes y utilizamos su energía para todo esto.

Gald no podía creer que todo eso pudiera venir de unas piedras calientes. En su interior decidió que pronto tendría que hacer una visita a las profundidades de la tierra.

—¿Dónde está Iriyed?

Gald había ido a la habitación de Ulferey tan pronto como se enteró de que este había vuelto.

—Como tú mismo puedes ver, no está aquí. Fue a Gádunar.

—¿A Gádunar?

—Sí, la última vez que la vi estaba maldiciendo, diciendo que iba a dejarle las cosas claras a Aremei. En este momento le compadezco.

—¿Sabes cuándo va a volver?

—Yo diría que pronto, no creo que te abandone aquí, ¿por qué? ¿Te ocurre algo?

—Quiero hacer la Prueba del Hielo. Iba a pedirle permiso.

—Para eso no necesitas el permiso de nadie. La Prueba del Hielo es también una prueba de madurez, necesitas ser lo suficientemente adulto como para poder enfrentarte a ella por tu propia elección.

—¿Tú la has hecho?

Ulferey asintió.

—Si quieres ganarte la confianza de un pueblo, tienes que convertirte en uno de ellos. Y un general de ejército necesita esa confianza.

Gald reflexionó durante unos instantes. La prueba de Imhalu era esa misma noche.

—Haré la prueba. Aunque, no sé por qué, me da la sensación de que Iriyed no estará muy contenta cuando se entere.

—Bien –dijo Ulferey–, seré tu testigo.

A la puesta del sol, siete figuras se encontraban sobre la plataforma más oriental del exterior de la ciudad de Nighal. Este era el primer punto que el sol tocaba cada amanecer, el lugar destinado a las pruebas.

Tres jóvenes iban a yacer sobre el hielo aquella noche. Imhalu, una chica a la que Gald no conocía y él mismo. Cada uno de los chicos había traído consigo un testigo. Un secretario del gobierno local presidía la ceremonia.

El hombre hizo que los muchachos pasaran la mano sobre unas tablillas de madera. Gald sintió las yemas de sus dedos rozar contra miles de muescas grabadas sobre la tablilla, pequeñas cavidades hechas seguramente con un cuchillo. Después, los testigos dieron de beber a cada chico una infusión. El sabor no era nada agradable.

—Esto es lo que te mantendrá con vida –susurró Ulferey–. Acábatelo.

Tuvieron que esperar un rato, hasta que los últimos rayos de sol desaparecieron en el horizonte. Gald se encontraba nervioso, pero el saber que Ulferey estaría en la plataforma durante toda la noche le tranquilizaba. El mago no dejaría que nada le sucediese, no solo por su amistad, sino también por el miedo a recibir una de las broncas de Iriyed.

—Ya es la hora.

Cuando el secretario dio la orden, los jóvenes se despojaron de sus abrigos. Debajo de la ropa llevaban todos una túnica, de tela muy fina, que vestirían durante la ceremonia. Gald dudaba que su propósito fuera protegerles del frío.

Los participantes bajaron de la plataforma. En el momento en que sus pies tocaron el hielo, el muchacho se estremeció. A una seña del funcionario, se tumbaron sobre el suelo.

Gald notó cómo el frío iba paralizando cada músculo de su cuerpo. La túnica estaba fría y se le pegaba al pecho. Cuando respiró por primera vez el hielo líquido, tuvo la sensación de que se ahogaba. A pesar de todo, no estaba realmente preocupado por la prueba, sino por la reprimenda que le esperaba una vez que Iriyed volviera a Nighal. Su último pensamiento fue ese, antes de permitir que el hielo líquido se adueñara de todo su cuerpo.

La ciudad de Lisk

Año 1007

La ciudad de Lisk era famosa por dos cosas.

Para empezar, era el lugar donde, según una vieja costumbre, los padres de recién nacidos debían acudir en busca de una barsdahr. *Esta era una piedra común sobre la que se tallaba una runa, que representaba las cualidades que los padres desearían para sus hijos en un futuro. La superstición aseguraba que, si los niños mantenían la piedra en su poder durante mucho tiempo, acabarían por adoptar la cualidad en ella inscrita.*

A Hiarm siempre le había divertido ver a humildes artesanos ignorar las piedras de 'habilidad' o 'maestría' mientras buscaban algunas de las más cotizadas, como 'honra' o 'valor'. ¿Para qué quería un futuro carpintero una piedra de 'valor'? Si algún día tenía un hijo, lo que consideraba poco probable, no le compraría una estúpida piedra.

No, Hiarm se encontraba en Lisk para unirse al gremio de los espías, la segunda atracción de la ciudad. Se consideraba un buen candidato: era pequeño y avispado, podía desaparecer en un momento y, sobre todo, tenía cierto talento para la ilusión, algo que le colocaría muy por encima de los otros aspirantes.

El edificio del gremio no fue difícil de encontrar. Alrededor de sus muros serpenteaba una larga cola, personas que, sin duda, estaban allí para ser admitidos en la escuela. No solo se trataba de espiar, eso podía hacerlo cualquiera, pero los espías de Lisk estaban bien considerados en todas las cortes porque también solían cumplir la función de consejeros. La escuela los preparaba para ello y así también se aseguraba cierto poder en las cortes más importantes.

Ante la promesa de un futuro así, más de uno había dejado el oficio de carpintero para venir a hacer cola. Pero Hiarm no había venido a hacer cola. Rápidamente escondió todo su cuerpo con una ilusión y caminó hacia la parte delantera de la fila, sin atraer más que alguna mirada aburrida. Se colocó detrás de un grandullón, a la espera de que abrieran las puertas y pudiera pasar.

Mientras tanto observaba al otro aspirante. Era muy alto, y también muy ancho, seguramente un campesino o un herrero.

Poco tenía que hacer aquí. ¿O no? *Hiarm le observó con más detenimiento. El hombre no presentaba ningún rasgo que denotara su origen: podía encajar en cualquier taberna de Liorb a Jasit. Y, además, era el típico hombre al que le contarías tus penas. Bastaría con que te invitara a unas cervezas. Y, en caso de que no le quisieses contar algo, parecía capaz de averiguarlo por métodos menos ortodoxos.*

Quizá no fuera mala idea aliarse con él una vez admitidos. Si les admitían.

Se abrieron dos pesadas puertas de roble y los encargados dejaron entrar a unos treinta candidatos. Se encontraban en una sala, demasiado pequeña para que Hiarm pudiera poner fin a la ilusión sin que nadie lo notase. Rezó para que les condujeran a otra estancia, pero eso no sucedió.

Desde el otro extremo de la sala resonó una voz de mujer, con un tono autoritario imposible de desobedecer.

—El de la ilusión y el alto de al lado, por la puerta de la izquierda. El resto, a la calle.

Hiarm deshizo la ilusión. Ya estaba dentro.

CAPÍTULO IX

Ríos del pasado

Cuando despertó ya no tenía frío. Le habían quitado la túnica y estaba cubierto por una manta de lana. La piedra que tenía bajo él estaba caliente y se agradecía. *Piedras calientes. Termodinámica.* Su mente era una maraña de pensamientos desordenados.

Intentó incorporarse, pero la cabeza le daba vueltas. No reconocía la habitación en la que estaba: no había ningún mobiliario, y las paredes estaban cubiertas por una sustancia que despedía una luz mortecina.

Retiró lentamente la manta que le cubría, le costaba mucho esfuerzo mover los brazos, como si el hielo líquido se los hubiera congelado de verdad. Finalmente se pudo incorporar y vio que en la habitación había una sola puerta. Tenía hambre.

Justo en ese momento, la puerta se abrió y entró Iriyed. Parecía sorprendida al ver que había despertado.

—¿Tienes idea de lo que has hecho?

Gald guardó silencio. *Calla, si dices algo se enfadará aún más.*

—¡No tienes ni idea! Creía que te había enseñado algo, pero sigues siendo un niño inmaduro. Eres un inconsciente, a quién se le hubiera ocurrido...

—¡Vale ya! Hablas como si me hubiera muerto, y no ha pasado nada. Además, Ulferey fue mi testigo, estuvo conmigo durante toda la prueba.

—Te crees muy listo, Gald, pero de haberte pasado algo, de haber dejado de respirar en algún momento, nadie habría podido sacarte del hielo, ni siquiera Ulferey. Lo prohíben las reglas de la prueba. Dime, Gald, ¿contabas con eso?

—Pero he sobrevivido –dijo el chico. Iriyed estaba ganando, como siempre.

—Has sobrevivido, pero por poco. ¿No te preguntas por qué no puedes moverte apenas? Llevas un mes inconsciente, ¡un mes!

Gald se quedó sin aire. *¡Un mes!, con razón está furiosa.* Iriyed prosiguió:

—Las tablillas por las que se pasa la mano antes de comenzar, cada muesca grabada en ellas representa a alguien que ha muerto durante la Prueba del Hielo, Gald. Y ninguno de los que murieron era de aquí –la voz de Iriyed iba creciendo en intensidad–. Todos eran de los reinos. ¡Tanto o más estúpidos que tú!

Gald bajó la cabeza. No estaba seguro de merecer la reprimenda, pero la aceptó.

—Lo siento, Iriyed.

Su maestra tardó en contestar, se le iba pasando el enfado.

—Yo nunca te hubiera dado mi consentimiento. Lo sabías, ¿verdad?

—Lo imaginaba. Perdóname.

Iriyed se sentó sobre la piedra, junto a Gald.

—Si quieres que te perdone, más te vale estar preparado para viajar mañana.

—Lo estaré. ¿Dónde vamos?

—A Im-Tayr.

—¿Donde los dragones? –preguntó el chico, entusiasmado.

Su maestra sonrió.

—Fui a Gádunar y le exigí a Aremei ir con la expedición.

—¿Qué expedición?

—Se te ha debido de congelar el cerebro... ¿Cuál va a ser? La que utilizará los textos que Iryal y yo traducimos para resucitar a los grandes dragones.

—Pero ¿cómo lo van a hacer?

—El texto no dice demasiado con respecto a eso. Empieza a hablar sobre el destino, el plan infalible que idearon los dragones y cosas por el estilo. Yo opino que todo es una pérdida de tiempo...

—Entonces, ¿por qué vamos?

—Porque, si no, tendría que ir Iryal, y prefiero cualquier cosa antes que eso. Además, como decía mi maestro, el estar demasiado tiempo en un mismo sitio reblandece el cuerpo y la mente.

—Pues yo no creo que Nighal me haya reblandecido.

—Yo tampoco lo creo –contestó su maestra sin vacilar–. En parte estoy orgullosa de ti por haber decidido hacer la prueba. Dice bastante a tu favor.

—¿Ah sí? –preguntó Gald, sonriendo–, ¿qué dice de mí?

—Que has madurado. Y que eres valiente, sobre todo, si sabías que tendrías que enfrentarte a mí una vez llegara.

Gald no dijo nada, sonreía mientras miraba uno de los dibujos que había bordados en la manta. Nunca antes había oído a Iriyed felicitarle por algo. Quería disfrutar del momento, pues sabía que no se iba a repetir en el futuro cercano.

—Bueno –dijo su maestra–, me tengo que ir a preparar las cosas. Tú deberías levantarte y solucionar también tus asuntos. Uno de los muchachos de Gaeela ha estado aquí todo el tiempo, cuando no estaba en el colegio; deberías al menos darle las gracias.

Iriyed se levantó, dispuesta a irse. Ya en la puerta se giró:

—Por cierto, Gald, necesitas un corte de pelo. Y también un afeitado.

Gald ya estaba esperando a Imhalu en la puerta del colegio cuando este salió de las clases. Había tenido tiempo suficiente para darse un baño y recoger todas las cosas que había dejado en casa de Gaeela. Esta última noche la pasaría con Iriyed y con Ulferey, ahora que era su padrino, tenía derecho a quedarse con él.

Imhalu salió de la clase distraído, iba hablando de un ejercicio con dos de sus amigos. Gald le dio un golpe en el brazo.

—Eh, ¡Gald! ¿Qué tal? Me alegro de verte ya caminando.

—Yo también me alegro de no seguir ahí tumbado. ¿Qué tal todo?

—Como siempre. Estoy deseando que lleguen las vacaciones. Este es mi último año, y me muero de ganas por dejar el colegio.

—¿Sabes ya lo que vas a hacer después?

—Sí, ¿no te lo conté? –Imhalu parecía sorprendido–. Ah, claro, estabas inconsciente cuando sucedió. Verás, siempre quise entrar en el ejército, pero no admiten a nadie hasta que han pasado dos inviernos desde que hicieron la prueba.

—¿Y eso?

—Se supone que, en ese tiempo, te tienes que estar preparando por tu cuenta, o trabajando en otra cosa, bueno, lo que sea. El caso es que conocí a Iriyed una tarde que fui a verte. Ella es amiga de Ulferey, el general alario, y le convenció para que me viera luchar. Según ella, se me da bien, igual que al tío Jinask a mi edad. ¡Y lo más increíble fue que Ulferey accedió!

—Vaya, me alegro por ti –dijo Gald, mientras le daba una palmada en el brazo.

—La verdad es que todo fue gracias a tu maestra, tienes mucha suerte de que ella te entrene, y no solo en cuanto a eso, sino que ya me entiendes... –Imhalu miró a Gald con una expresión pícara.

—No te entiendo.

—Vamos, ¿me vas a decir que no has pensado nunca en lo bien que está?

Gald no tardó nada en responder.

—Nunca. Es casi como una madre para mí.

—¿Nunca?

—No.

—No me lo creo.

—¿Sabes una cosa, Imhalu?

—Sí, de hecho sé muchas –Gald no estaba para bromas–. No te enfades, dime.

—Te pareces a tu tío en más de lo que crees.

El barco no saldría de Liorb hasta la medianoche. No era nada lujoso, ni tampoco muy rápido, pero con tan poco tiempo y no demasiado dinero fue lo único que pudieron conseguir.

A Gald no le importaba demasiado, ya estaba acostumbrado a las incomodidades. Las últimas noches las había pasado a la intemperie, con la mala suerte de que había llovido. Cualquier cosa, incluso lo más profundo de la bodega del barco, sería mejor que eso.

El plan de Iriyed era bastante simple: bajarían en barca por el río Obaum hasta salir de los bosques de Poisk, y después cabalgarían día y noche para poder llegar a Flarem, ciudad desde la que salía la expedición, antes de la luna nueva.

—¿Qué llevas ahí? –la voz ruda pertenecía al patrón de la embarcación. Gald, concentrado en mantener el equilibrio sobre la resbaladiza pasarela de embarque, había olvidado ocultar sus armas.

—No llevo nada –dijo con serenidad, mientras miraba al hombre a los ojos. La lluvia caía con fuerza, y el alar dudaba que el hombre fuera capaz de verle la cara.

Permanecieron así unos segundos, quietos ambos bajo la lluvia. Gald estaba tan cansado que tuvo dificultad para mantener su ilusión pero, tras unos momentos, la mente del hombre cedió y se le permitió subir a bordo.

Una vez en el barco, lo primero que hizo fue bajar a la bodega. Allí extendió los sacos de dormir y dejó las cosas junto a ellos. Se quitó la capa y la extendió para que se secara. Respecto a su pelo y ropa mojada no podía hacer nada, solo esperar a que se secasen por su cuenta.

Iriyed aún tardaría un rato en llegar, había ido a vender los abrigos que habían utilizado para adentrarse en el desierto del norte; así que el chico decidió ir a la cantina, donde se encontraban la mayoría de los pasajeros a juzgar por el ruido que venía de allí. Abandonó sus pertenencias y se dirigió hacia la popa de la embarcación. No le preocupaba que le robaran, no llevaba nada de valor.

En el comedor común parecía que se estuviera dando una pequeña fiesta. Estaban sirviendo un guiso de carne, y la gente reía y bebía. Un hombre barbudo con una imponente barriga cervecera entonaba una obscena canción. La mayoría eran campesinos que volvían a sus casas después de haber trabajado en los campos de Apach.

En la mesa más cercana a Gald solo había dos hombres. Uno de ellos era de corta talla y muy delgado. Su nariz era inusualmente larga y siempre tenía los ojos entrecerrados, como si esperara que alguien le atacara en cualquier momento. El otro hombre, al contrario que el primero, era bastante alto y de constitución fuerte. Estaba sentado junto a la gran olla que contenía el guiso. Gald se sorprendió de que se dirigiera a él.

—Eh, chico –dijo con voz amable–. Ven, toma algo caliente, que estás empapado.

El hombre cogió un cuenco y le sirvió una generosa ración. Gald se inclinó por encima de la mesa para cogerlo. Al hacerlo, su medallón de mago se deslizó entre los pliegues de su camisa, quedando al descubierto. Con un solo movimiento, el hombre cogió el brazo de Gald y lo sujetó firmemente contra la mesa. Nadie parecía haberse dado cuenta.

—Así que un mago. Me lo había imaginado –era el hombre pequeño el que había hablado. Sus ojos se agrandaron y una sonrisa apareció en su boca.

—Siéntate con nosotros.

Gald obedeció. Presentía que los dos no querían hacerle daño y, de todos modos, seguía teniendo las dagas al cinto. Calculó que en poco tiempo podía matar al pequeño y quizá herir al otro. Con suerte...

—Me honráis con este gesto –dijo Gald sarcásticamente.

—El honor es nuestro, joven alar –respondió el hombre pequeño utilizando el mismo tono–. ¿Puedo preguntar qué os trae por aquí?

—Ya lo habéis preguntado, así que es estúpido pedir permiso para hacerlo, pero eso no significa que obtendréis respuesta.

Gald empezó a comer, intentando hacer como si no le importara la presencia de los dos hombres, pero era consciente de las dos miradas que recaían sobre él. Un pensamiento surgió de pronto en su mente.

—Tú eres mago –dijo, dirigiéndose al hombre pequeño.

Este se quedó muy quieto, asombrado por lo que Gald había dicho, como si le hubiera acusado de algún crimen. El hombre grande comenzó a reírse.

—Te ha calado, Hiarm –dijo–. No demasiado bueno para tu profesión.

—Cállate, Orím.

—¿Qué profesión? –preguntó Gald.

—¿Por qué no la adivinas?

—Bueno, veamos... Dos hombres que viajan solos con un billete barato en un barco cochambroso... No sois mercaderes porque, si os fueran bien los negocios, iríais en un transporte algo más lujoso; y, si os fueran mal, también, tendríais que mantener las apariencias.

El chico hizo una pausa para beber algo de agua.

—Tampoco sois campesinos, la mayoría de los que hay aquí están cantando borrachos ahí detrás. Además tú, Hiarm, tienes el puño de esa camisa manchado de tinta. Tampoco sois pescadores. Ni sacerdotes ni hombres de letras, si no, no estaríais bebiendo, eso mata al cerebro. Así que...

Gald reflexionó durante unos instantes y aprovechó para seguir comiendo.

—Sois espías.

—¡Vaya con el joven!

—Bueno –dijo Gald–, ahora estamos en paz. Vosotros conocéis mi secreto y yo conozco el vuestro.

—Nosotros estamos en desventaja –dijo el hombre fuerte–. No sabemos dónde vas ni a qué.

—Yo tampoco lo sé, si queréis que os diga la verdad.

—Entonces debes de ser bastante idiota –dijo Hiarm–. Si no lo sabes tú, dime, ¿quién lo va a saber?

Justo en ese momento, Iriyed hizo su aparición en la sala. Al contrario que él, había podido cambiarse de ropa, aunque la trenza mojada le siguiera dejando una marca en la parte de atrás de la camisa.

—Ella lo sabe –dijo el chico.

Iriyed se sentó junto a Gald, frente a los dos espías. Orím le pasó un cuenco de carne.

—Gracias.

—De nada, cualquier cosa por servir a una dama.

—Menos cuento –respondió Iriyed–. Bueno, Gald, ¿no me los presentas?

Los pasajeros notaron cómo el barco dio un pequeño tirón. Habían soltado amarras y comenzaron a moverse con la corriente.

—Este es Orím y él es Hiarm. Ella es Iriyed, mi maestra.

—¿Y a qué os dedicáis? –quiso saber Iriyed.

—Al espionaje, señora.

—¿Ah sí? –dijo su maestra a la vez que acercaba una cuchara a su boca.

—Sí, aunque esta vez no andamos tras un gran secreto de estado –dijo Orím–, ni mucho menos...

—Qué tiempos estos cuando nosotros tenemos que malgastar nuestro talento en averiguar si la mujer del Duque de Mair le pone los cuernos a su marido con cierto conde de Poisk. No hay derecho...

—Cierto, cierto –respondió Iriyed con una sonrisa burlona.

El comedor se iba quedando más silencioso a medida que la gente se retiraba para dormir. Pronto solo quedaron ellos cuatro y algunos borrachos que roncaban sonoramente. Sus compañeros ni siquiera se habían molestado en llevarles hasta la bodega.

—¿Y adónde vais vosotros? –preguntó Orím–. Le hemos preguntado al chico, pero dice que no lo sabe.

—Siempre es prudente hacer ver que sabes menos de lo que, en realidad, conoces –dijo Iriyed–. De todos modos no tenemos ningún secreto. Vamos a Im-Tayr, a visitar a un pariente del chico.

Iriyed había mentido con mucha naturalidad. *También tendría que enseñarme a hacer eso.*

Un marinero entró en la sala y les pidió que fueran a la bodega, junto con el resto de pasajeros. La cantina permanecería cerrada durante la noche. Iriyed y Gald se despidieron de los dos espías y se retiraron a dormir.

La mañana había amanecido despejada tras la tormenta de la noche anterior. Gald se encontraba en cubierta. El buen tiempo siempre le había hecho sentirse más contento.

El chico buscó un rincón donde no molestar a los marineros en su continuo ir y venir, y comenzó a tocar una melodía con el instrumento de Iriyed.

Muchos de los pasajeros se encontraban en cubierta, aprovechando para respirar el aire fresco tras haber pasado toda la noche en la bodega. Había mucha gente que había embarcado a última hora de la noche anterior, que Gald no había visto en el pequeño comedor. Entre estas personas se encontraban dos hermanas gemelas, de unos quince años, que no paraban de mirarle y de cuchichear. A pesar de todo, parecían tristes, resignadas más bien. Iban acompañadas por dos hombres de mediana edad, seguramente, parientes encargados de vigilarlas.

Iriyed apareció en cubierta. Se había levantado más tarde que él, ya que por la noche había tardado más en dormirse.

—Buenos días –dijo Gald sin desviar su atención del instrumento.

No tocaba, pero se afanaba en presionar las almohadillas. Iriyed le había dicho que era importante tener flexibilidad en los dedos para aprender la lucha con espada, no solo en las muñecas.

—Buenos días –contestó la alar.

Iriyed se sentó junto al chico y se estiró. Aún no se había despertado del todo.

—Tenemos que hablar –dijo su maestra, rompiendo el silencio.

—¿De qué?

—Llevo mucho tiempo evitando este tema, pero ya va siendo hora de que hablemos de tu familia.

—No quiero hablar de ello.

Iriyed guardó silencio, esperando a que el chico se sintiera lo suficientemente incómodo para que volviera a hablar. Era una buena técnica.

—Mira, Iriyed, no sé nada –soltó Gald algo enfadado–. Khoun me dijo que mi padre fue un mago, ¿y qué? Puede que ese mago al que él se refería no fuera de verdad mi padre. ¿Quién lo va a saber? Y, de todos modos, ¿qué diablos importa?

—Ayer dijiste algo mientras dormías, ¿te acuerdas de lo que estabas soñando?

—No me acuerdo, ¿qué fue lo que dije?

—*Blait verg am siahay.* ¿Sabes lo que significa?

—Sangre, justicia y venganza. No son palabras demasiado difíciles.

—¿Y sabes dónde las has oído?

—Probablemente, en la balada de Arhiez. De todos modos, ¿por qué tanto revuelo?

—Hace algo más de quince años hubo un intento para recuperar la Perla de Tyrion. Una gran conspiración hecha a espaldas de los monarcas de los reinos. Hubo incluso una batalla contra los sureños, que ganaron los alari, pero nunca recuperaron la Perla. Uno de los gritos de guerra era ese, *blait verg am siahay*.

—Se lo puedo haber oído a cualquiera.

—No lo creo.

Gald no contestó. No quería hablar de ello; no quería descubrir en su pasado algo que no le gustara. Había aprendido ya a vivir sin conocer sus raíces y prefería que todo siguiera así.

—Gald, es importante que me digas cualquier cosa que sepas.

El chico suspiró.

—Cuando tenía doce años me dijeron que podía quizá ser hijo de una familia de molineros de un pueblo cercano. Los onak habían atacado el pueblo y, un día más tarde, yo aparecí en Penmar. Así que fui al molino.

—¿Y bien?

—No había nada –respondió. Se le había formado un nudo en la garganta–. Solo cenizas.

—No creo que seas hijo de molineros, Gald.

—Eso me da igual.

—Estaré abajo.

—Espero que hayas averiguado lo que querías saber –gritó a la espalda de su maestra.

Gald siguió tocando, pero sopló tan fuerte que la primera nota se convirtió en un agudo chirrido, lo que provocó risas a las dos gemelas.

—Hay que ver cómo te miran –comentó Orím.

—Tienes razón –dijo Hiarm–, ¿qué les has dicho?

Gald estaba sentado en el raíl de la cubierta, junto a los dos espías.

—No lo sé. Ni siquiera he hablado con ellas.

Las gemelas estaban en la proa. Se entretenían con unos hilos, que enrollaban y cruzaban entre sus manos a modo de pasatiempo. El juego no requería demasiada atención pues, en efecto, no dejaban de mirar al chico.

—Sobre todo, la de la derecha. Mira, chico, otra vez.

Al ver a las gemelas, Gald hubiera dicho al instante que eran guapas. Las dos llevaban el pelo rubio muy largo y suelto. Parecían estar la mayor parte del día peinándose entre ellas. Tenían los ojos grises y la piel muy pálida, con algunas pecas. Las dos eran prácticamente iguales, pero una de ellas sonreía más. Una de ellas *le* sonreía más: la de la derecha.

—Pues ya va siendo hora de que les digas algo –dijo Hiarm.

—No sé si es buena idea –dijo su compañero de oficio.

—¿Por qué no? –preguntó Gald–. ¿Tan evidente es que me rechazará?

—No, no es por eso –dijo Orím–, pero, ya sabes, las ideas que tienen los alari respecto a eso... no te ofendas, pero son algo raras.

—No sé de qué me estás hablando.

—Solo te digo que no le hará ninguna gracia a la señora.

La 'señora' era Iriyed, pero a Gald le importaba poco lo que pensara. Una de las gemelas cogió la silla en la que estaba sentada y desapareció bajo cubierta. La que había sonreído no se movió de su sitio. Eran bastante extrañas: siempre sonriendo y siempre parecían tristes a la vez.

—Es tu oportunidad –susurró Hiarm–. Ve y dile algo.

—¿Y qué le digo?

—¿Crees que se va a fijar en eso? –rió Orím–. Tú háblale del tiempo y, si la cosa va bien, te ofreces a tocar algo para ella con esa flauta tuya.

—No estoy seguro de que eso vaya a funcionar...

—¡Pero si se está derritiendo! –dijo Hiarm–. ¡Anda!

Y de un empujón lanzó a Gald hacia la proa. Ya no podía echarse atrás. Caminó hacia la chica, mientras sentía cómo la boca se le iba quedando seca.

—Hola –dijo Gald.

—Hola –dijo la chica.

Gald se sentó junto a ella. *Mierda, ¿y ahora qué digo?* La chica le sacó de su apuro:

—Me llamo Berima. ¿Y tú?

—Gald.

Otro silencio.

—Te he visto tocar, Gald. Me preguntaba si podrías tocar algo.

—¿Ahora?

—¿Cuándo si no?

—¿Algo en particular?

—Me da igual.

Gald se llevó el instrumento a los labios y sopló con fuerza. Después comenzó a manipular las teclas hasta que brotó de él una melodía. Era una canción que había aprendido allí, en Apach. Trataba de cómo un hombre había marchado a la guerra y nunca más había vuelto a ver a su mujer. El hombre había muerto pensando en ella.

Berima le estuvo mirando fijamente durante toda la canción. Gald acabó y esperó a que la chica emitiera un juicio.

—¿Y bien? –dijo, tras un tiempo.

—Tocas muy bien y, además, esa canción es tan bonita...

—Gracias –dijo Gald, poniéndose colorado.

Y entonces hizo algo que le sorprendió incluso a sí mismo.

—Tú también me pareces bonita –dijo.

Ahora fue el turno de que la chica enrojeciera.

Por el rabillo del ojo, Gald veía a Orím y a Hiarm, que seguían la conversación al detalle. Parecían estar divirtiéndose, a pesar de intentar ahogar unas inmensas carcajadas. Berima también se dio cuenta de que estaban siendo observados.

—Gald.

—¿Sí?

—Vamos abajo, quiero enseñarte una cosa.

Sin esperar a su respuesta, Berima le cogió de la mano y los dos bajaron por una de las escotillas. Le condujo hacia los camarotes privados, una parte del barco que no había pisado todavía. Seguramente, su hermana y ella viajaban aquí. Pasaron de largo sin entrar a ninguno de los camarotes, ante la sorpresa de Gald.

El pasillo por el que andaban desembocaba en una estancia. Gald sabía dónde se encontraba, era la otra entrada al comedor. Berima se detuvo en este cuarto y soltó la mano de Gald. La habitación estaba muy mal iluminada, Gald apenas alcanzaba a ver el perfil de la chica, pero sus ojos pronto se acostumbraron a la oscuridad.

Berima se colocó frente a él. A Gald le pareció ver que sonreía. La respiración del chico se aceleró y sintió un cosquilleo en la entrada del estómago. Inclinó su cabeza y se fue acercando a la chica. No pensaba en lo que estaba haciendo, simplemente parecía ser lo adecuado en estas situaciones.

Ya estaba muy cerca, podía distinguir perfectamente el olor del pelo de la muchacha. Y entonces se abrió la puerta del comedor. Quienquiera que fuese no se disponía a cerrarla. Pero a Gald no le hizo falta mirar para saber quién era.

—Cierra esa puerta, Iriyed –dijo con voz cortante.

—Me lo imaginé en cuanto esos dos comenzaron a reírse. Haz el favor de venir conmigo, Gald.

—¡No quiero! –respondió casi gritando.

—Ven, te lo estoy ordenando.

Gald avanzó un paso hacia su maestra. Sentía su cara arder con la furia.

—¡Te estoy diciendo que ahora no!

Iriyed no dijo nada, pero se acercó a Gald e intentó darle una bofetada. El chico la esquivó, pero no vio el puñetazo que su maestra le lanzó a la tripa. El chico se dobló por el dolor.

—Aún tienes mucho que aprender, y aún sigo siendo tu maestra.

Iriyed cogió a Gald del cuello de la camisa, y se lo llevó hacia uno de los camarotes.

—Discúlpanos –dijo a Berima con la más sarcástica de sus sonrisas– y perdona la escena.

Después cerró la puerta y se dispuso a hablar con su discípulo. Gald estaba de pie en el centro de la habitación. Parecía dispuesto a embestir contra las paredes, igual que cualquier hombre en cuanto se le enfurecía. *¡Hombres!* Iriyed pensó que su alumno parecía mucho más mayor de lo que era.

—Quítate la camisa y túmbate ahí.

Gald dudó un instante, y luego obedeció de mala gana. Iriyed parecía buscar algo en el camarote. Cogió un bote que había sobre la mesa y se sentó en la cama, junto a Gald.

—Siento haberte golpeado.

—Ya me da igual.

—Bueno, lo siento –dijo Iriyed mientras abría el tarro.

—¿Qué es eso?

—Es una mezcla que se utiliza para tapar grietas en el casco del barco, una especie de argamasa –Iriyed untó un poco del ungüento en la zona del golpe, que seguía roja–. Contiene extractos de muchas plantas que también son curativas, así mañana no tendrás una señal.

Iriyed enroscó la tapa del frasco y lo dejó en su sitio. Después se volvió a sentar sobre la cama. Gald observaba todos sus movimientos.

—Y ahora viene la explicación, ¿verdad? –dijo el chico.

—La teoría te la sabes muy bien, ¿no?

—Estoy harto de tenerme que meter en líos solo para que me expliques las cosas.

—Pues me temo que esta explicación te va a defraudar.

—Veamos.

—No quiero que te veas con chicas, y precisamente no con ella.

—¿Por qué?

—Digamos que la Orden es quien no quiere.

—Pero ¿por qué?

—Las razones son complejas, Gald. Pero la principal es que deberías concentrarte en el entrenamiento, y no en otras cosas. Además, no me gustaría llevar conmigo a tu mujer e hijos.

—¡Si no la he tocado!

—Tú y yo sabemos que eso no hubiera seguido así por mucho tiempo –dijo Iriyed con una sonrisa casi maternal–. Quiero que te alejes de Berima. Es una astoiea, igual que su hermana. Me lo han dicho los espías. Al contrario de mucha gente, no tengo nada contra ellos, pero esas dos viajan acompañadas de dos oficiales de la Hermandad. No quiero líos.

—No entiendo –dijo el chico, ahora con la boca abierta–. ¿La Hermandad? Me dijiste que, si la Hermandad descubría a algún elemental, lo condenaba al instante. ¿Por qué a ellas no?

—Al parecer, o eso me han dicho esos dos, si la Hermandad consigue a algún astoion que no haya contado su secreto no lo sentencian, sino que lo utilizan. Le fuerzan a contárselo a alguien de su elección, igual que esos dos que las acompañan, y los controlan mediante estos.

—No puede ser posible.

—Lo es, y seguro que también muy útil para la Hermandad. En parte, cualquier cosa es mejor que ser torturado y ejecutado.

—La libertad es un bien preciado –dijo el chico, parecía ausente.

—Bueno –dijo Iriyed cuando fue obvio que Gald no iba a decir nada más–. No vuelvas a hablar con ella y no persigas tampoco a otras muchachas. Espero no volver a pillarte.

—La próxima vez me esconderé mejor.

—Gald...

—Está bien. De todos modos, ella fue la que empezó a mirarme así...

—No te preocupes, Gald. Habrá más chicas.

—Eso espero.

Al día siguiente llegaron a su destino. Desembarcaron en una pequeña ciudad de Poisk. Hiarm y Orím habían desaparecido la noche anterior, pero nadie excepto Gald parecía haberse dado cuenta. A pesar de sus ruidosas carcajadas durante la cena, ninguno de los viajeros les había echado de menos. No hacían nada mal su trabajo.

Iriyed había ido a comprar dos caballos, y había dejado a Gald en el embarcadero con todo el equipaje a su alrededor. Los marineros iban de un lado a otro, intentando no tropezar con él. Se dispusieron a soltar con mucha eficiencia las amarras del barco en el que había llegado.

La barca se empezó a alejar río abajo, impulsada lentamente por la corriente. Una figura se asomó por encima de la borda. Era Berima. La chica le lanzó un beso.

Aquel gesto alejó a Gald de la realidad. Había pasado mucho tiempo desde entonces. Otra mujer le había lanzado un beso. Esa mujer... Esa mujer había lanzado dos besos, y Gald sabía que uno iba dirigido a él pero, ¿y el otro? Gald se alejó del embarcadero, sin mirar atrás, pensando en aquel otro beso.

SEGUNDA PARTE: LA SANGRE DEL DRAGÓN

Historia de Lahör I

Año 1276 aT.

Lahör navegaba rumbo a la isla de Fhael. Su último dinero lo había invertido en el pasaje del barco, pero estaba seguro de que un joven como él podría encontrar trabajo en la isla de los dragones.

Los grandes reptiles siempre le habían fascinado, a pesar de que solo hubiera visto uno en su vida. Sin embargo, desde el día en el que un dragón sobrevoló la granja donde vivía, el joven supo que tenía que ir a Fhael. Era como si el propio animal le hubiera llamado a hacerlo.

El vigía rompió la calma que se respiraba a bordo con el grito de ¡Tierra!, y pronto el propio granjero pudo distinguir el puerto.

La ciudad se alzaba alrededor del golfo, abrazando la costa como si no pudiera crecer estando demasiado lejos del mar. Una pequeña comitiva les esperaba en el muelle: familiares, amigos, comerciantes y algún que otro tabernero ansioso por encontrar clientes.

Lahör no pensaba detenerse allí, sino continuar directamente hacia las cuevas de los dragones, al otro lado de la ciudad. El deseo de ver a los reptiles superaba al de descansar después del viaje.

Mientras atravesaba la multitud, un hombre chocó de frente contra él, haciendo que se le cayera la mochila.

—Lo siento mucho –dijo el extraño mientras se agachaba a recoger su bolsa.

—No importa –dijo Lahör a punto de marcharse.

—Me siento realmente mal –continuó el hombre, sin dejarle marcharse–, ¿no hay nada que pueda hacer por usted? Conozco la ciudad, le podría orientar.

Lahör explicó que venía a ver a los dragones y el extraño, muy amablemente, se ofreció para acompañarle hasta el lugar.

Anduvieron por muchas calles mientras el incesante ruido que provenía del puerto se perdía en la distancia. De súbito, al girar una esquina, desembocaron en una calle estrecha cuyo final se hallaba tapado por una sólida pared. El joven hizo ademán de girarse, pero detrás de él apreció otro hombre. Ahora ya no tenía salida.

—El dinero –dijo el que había sido su acompañante mientras sacaba un cuchillo del cinto.

No tenía dinero, pero eso daba igual. Los hombres le matarían primero y luego le registrarían. No había escapatoria. Su corazón empezó a palpitar cada vez más deprisa y pronto notó el sudor sobre la cara.

Tenía la certeza de que iba a morir, de hecho, los dos hombres ya se acercaban con los cuchillos. Un reflejo en una de las hojas fue suficiente para que se agachara. Por encima de él voló una inmensa llamarada hacia los dos ladrones, barriendo todo lo que encontraba a su paso.

Lahör quedó inmovilizado por el calor, a pesar de estar tumbado sobre el suelo. Cuando levantó la mirada no quedaba ningún rastro de sus agresores, pero una casa estaba en llamas. El dragón se hallaba a pocos metros de él. Lahör se levantó e inclinó la cabeza en señal de agradecimiento. El dragón devolvió el saludo.

La gente se empezó a agrupar alrededor de él. Algunos de los isleños murmuraban:

—Aud-Me, el que habla a los dragones.

CAPÍTULO I

La ciudad de los dragones

—No lo hemos hecho tan mal en cuanto al tiempo se refiere –le dijo Iriyed a Gald–. Hemos llegado antes de lo que había previsto.

El muchacho se limitó a asentir. Aún no había dicho nada desde que comenzaron a cabalgar esa mañana, desde el alba, y prefirió seguir inmerso en su silencio.

—¿Qué te pasa?

—Nada.

—Mentira –dijo su maestra, le miró y sonrió–. Vamos, dime en qué estás pensando.

—Déjalo.

Iriyed acercó su caballo al del muchacho. Estaban aún a las afueras de la ciudad, pero cabalgaban despacio; el lento tránsito de las caravanas les obligaba a hacerlo.

—Alegra esa cara –dijo Iriyed–. Estás en Flarem, la ciudad de los dragones, un lugar de fantasía, a pesar de que solo es la sombra de lo que una vez fue Urmil.

—Aún no he visto ningún dragón.

—Pronto los verás –dijo Iriyed–. Ayer te hablé de Variel, mi amiga, ¿recuerdas? Pues bien, tiene una hija, Eriel creo que se llama...

—¿Es guapa? –le interrumpió Gald. En realidad no le podía haber importado menos, pero solo preguntaba para ver la reacción de Iriyed.

—No la conozco, aunque su madre sí lo era –contestó Iriyed. Su alumno se estaba volviendo cada vez más rebelde. Cosas de la edad...–. Como te estaba diciendo, su madre está muy orgullosa de ella, es la encargada de la brigada aérea infantil. Sé que esto no te sonará de nada, pero te aseguro que es un cargo importante.

Gald puso los ojos en blanco. No le gustaba la gente que se consideraba 'importante', pero Iriyed siguió hablando, ignorando abiertamente su reacción:

—El caso es que podrás ir con ella esta tarde, y también mañana; quizá incluso te deje montar sobre algún dragón.

—¿Volar? ¿En serio? –el chico había intentado hacerse el adulto durante las últimas semanas, pero ahora no intentó disimular su entusiasmo.

—Hace algunos años, la brigada solía volar con los dragones. No sé cómo están ahora las cosas, pero me atrevería a decir que se sigue haciendo. De todos modos, justo ahí está su casa, tú mismo se lo podrás preguntar.

Las paredes de la casa eran blancas, como parecía ser la norma en esta ciudad de la costa, con pequeñas ventanas para que no entrara el calor. La puerta estaba cubierta por una cortina de una tela que parecía ser pesada. Una parra trepaba por la fachada principal. Sus hojas, movidas por la brisa marina, parecían dotar a las inanimadas paredes de una vida antinatural.

Iriyed bajó del caballo y entró sin llamar, retirando hacia un lado la colorida cortina. Gald siguió a su maestra, quedando momentáneamente ciego cuando pasó al interior debido al cambio de luminosidad.

—¿Variel?

—¿Quién es? –una voz sonó desde lo alto de las escaleras al fondo de la estancia–. ¿Iriyed?

Se oyeron pasos, una mujer descendía por la pequeña escalinata. Gald pudo comprobar que Iriyed no había mentido. Variel, que en esos momentos abrazaba calurosamente a su amiga, daba muestras de haber sido una mujer muy guapa en su juventud. Tenía los ojos grises, su color ligeramente apagado por la edad, sobre un rostro de porte noble cuyo perfil aún conservaba su plena belleza.

Iriyed y Variel intercambiaban saludos, mientras Gald seguía absorto, imaginándose cómo hubiera sido esta mujer unos veinte años antes. El chico no tuvo que esperar demasiado para averiguarlo. Un segundo más tarde, una figura irrumpió en la estancia.

—Mamá, ¿recuerdas dónde puse...?

—Sobre la mesa de la cocina –dijo Variel antes de que su hija hubiera acabado de hablar–. Eriel, este es el chico de Iriyed, hoy se va contigo.

—Vale –dijo la chica sin dirigir a Gald ni tan siquiera una mirada antes de volver a desaparecer.

Gald apenas había tenido tiempo de fijarse en ella, pero lo que más le impactó fueron sus ojos. No hubiera podido describir su color, pero eran especiales. Decidió volver a fijarse una vez estuvieran fuera, cuando hubiera más luz.

Eriel volvió a aparecer, pero esta vez llevaba un bulto bajo el brazo. Tiró de Gald con la mano que le quedaba libre.

—Vamos, sígueme. ¡Adiós, mamá!

—¿Dónde vamos? –dijo Gald cuando hubieron salido a la calle.

—Al cuartel. Por cierto, ¿tú cómo te llamas?

—Soy Gald.

—Gald, ¿qué más?

¿Qué más? ¿Qué más quiere oír?

—Gald a secas.

—¿De dónde eres?

—De Penmar, una aldea de...

—Entonces eres Gald de Penmar. Yo soy Eriel.

—Eriel de Flarem querrás decir.

—Solo los extranjeros deben decir el nombre de su ciudad –dijo la chica sonriendo.

Gald no apartaba los ojos de la muchacha.

—Ya me habían hablado de ti.

—¿Ah sí? Bueno, espero que te hayan hablado bien, aunque, si la información vino de mi madre seguro que fue así. ¿Me equivoco? –el chico negó con la cabeza–. Le gusta que sea la capitana de la brigada, lo malo es que también aquí estoy bajo sus órdenes, no solo en casa.

—¿Cómo?

—Mi madre es general del ejército del aire de Flarem. Suma responsable.

—¿De veras? En Llantar, donde vivía antes, las mujeres no podían entrar en el ejército.

—Qué país más machista... –dijo con un ligero desprecio–. Aquí es cuestión de vida o muerte. Pocos hombres logran aprender a comunicarse con los dragones. Ahora verás que la mayoría de la brigada somos chicas.

Pronto llegaron al cuartel: un recinto amurallado cerca de la misma costa, pero a cierta altura sobre los acantilados y la playa. Justo al pasar bajo el arco de piedra, en la misma entrada, Gald consiguió ver a un dragón, por primera vez en su vida.

Una parte de él se sintió decepcionado, ya que el dragón resultó ser mucho más pequeño de como lo había imaginado, a pesar de que Iriyed le advirtiera que los dragones de Flarem eran mucho más pequeños que los que había habido en Urmil. Por otra parte, también sintió la presencia de una gran fuerza en el cuerpo del reptil, algo que tuvo el poder de paralizarle durante un segundo, justo entonces, mientras miraba a los oscuros ojos del animal. Unos ojos que brillaban durante unos segundos con el color de las llamas, para después volverse completamente negros. Gald ya había visto algo parecido.

—¡Eriel!

Una chica llamaba a la capitana desde el otro lado del patio. Gald observó que estaba colocando algo que parecía una silla de montar sobre el dragón. ¡Esta gente estaba loca! Intentar montar sobre un dragón igual que si fuera un caballo... solo que un caballo no escupía fuego.

—¡Id subiendo –gritó Eriel–, iremos enseguida!

La chica rebuscó en un cobertizo que había junto a la pared, mientras Gald observaba cómo los otros miembros de la brigada se preparaban para volar sobre los reptiles. Eriel cogió algunas cosas y se volvió a donde estaba el muchacho.

—Anda, ayúdame –dijo mientras le pasaba parte de los bultos.

—¿Qué es esto?

—Son los trajes, tú también necesitas uno si quieres montar.

—¿Son de cuero?

—Sí, pero está tratado de una manera especial, ¿ves? –dijo Eriel señalando el material–. Es por el fuego, para no quemarse.

Eriel llevó a Gald hasta una caseta, cerca de los dragones, que estaban a punto de remontar el vuelo.

—Me temo que no hay vestuario para los chicos, solo tenemos esta cabaña. Oem es el único, y ahora siempre se cambia después –dijo Eriel–. Es un poco tarde, así que, si no te molesta, nos cambiaremos los dos. Nos damos media vuelta y ya está. ¿Te importa?

—No, a mí no –intentó mostrarse natural, pero enrojeció involuntariamente. Eriel pareció ignorar su reacción.

—Bien –dijo la chica mientras se metía en la cabaña–. Toma tú esta camisa, parece más grande... y los pantalones.

Gald caminó hacia una de las paredes de la habitación y se giró, dándole la espalda a Eriel. Comenzó a cambiarse rápido, y el crujir del cuero le indicó que la chica estaba haciendo lo mismo.

Cuando Eriel le había dado los pantalones, Gald se había asombrado ante lo pesados que parecían. Ahora, mientras se los estaba poniendo, vio que tenían una especie de anillas metálicas en la parte exterior de las piernas. Al contrario de lo que había imaginado, resultaron ser muy cómodos.

El chico oía a Eriel, que aún no había terminado de vestirse. Empezó a sentir unas enormes ganas de girarse. Nunca había visto a una chica sin ropa. *Solo un segundo, no se dará cuenta.* Gald volvió la cabeza.

Eriel se encontraba de cara a él, mirando en su misma dirección, y le estaba observando, parecía como si hubiera estado esperando a que se girara. Realmente, las mujeres poseían un sexto sentido.

—Un día pillé a Oem haciendo lo mismo. Desde entonces no me fío.

Gald enrojeció, sentía cómo le ardía toda la cara. Se dio cuenta de que le importaba mucho lo que Eriel pensara de él y pensó que había perdido la oportunidad de causarle una buena impresión. Y todo por un solo gesto. Gald se mordió el labio inferior con fuerza, esperando que el dolor pudiera apaciguar sus sentimientos de culpabilidad.

—Vamos fuera –dijo Eriel en un tono neutro.

Gald permaneció inmóvil. No sabía cómo actuar, ¿debía seguirla y pretender que no había ocurrido nada? ¿Que no había traicionado la confianza que Eriel había depositado en él?

—Venga, tampoco te lo tomes tan mal. Si te sirve de consuelo –dijo ella mientras salía de la caseta–, piensa que yo estuve mirando todo el rato.

Ante esto, el muchacho enrojeció aún más, aunque Eriel ya no le podía ver. Se le levantó el ánimo notablemente. Comenzó a recoger sus cosas y se reunió fuera con la chica, que ya estaba preparando un dragón para que montaran. Arriba, en el cielo, había otros cinco reptiles, que realizaban todo tipo de maniobras y piruetas.

—¿Qué hacen?

—Juegan –dijo la chica mientras ataba unas cuerdas alrededor del cuerpo del dragón–; ¿conoces la leyenda de Lahör? Lahör, enamorado de Mohela, tiene que atrapar una estrella fugaz para que el rey, el padre de Mohela, le deje casarse con ella.

—La conozco, Iriyed me la contó.

—Ven, súbete aquí –Eriel señaló la parte de atrás de la montura–. El juego está basado en esa historia. Un equipo lanza la pelota muy lejos, y el otro equipo la tiene que recuperar, mientras sus adversarios tienen que impedírselo. Todo vale, incluso lanzar fuego.

Eriel le pasó un casco a Gald. Este vio que le cubría toda la cara, apenas dejándole un hueco para poder ver. El alar subió a la silla de montar. Era cómoda, pero aún no podía hacerse a la idea de que iba a volar. La chica tomó una de las cuerdas que estaban atadas a la montura y comenzó a pasarla por las anillas del pantalón, juntándolas con otras que había cosidas a esta. El chico rezó para que fueran lo suficientemente fuertes.

—Es complicado aprender a comunicarse con los dragones, sobre todo si necesitas dar órdenes muy precisas, como ahora –Eriel también se subió al dragón y se sentó delante de Gald–. Por eso no puedes montar solo. Bueno, en cuanto acabe nos vamos.

Gald miró a su alrededor, buscando alguna correa en la montura a la que se pudiera agarrar. No encontró ninguna, y comenzó a preguntarse cómo iba a mantenerse erguido en el aire.

Finalmente puso las manos sobre las piernas. Tampoco aquel parecía ser un mal lugar...

Eriel había terminado ya de atar las correas y se volvió para comprobar que todo iba bien. Viendo la posición del chico, que estaba incluso echado hacia atrás, negó con la cabeza en signo de desaprobación.

—A no ser que estés muy desesperado por caerte vas a tener que agarrarte.

Eriel cogió las manos de Gald e hizo que rodeara su cintura con los brazos. El chico volvió a enrojecer, ahora estaba pegado a la espalda de la muchacha. Esta se limitó a sonreír y, con una orden silenciosa, hizo que el dragón alzara el vuelo.

En ese mismo momento sonó el primer trueno. Una tormenta se acercaba desde la lejanía y el cielo comenzaba a tornarse gris por momentos. En breve alcanzaron la altura de los otros y organizaron dos equipos.

—Nosotros comenzamos –dijo Eriel–, mi dragón lleva dos personas.

—Está bien –Gald supuso que el que había gritado era Oem–, pero deprisa, se acerca la tormenta.

Una de las chicas en el equipo de Eriel hizo que su dragón comenzara a dar vueltas sobre sí mismo a una gran velocidad. Otro dragón se situó sobre el primero y su jinete arrojó un objeto al vacío. El objeto, una pelota de madera, fue golpeado por la cola del dragón. En ese preciso instante, toda la brigada salió a la persecución, Eriel y Gald incluidos.

El chico comprobó que no habría podido resistir mucho tiempo el movimiento del dragón si no hubiera estado agarrado con todas sus fuerzas a Eriel. Pasaron al lado de uno de los jinetes, tan cerca que el otro tuvo que girar para evitar un golpe.

Gald no podía ver a dónde se dirigían, y mucho menos la figura que perseguían, pero le agradaba llevar una velocidad tan grande y poder sentir cómo el aire frío se le colaba entre la ropa y las rendijas del casco. Un dragón se les acercó desde atrás, pero Eriel no parecía tener intención de esquivarlo. Al instante siguiente, Gald se vio envuelto en una bola de fuego. Cerró los ojos y apretó la cara contra la espalda de Eriel pero, milagrosamente, no se quemó. En muy poco tiempo habían conseguido salir de las llamas. *Esto es increíble.*

La persecución continuaba, aunque cada vez iban quedándose más atrás. Su dragón se cansaba el doble al tener que llevar a dos personas. Gald notó que el viento llevaba algunas de las palabras de los jinetes, que parecían estar dándose instrucciones. Escuchó con atención para ver si podía averiguar algo de la estrategia a seguir. *Es otro mundo, aprende lo que puedas.*

¿No oís algo raro?, decía una de las chicas.

Sí, justo ahora otra vez.

Seguid, no importa. El que había hablado era Oem.

Creo que es el chico nuevo.

¿Quién yo? Esa anterior había sido la voz de Eriel, pero Gald no la había oído gritar. *¿Qué diablos...?*

¡Gald!, otra vez Eriel, *¿cómo nos oyes?*

Ni idea.

Deja de hablar, nos desconcentras, *dijo otra voz.*

Si no estoy hablando...

Pues deja de pensar.

No sé cómo hacer eso.

Da igual, dijo Eriel, *vamos a bajar ya. En cualquier momento empezará a llover*.

Todos los dragones giraron a la vez, excepto el de Oem, que fue a recoger la pelota. Las primeras gotas de lluvia comenzaron a caer cuando aterrizaron, de modo que se dieron prisa para poner los dragones a cubierto cuanto antes.

Estaban cruzando de nuevo el patio, hacia la cabaña, cuando Gald vio aparecer, por debajo del arco, la figura de Variel. Incluso a distancia se podía ver que estaba enfadada.

—¡Formad! –ordenó Eriel al instante.

Los chicos se colocaron en una fila ordenada. Gald, sin saber cómo, también fue incluido en ella. Cuando Variel llegó frente a ellos, todos hincaron una rodilla en tierra. Se estaba empezando a formar barro.

—¿Cómo se os ocurre? –comenzó a decir esta–, ¿cómo se os ocurre sacar a los dragones una tarde de tormenta? Apuesto a que no os ha dado tiempo a hacer el inventario del material, como se os había ordenado. Capitán.

Eriel se levantó.

—Íbamos a hacerlo ahora, señora.

Gald pensó en lo extraño que sería tener que llamar a Iriyed señora. Sin duda, la disciplina aquí era más dura que en la Orden.

—Y ahora lo vais a hacer –contestó Variel–. Además, quedáis todos convocados mañana a primera hora en mi despacho. Tengo otra tarea para vosotros. ¿Entendido?

—Sí, señora –respondieron todos al unísono.

Variel se marchó, dejándoles bajo la lluvia. Solo cuando estuvo lo suficientemente lejos, algunos miembros de la brigada se aventuraron a quejarse.

—¿Tienes algo que hacer mañana por la tarde? –preguntó Iriyed.

Los dos se encontraban en una pequeña habitación en casa de Variel. Esta se la había ofrecido para que pasaran la noche.

—No, por la tarde, nada.

—Bien, entonces no hagas planes. Quiero que vengas al consejo conmigo.

—¿Yo? ¿A un consejo?

—Sí, tú. Tu opinión no nos interesa, créeme, pero quiero que aprendas cómo son estas cosas.

—¿Tratarán el tema de la extinción de los grandes dragones?

—Ese, junto con la organización de la expedición, son los únicos temas que se van a tratar.

—Pues entonces sí que andamos metidos en algo importante.

—Ya te lo expliqué. Hay muchos intereses en juego. La Orden nunca hace nada en vano.

Gald se tumbó sobre la cama. A pesar de que fuera se estuviera desencadenando una tormenta, seguía haciendo calor y esa noche pensaba dormir sin manta.

—Está bien, ¿quién irá?

—Gente que no conoces, el resto de los componentes de la expedición. Variel y su hija también estarán.

—Iré –dijo el chico cerrando los ojos–, no creo que tenga nada que hacer.

Cuando Gald despertó a la mañana siguiente, la tormenta había cesado, y el sol brillaba sobre un cielo en el que no había ni tan siquiera una sola nube. Daba la impresión de que la ciudad había querido volver a su estado de calma tras la agitada noche. Solo algunos charcos de agua, que se habían resistido a secarse, daban fe de lo ocurrido hacía unas horas.

Los muchachos salieron de casa con tiempo, para evitar que Variel les volviera a castigar, esta vez, por llegar tarde. Gald no había estado nunca en el propio cuartel, tan solo había visitado el lugar donde cuidaban a los dragones. El edificio era grande, tenía cuatro plantas comunicadas por varias escaleras. El despacho de Variel estaba situado en un lugar privilegiado, justo encima de la entrada principal. Así podía controlar a todo el que entraba y salía.

Algunos miembros de la brigada ya estaban en la entrada cuando llegaron. Una vez se reunieron todos, subieron al despacho de Variel para averiguar lo que quería que hicieran.

—Otro inventario –los muchachos abrieron los ojos con espanto–. Y no quiero protestas. Quiero que saquéis todas las armas que hay en el ala derecha del sótano, la sala que hay junto a la escalera de piedra gris.

Variel paseó frente a la fila de muchachos, parecía un general dando una arenga.

—Después quiero que las coloquéis ordenadamente en el almacén nuevo; ya me he asegurado de que os hicieran sitio. Esta vez me gustaría tener un inventario bien hecho. De nada me sirve saber que tenemos 'un puñado de estribos'. ¿Entendiste, Oem?

—Sí, señora.

—Pues venga –dijo Variel, algo campechanamente. Después añadió en un tono más solemne–: Ya os podéis retirar.

Todos salieron del despacho y se dirigieron a la parte del sótano que Variel les había indicado. El lugar olía a humedad y parecía no haber sido abierto desde hacía mucho tiempo. Una de las chicas fue a por papel y pluma, mientras que los demás se dedicaron a abrir varios de los numerosos cofres que había apilados contra las paredes.

Dentro había, entre el polvo y la suciedad, partes de armadura oxidadas, espadas torcidas, sillas de dragones y hasta un par de libros de contabilidad.

Cada uno cogió lo que pudo y, poco a poco, empezaron a trasladar todo al otro almacén. Pronto comenzaron a sudar por el esfuerzo. Muchas de las armaduras eran lo suficientemente pesadas como para que un dragón hubiera tenido problemas para despegar. Oem se quitó la camisa, y Gald no tardó demasiado en imitarle.

El chico entró al almacén cargado con algunos arcos y espadas. Los otros también estaban allí, organizando las cosas que habían traído. Gald dejó las espadas en su sitio y enseguida notó que todos le estaban mirando.

—¿Qué pasa?

—No me habías dicho que eras mago –dijo Eriel mientras se acercaba a él. Cogió en su mano el medallón plateado y, en ese momento, un escalofrío recorrió la espalda de Gald.

—Tampoco preguntaste –dijo él.

—Eso lo explica todo... –dijo Oem.

—¿El qué?

—Los magos sabéis entrar en la mente de otras personas, ¿verdad? –preguntó Eriel–. Para dar órdenes a los dragones, nosotros hacemos algo similar, por eso nos podías oír ayer por la tarde.

—No lo hice conscientemente, lo siento.

—No importa.

Todos se dirigieron hacia la puerta, listos para volver con más material, pero Gald permaneció donde estaba.

—¡Oem!

El chico se volvió desde la entrada al almacén. El resto de la brigada ya se alejaba.

—¿Qué quieres?

—Verás... tengo que preguntarte una cosa –dijo Gald bajando la voz. Su rostro se volvió serio–. ¿Hay algo entre Eriel y tú?

Oem sonrió.

—Conque el alar se nos ha enamorado –dijo con tono burlón–. Vaya, vaya...

Gald estaba sufriendo, pero se dijo a sí mismo que esta vez no se sonrojaría.

—Respóndeme, por favor –dijo cogiendo al otro chico del brazo–, y no te burles de mí.

—Nada –dijo Oem. Gald suspiró aliviado–. Una vez intenté darle un beso, hará un año, pero me cruzó la cara antes de que me consiguiera acercar. Lo tienes crudo, si vas a ir a por ella. No le han faltado pretendientes.

—Gracias por los ánimos...

Oem le dio una palmada en la espalda.

—No hay de qué.

Una voz sonó desde la puerta:

—¿Pero aún seguís aquí, pedazo de vagos? Id abajo y subid entre los dos el baúl grande, ninguna de nosotras podemos con él.

Los dos chicos bajaron al sótano. Gald había vencido ya su primer obstáculo, que era conocer las intenciones de Oem, pero ahora quedaba lo más difícil. Él siempre había sido de naturaleza reservada, había crecido en solitario, sin hablarle a nadie de sus propios sentimientos, y no sabía cómo afrontar ahora esta nueva situación. Tenía que hacerle ver a Eriel que ella le importaba, pero también tenía miedo a hacer el ridículo, a ser rechazado y a quedarse de nuevo solo, como lo había estado, en realidad, toda su vida.

En esto pensaba el chico mientras descendía de nuevo hasta el sótano. Hacía mucho tiempo que había dejado de contar los viajes. La actividad física no le importaba, de hecho resultaba mínima comparada con los entrenamientos de Iriyed, pero la repetición le aburría sobremanera.

Estaba a punto de subir las escaleras con un nuevo cargamento cuando oyó un ruido que provenía del fondo del lugar. Algo había caído al suelo. El chico dejó lo que estaba haciendo y se dirigió con paso cauteloso hacia la fuente del sonido. Una estantería le obstruía la vista. Otro sonido. Gald podía oír los latidos de su propio corazón, demasiado acelerados. Ignoraba que hubiera nadie más allí abajo. Quizá el ruido lo había hecho algún roedor u otro animal, o quizá...

Se asomó al otro lado de la estantería, listo para saltar al menor indicio de peligro. Pero allí solo estaba Eriel. La chica intentaba bajar una caja desde lo alto del mueble y parte de su contenido había caído al suelo.

Gald permaneció quieto unos instantes. Se había esperado de todo menos esto; pero pronto reaccionó y fue a ayudar a su compañera. Entre los dos bajaron la caja al suelo. Se miraron el uno al otro y sonrieron.

No había nadie más en el sótano, solo podían oír su propia respiración. Gald notó que la suya no se había calmado, incluso después de haber descubierto a Eriel. El chico la estaba mirando a los ojos, muy fijamente. Esta vez pudo observar, pese a la casi completa oscuridad, que en ocasiones, dentro de sus negras formas, se podía ver con claridad un reflejo rojo, una llama que surgía de la nada. *Como en los de un dragón.*

Eriel también le estaba mirando. No había tratado con muchos chicos, el único, de hecho, había sido Oem; pero este parecía ser especial. Admiraba su seriedad y se sentía atraída por el misterio que le rodeaba. Sin saber por qué, volvió a coger el medallón entre sus manos y se acercó al chaval.

Y allí, en un oscuro sótano del cuartel de Flarem, Gald recibió su primer beso. Muchos años más tarde, el chico no hubiera podido decir cómo sucedió. Nunca supo si fue ella o él quien se decidió primero. Solo supo que todo ocurrió muy rápido, de un segundo a otro sus labios habían pasado a tocarse y él la había rodeado con sus brazos. Y todo había sido más fácil de lo que había pensado.

—¡Gald! –una voz les interrumpió. Una voz que Gald conocía muy bien–. Y tú también, Eriel, te creía algo más madura...

—Mira, Iriyed, esta vez...

—No, Gald, esta vez sí que no puede ser.

Eriel miraba al suelo, parecía que estuviera muy avergonzada de lo que acababa de hacer. Iriyed se acercó a la chica y levantó su camiseta por la parte de atrás. Sobre la espalda de Eriel había un tatuaje negro, con una forma que Gald no había visto nunca.

—¿No lo comprendes? –preguntó Iriyed–. Eriel es una niña de los dragones, la única en todo el mundo ahora. Su futuro y su destino van ligados a una profecía y me temo que tú no apareces en ella.

Historia de Lahör II

Año 1271 aT.

—Mi rey –dijo el criado cuando entró en la sala–, el general del Ejército del Aire está aquí.

— Hazle pasar –dijo el monarca con una voz que no había perdido su autoridad a pesar de la edad.

Lahör entró en la sala del trono. Había cambiado mucho en los cinco años desde que había dejado su granja, pero lo más sorprendente había sido que, de la noche a la mañana, se había convertido en uno de los hombres de confianza del rey. El soberano tan solo gobernaba sobre la isla de Fhael, pero esta era la mayor potencia marítima, y ahora también aérea de todas las tierras al norte de la gran cordillera.

—Majestad –dijo Lahör mientras hacía una reverencia.

—Tengo que hablar contigo en privado –dijo el monarca–, vamos a mi estudio.

Pasaron a la habitación contigua, donde los sirvientes no les podían oír. Lahör cerró las puertas. El soberano fue directamente al grano.

—¿Conoces al príncipe de Calahl? –preguntó el rey de Fhael.

El general asintió. El príncipe estaba en la corte y, aunque Lahör no hubiera hablado nunca con él, había oído lo suficiente como para saber cómo era.

—El príncipe no hace mas que 'tontear' con mi hija, me entiendes, ¿verdad? Lo cual tampoco parece demasiado malo. Quizá hubiera sido un buen pretendiente, de no ser porque ha arruinado Calahl con sus descabelladas empresas.

El rey paseaba de lado a lado de la estancia, mientras Lahör esperaba pacientemente a que el monarca le dijera lo que quería que hiciera él.

—Necesito que evites que ese idiota siga hablando con Mohela.

—Pero, mi rey, no sé cómo... Quizá no sea la persona más apropiada, y además tengo abundante trabajo...

—¡Silencio! –ordenó el monarca–. Mi hija pasa la mayor parte del tiempo en la biblioteca, estudiando los textos de política. Tú irás con ella y te encargarás de que el príncipe no se acerque. Mientras tanto podrás preparar también tus técnicas de combate con los dragones o lo que te dé la gana.

—Majestad –aventuró Lahör–, también tengo que entrenar a los niños durante las tardes.

—Pues que te acompañe ella entonces. Arréglatelas, pero yo no quiero saber más del tema.

Lahör no conocía a la princesa, pero esperaba que no se pareciera demasiado a su padre.

CAPÍTULO II

El consejo de Flarem

Gald esperaba pacientemente a que empezara el consejo. Sentado a los pies de Iriyed, se sentía bastante inferior. Pero ese era el puesto que le correspondía al ser su discípulo, y si hubiera habido más alari en el consejo lo habría podido comprobar. Al menos, eso le había dicho su maestra. Desde el suelo, observaba a los otros participantes.

Variel estaba sentada sobre una gran silla, un poco más elevada que las demás. Ella presidiría el consejo, en función de anfitriona; se encontraba allí para representar a la ciudad y también al ejército de Flarem, el organismo que, sin duda, más se beneficiaría del éxito de la expedición. Detrás de ella había un escriba.

A la derecha de su madre estaba Eriel, en el puesto que le correspondía como la única de los niños dragón, la única de los siete niños de Fhael que una noche tormentosa cruzaron el mar. Cada vez que Gald la miraba, ella apartaba la vista y miraba al suelo. Las cosas no podrían ir peor. Ni siquiera se había dignado mirarle cuando se había cruzado con ella frente a su casa. Gald esperaba que algún día, a pesar de todo, la volviera a ver sonreír.

A la izquierda de Gald había un hombre al que no conocía. Su pelo era castaño, pero no era un alar. Vestía pantalones marrones con una pulcra camisa blanca y llevaba una capa negra. Tenía un aire distraído y la desconcertante manía de separar los labios cada pocos segundos para mostrar una nerviosa sonrisa. Detrás de su silla, ataviado con ropas similares, había un niño de unos ocho años. Si no hubiera sido por el otro muchacho, Gald se habría sentido muy incómodo siendo el único aprendiz.

Al otro lado de Gald había dos asientos libres, aún deberían esperar antes de empezar. El chico oyó pasos, y sus oídos entrenados a base de sopetones de su maestra le dijeron que se acercaban dos personas por el corredor. Dos hombres jóvenes entraron, segundos después, en la sala; el primero era completamente igual al segundo. *Gemelos.* Iban vestidos con dos túnicas blancas muy simples, también iguales. Llevaban rastas en el pelo, algo que Gald solamente había visto a un mercader medio loco que había decidido subir hasta Penmar en pleno invierno.

Tenían el pelo muy rubio, como la perilla que ambos lucían, y los ojos azules. El conjunto les hacía parecer nórdicos, pero no tenían la piel pálida, sino muy bronceada por el sol. De habérselos encontrado en cualquier otro lugar, el chico hubiera podido jurar que eran campesinos. El color de la piel y sus fuertes manos no parecían dejar lugar a dudas.

Los dos hombres tomaron asiento. Cuando se hubieron puesto cómodos, Variel se levantó y dio comienzo al consejo:

—Nos reunimos aquí en representación de varias instituciones que desean ayudar a la ciudad de Flarem a recuperar lo que un día perdió. No creo que haga falta entrar en detalles, sobre todo, en lo que se refiere a la extinción de los dragones. Todos conocéis bien la historia de nuestra gente.

Variel hizo una seña al escriba y se sentó. Este dio un paso hacia delante, se aclaró la garganta y comenzó a leer:

—En Flarem, a decimonoveno día del sexto mes del año mil diecisiete después del tratado de Arhiez, se reúnen los miembros de este consejo para tratar de la extinción y posible resurrección de los grandes dragones.

El escriba hizo una pausa para poder tomar aire. Gald había disfrutado viéndole quedarse sin aliento a la mitad de la frase. El pequeño hombre, seguramente un ratón de biblioteca, no tenía grandes pulmones. Después de tomar una gran bocanada de aire, continuó leyendo:

—Se encuentran presentes: Variel de Flarem, en representación del ejército del aire de dicha ciudad; Eriel de Flarem, en representación de los niños de Fhael; Athlon y Firon de Jasit, sacerdotes del aire; Iriyed de Hast y discípulo, en representación de la Quinta Orden; y Écrate y discípulo, en representación de la Escuela Universal de Yar. Vuelve a tener la palabra Variel de Flarem.

Esta vez, la mujer no se levantó, sino que permaneció sentada. A Gald le pareció que lo hacía para darle un toque menos formal a la reunión después de toda la burocracia. Una buena táctica.

—Hace unos meses se descubrieron unos manuscritos importantes en Átelli. Unos manuscritos en los que se hablaba de la extinción de los dragones y del pacto que estos habían hecho anteriormente con los humanos. Por lo que sabemos, la finalidad de este pacto, su única razón de existencia, era evitar que los dragones se extinguieran.

Variel hizo una pausa y ahora se levantó de su asiento. Todas las miradas estaban fijas en ella, excepto la de Écrate; el sabio parecía distraerse con facilidad. Variel siguió, ajena a todo.

—Durante muchos años creímos que el pacto no había servido para nada, que los dragones habían muerto;

pero, poco a poco, una nueva teoría se fue abriendo paso. Podría ser que existiera la remota posibilidad de que el pacto siguiera siendo vigente, de que los dragones, de alguna manera desconocida, volvieran a resurgir de sus propias cenizas.

Gald recordaba con claridad la primera vez que Iriyed le había hablado sobre el pacto de los dragones, justo antes de adentrarse en el desierto del norte. Parecía que había transcurrido una eternidad desde entonces.

—Unos cuantos textos parecían apoyar esta última teoría. Hace unos tres meses, la Quinta Orden nos hizo un gran favor poniendo a dos de sus miembros a traducir uno de estos textos, que se encontraba en Átelli. Iriyed de Hast, aquí presente, fue uno de ellos.

Iriyed inclinó la cabeza en símbolo de reconocimiento. Las dos amigas, al utilizar tanto formalismo, comenzaban a parecer dos extrañas.

—El primer texto no aclaró demasiado la situación pero, combinado con otro que ha sido estudiado durante las últimas semanas en la Escuela Universal de Yar –esta vez, la inclinación de cabeza fue dirigida hacia el erudito–, logra esclarecer el lugar de firma del pacto de los dragones. No fue en Fhael, como muchos pensaban, sino en un lugar de la cordillera montañosa al norte de Urmil. Allí es donde nos debemos dirigir para averiguar qué sucedió.

Al parecer, Variel había terminado ya su discurso, que debía servir de introducción. Volvió a tomar asiento y, con un gesto de la mano, le cedió la palabra a Iriyed. Esta optó por el formalismo y se levantó para dirigirse al consejo. Gald no pudo observar ni un gesto de nerviosismo en la mujer. Seguramente, la Orden enseñaba a sus alumnos cómo comportarse en estas situaciones.

—Vengo aquí en representación de la Orden. No pedimos nada a cambio de nuestros servicios. Los textos fueron traducidos solo para ayudar a uno de los otros reinos de Arhiez. Nuestra presencia en la expedición es también voluntaria y no se pedirá nada a cambio de cualquier servicio que se pueda realizar a esta durante su transcurso.

Iriyed se humedeció los labios con la lengua. Quizá el entrenamiento no había sido tan bueno como el muchacho había supuesto. Uno de los gemelos, al que habían presentado con el nombre de Athlon, alzó una ceja en signo de incredulidad. La fama de la Orden les precedía. Iriyed prosiguió:

—Solo pedimos que se recuerde el acuerdo militar que en su día tuvieron la Orden y la isla de Fhael.

—Te podrías haber ahorrado el discurso anterior –dijo Athlon poniéndose en pie–. Aquí todos conocemos la naturaleza de la Orden: siempre nos ofrecéis una mano mientras tiráis de nosotros con la otra. Sois todos unos falsos.

El sacerdote escupió, con evidente desprecio. Esto fue demasiado para Gald. Podría admitir que la Orden no fuera perfecta, pero hasta ahora le había dado todo lo que tenía en esta nueva vida y no habían pedido nada a cambio. Quizá algún día sí, pero ahora no. De todos modos, ¿quién era Athlon para criticar así a una organización de la que no formaba parte? El chico se levantó de un salto y se encaró con él.

—Mi maestra tan solo representa a la Orden. No tienes derecho a insultarla por ello.

—¡Gald! –el tono de voz de Iriyed le llamaba al orden.

—No eres más que su discípulo –dijo el sacerdote. Gald sintió ganas de golpearle–. Déjala que se defienda por...

—Silencio, y ya mismo –la voz de Variel petrificó a los dos al intante–. Yo soy la que decide quién forma parte de la expedición. Os pido, por favor, que os tranquilicéis.

De mala gana, Athlon y Gald volvieron a sus respectivos sitios.

—Iriyed, continúa.

—Ya he terminado.

—Está bien –dijo Variel–. Iriyed de Hast y su discípulo tomarán parte en la expedición. Se hará lo posible por mantener la alianza militar con la Orden, o bien se formulará una nueva en el caso de encontrar a los grandes dragones.

El escriba apuntaba a gran velocidad. Gald suspiró aliviado, pero, en realidad, siempre había sabido que formaría parte de la expedición. Seguramente todo habría sido hablado con anterioridad, antes de que Iriyed y él hubieran cruzado medio mundo para poder asistir a este consejo.

Variel volvió a hablar:

—Écrate de Yar, es tu turno. Tu escuela ha prestado muchos servicios a la ciudad de Flarem y merece algo a cambio. Puedes pedir lo que quieras.

Écrate debía haber pensado con anterioridad lo que iba a decir, pues su respuesta fue prácticamente inmediata. A pesar de todo, sus nerviosas muecas acompañaron todo su discurso:

—Queremos formar parte de la expedición para poder conocer los hechos y escribir acerca de ellos para la historia. Deseamos, además, que, por ley, todos los niños nacidos en los países de Im-Tayr y Tayr deban presentarse, cumplidos los siete años, en la Escuela Universal para descubrir así a aquellos que tuvieran talento para el estudio.

Variel había escuchado con atención y asintió cuando el hombre de cabellos castaños terminó de hablar, para el gran alivio del excéntrico erudito.

—Todo lo que pides te es concedido –dijo la presidenta de la reunión–. Llegamos, por último, a los sacerdotes, ¿deseáis vosotros algo?

Athlon, que parecía el portavoz de los dos hermanos, fue el que contestó.

—Nosotros no queremos nada de la ciudad de Flarem. A cambio de ayudaros y protegeros durante el viaje solo nos quedaremos con lo que la experiencia nos aporte a cada uno.

Ahora fue Gald el que estuvo a punto de reír. Athlon hablaba como lo que representaba, pero ¿ayuda y protección? El chico no había oído hablar de ningún sacerdote capaz de levantar una espada. Sin embargo, el muchacho mantuvo la expresión seria, igual que todos los asistentes.

—Está bien –dijo Variel–, ya hemos acabado con las formalidades. Ahora queda lo más complicado: la ruta, el equipaje y los suministros.

El escriba desplegó un mapa sobre la pared. Gald reconoció al instante la costa este del continente y encontró sobre el papel la ciudad de Flarem.

—Los dragones solo nos pueden llevar hasta aquí –dijo Variel señalando un lugar en la carta–, estaremos a un día de camino de la ciudad de Ildor. No creo que haya complicaciones, las tormentas suelen ser poco frecuentes en verano. Pero, para llegar hasta allí, tendremos que volar durante la mayor parte de dos días, parando durante la noche aquí, en los márgenes del Obaum.

El escriba volvió a enrollar el mapa en un gesto muchas veces ensayado, y Variel volvió a su asiento, desde el que presidía la asamblea.

—Ese será el último lugar donde podremos comprar provisiones. Las regiones del norte son inhóspitas. Nadie vive allí y nada crece allí. Tendremos que caminar y tardaremos al menos un mes y medio en llegar a nuestro destino. ¿Cómo diablos lo vamos a conseguir?

El silencio reinó sobre la asamblea. Nadie parecía conocer una solución al problema, pero de nuevo Iriyed volvió a sorprender a Gald cuando empezó a hablar.

—Nosotros venimos del desierto del norte –comenzó de decir– y yo he traído algo de Faiare, aunque muy poco. Solo tengo suficiente para ocho personas durante una semana. Necesitaríamos pensar, además, en las provisiones para el viaje de vuelta.

—El Faiare es una gran ayuda, Iriyed –dijo Variel–, pero necesitamos algo más, aparte de ello.

Habló entonces el otro gemelo, Firon. Parecía algo más reservado que su hermano, pero, en cuanto habló, Gald se dio cuenta de que era un gran orador:

—¿No nos acompañará ningún guía? –dijo con voz calma–. Alguien que conozca la región tiene que saber cómo sobrevivir. En algún lugar tiene que haber vegetación, quizá bajo tierra, como en el desierto del norte.

—No creo que podamos encontrar a nadie que conozca las tierras de Im-Tayr –contestó Variel–. Ningún humano en su sano juicio querría viajar allí de no ser por una buena razón.

—Pero quizá un loco, sí.

Todos los ojos se clavaron en Eriel, que había permanecido callada durante toda la reunión, como si nada fuera con ella.

—¿A quién te refieres, niña? –preguntó Écrate con una de sus sonrisas.

Se había echado tanto hacia delante que no hubiera sido extraño que en cualquier momento se cayera de su asiento. Eriel ignoró la palabra niña, aunque Gald sabía que le molestaba más que nada que los desconocidos le dieran ese trato. Con voz firme dijo:

—A Sínael, llamado de Urmil. Estoy segura de que, incluso si no quiere venir, nos prestará algo de su Faiare.

—No había pensado en él –admitió Variel.

—¿Quizá porque todo el mundo opine que está loco? –contestó Écrate.

—Muchos creerían que todos los de esta sala estamos locos –dijo Eriel intentando mantener la voz serena–. Es una empresa prácticamente imposible, y solo para resucitar a unos animales de pura leyenda.

—Está bien, llamadle si queréis –dijo Écrate.

Variel hizo una seña al escriba, que partió a cumplir su orden con paso rápido. ¿Quién sería ese loco al que todo el mundo parecía conocer?

—De todas maneras, ¿cuánta comida podemos llevar desde el Obaum? –preguntó Athlon.

—Hemos calculado que lo suficiente para unos doce días, comiendo más bien poco y, naturalmente, sin ningún lujo.

—Eso nos deja unos veinticinco días a merced del tal Sínael –dijo el otro gemelo– y sin contar la vuelta.

—La vuelta podría hacerse de otra manera –dijo el discípulo de Écrate. Había hablado tan bajo que Gald dudaba que el resto de los presentes le hubiera podido oír.

—¿A qué te refieres?

—Ningún barco nos puede llevar hasta Urmil –explicó el chico en un tono algo más audible. Su voz aún estaba muy lejos de demostrar una mínima confianza–. Los vientos no son favorables para remontar la costa, pero sí lo son para bajarla.

Écrate no parecía dispuesto a que su alumno se llevara ningún crédito por su idea. Preguntó con cierta malicia:

—¿Pero en qué barco regresaríamos?

Una de las sonrisas nerviosas se apoderó de la cara del erudito. Seguramente pensaba que su alumno no había considerado ese detalle. Sin embargo, el chico solamente paró para tomar aire y siguió hablando:

—Una vez leí que, cuando se abandonaron las ciudades del norte, la mitad de la flota se hubo de quedar allí –explicó el alumno–. No había suficiente gente para manejar tantos barcos. Sé que esto ocurrió hace más de mil años, pero cabe la posibilidad de que, conservado por el hielo, alguno de ellos siga estando en condiciones de navegar. Con algunos arreglos, claro está.

El chico volvió a cobijarse detrás de la silla de su maestro en cuanto terminó de hablar. No debía sentirse muy cómodo con todas las miradas de la sala sobre él.

—Es un plan suicida –dijo Firon, recostándose sobre el respaldo de su silla..

—Pero es el único que tenemos –respondió Variel–. En el pasado, los barcos tardaban alrededor de veinte días en llegar a la desembocadura del Obaum. Nosotros solo tendríamos que realizar la mitad del camino, a la altura de la cordillera de Gon ya hay asentamientos a lo largo de la costa. El plan de Oraon reduce el viaje de vuelta a unos diez días.

—A mí no me parece mal –dijo Iriyed.

Gald volvió a oír pasos que se acercaban a lo largo del pasillo. Todos los presentes se giraron para observar la puerta que daba a él. A primera vista, Sínael parecía estar realmente loco. Era un hombre de unos cincuenta años, con el cabello y la barba muy descuidados, de un color que no era ni blanco ni su color natural. Iba vestido como si acabara de venir de una larga marcha: las botas llenas de barro, los pantalones raídos y la camisa cayéndole arrugada hasta la mitad de los muslos, ni por dentro ni por fuera de los pantalones.

Gald miraba al hombre, medio oculto por la silla de Iriyed. Una sola mirada a la cara del supuesto loco le bastó para comprobar que el hombre, en realidad, no lo estaba.

Solo se lo intentaba hacer frente a los presentes. *¿Por qué razón?*

—¡Eriel! –dijo Sínael cuando vio a la muchacha–. Me debí imaginar que tú andabas detrás de todo esto... ¡Pero si tenemos aquí a toda la familia!

El hombre miró a Variel y le guiñó un ojo mientras sonreía macabramente.

—Y ¿para qué –dijo Sínael con la espalda a Gald–, para qué solicita tan grandiosa asamblea la presencia de un servidor?

—Vamos a ir al norte... –comenzó a decir Variel.

—No te preocupes por esos detalles, mi generala. Eriel me contó gran parte de vuestros planes hace unos días.

Gald vio que Eriel había bajado la cabeza, temiendo una reprimenda de su madre, pero que a la vez sonreía.

—Necesitamos a alguien que haga de guía y que nos pueda mostrar dónde encontrar comida en el norte.

—Yo os podría servir de guía –admitió Sínael–, pero no puedo encontrar comida.

—Tienes que saber dónde encontrarla, Sínael, si no, no habrías sobrevivido durante tus viajes. Se dice que has podido llegar hasta la ciudad de Urmil.

—Bueno, bueno, bueno –dijo Sínael muy rápido. Saltaba a la vista que quería evitar ese tema–, reconozco que tengo algunos secretillos. Aceptaré ir con vosotros solo si me lo pide Eriel. ¿Quieres que vaya, Erielita?

Todas las miradas se volvieron hacia la chica. Esta no se hizo de rogar.

—Sí, me gustaría que vinieras.

—Entonces no se hable más, voy a preparar mi equipaje. ¿Cuándo salimos?

—Mañana a primera hora –contestó uno de los gemelos.

Sínael se detuvo frente a Athlon, el gemelo que había hablado.

—¿Llevamos con nosotros a dos sacerdotes? –preguntó con una voz increíblemente exaltada que pretendía fingir sorpresa–. Será mejor que inspeccione al resto de la compañía, no sea que me lleve mañana algún susto.

Sínael hizo con la mirada una rueda de reconocimiento. Sus ojos se detuvieron sobre Gald. El chico también le miró fijamente, a su vez. Se llevó una sorpresa cuando el hombre se dirigió a él.

—Tú, hijo del norte, no solo es hielo lo que corre por tus venas. Verás los fuegos en este viaje: los habidos y los que aún han de ser.

Tras decir esto, Sínael giró sobre sí mismo y se marchó sin decir una palabra a nadie, sin despedirse ni siquiera de Eriel.

Gald se quedó sorprendido por lo que acababa de escuchar. Era una profecía. Una frase en la que aludía a su futuro. Le extrañó que su nuevo guía se hubiera fijado en él, al fin y al cabo solo había venido aquí para ser un oyente. *¿Habrá notado que he visto más allá de su fingida locura? Me ha llamado 'hijo del norte'.*

Ninguno de los presentes dijo nada acerca del extraño intercambio que acababan de presenciar. Quizá lo atribuyeran todo a la locura de su nuevo guía. No era posible que nadie hubiera visto más allá.

Eriel pidió permiso para ir a ocuparse de los dragones y salió a los pocos minutos de la sala.

El resto de la reunión transcurrió de manera aburrida para Gald. Los viajeros intentaban planear la ruta de los primeros dos días: qué dragones llevarían, quién iría con cada cual y otros tantos miles de detalles.

Tras un largo rato de discusión, el chico vio que el discípulo de Écrate se había dormido allí mismo, apoyado contra la silla de su maestro. Gald sonrió para sí mismo. A pesar de la brillante idea que su propio maestro le había intentado chafar, el otro aprendiz solo era un niño. El alar se preguntó cuánto tiempo tardaría él mismo en dormirse.

Por suerte para Gald, la reunión se disolvió al poco rato y Variel, Iriyed y él pudieron volver a casa de esta. Estaba anocheciendo, pero aún quedaba bastante gente en las calles de la ciudad.

Su maestra no le dejó acostarse nada más llegar, pese a lo cansado que se encontraba. Había sido un día muy intenso: el duro trabajo de la mañana y las charlas de la tarde le habían dejado agotado. Lo que más deseaba era cerrar los ojos y olvidarse de todo, pero Iriyed había insistido en que preparara las cosas que iba a llevar a la expedición.

—¡Mierda! –dijo su maestra mientras miraba dentro de una bolsa de tela.

—¿Qué pasa?

—Creía que te había comprado algo de lana para que lo llevases bajo el abrigo, pero se me olvidó completamente...

Iriyed se sentó en la cama y apoyó la cabeza sobre la mano. Ella también parecía estar muy cansada.

—Mira –dijo ella–, sube al piso de arriba y pregúntale a Eriel si tiene ella algo que te pueda servir.

—¿A Eriel? –a Gald se le formó al instante un nudo en la garganta.

Iriyed emitió un largo suspiro. No eran ya horas para que se enfadara con él.

—Ven, siéntate conmigo –dijo señalando a la cama. Su maestra esperó a que obedeciera antes de continuar–. Vas a vivir un mes y medio con ella y, durante ese tiempo, tendréis que ser compañeros de viaje, y nada más. Las razones son complejas, Gald, y yo no soy la más indicada para contártelas.

Iriyed pasó el brazo por encima de los hombros del chico. Gald no había llorado desde el día en que la elfa le mostró la tristeza y la muerte de Sar-Mast, pero ahora se sentía a punto de hacerlo.

—Ella también sabe lo que pasa –continuó su maestra–, y bueno... Haz el favor de subir ahora, antes de que le cojas miedo.

Gald se levantó de la cama y consiguió vencer las ganas que tenía de esconderse. Salió de la habitación y comenzó a subir las escaleras... *compañeros de viaje...* Un haz de luz se proyectaba sobre el suelo del pasillo desde la puerta de Eriel, que no estaba cerrada del todo... *solo compañeros...* ¿y si se estaba cambiando? Todo sería como en la caseta, como ayer por la tarde. *Mierda, ¡mierda!*

Gald empujó la puerta lentamente. Por suerte para él, Eriel estaba completamente vestida. Se preguntó qué habría pasado si no hubiera sido así.

—Hola, Gald –dijo la chica. Su tono de voz parecía más apagado que de costumbre.

—Iriyed me ha mandado para ver si tienes algo de abrigo que me pueda valer a mí.

—Claro –contestó la chica mientras se dirigía hacia su armario.

Durante todo el trayecto intentó no mirar al muchacho. Sacó de entre la ropa dos jerseys de lana oscura.

—No sé si te valdrán. Este de aquí es el que más abriga, pero quizá sea un poco pequeño. Deberías probártelo.

Gald asintió y se quitó la camisa. Eriel se acercó a él y le pasó la prenda. El cuello resultó ser un poco pequeño y la chica le tuvo que ayudar. Gald no pudo evitar notar cómo le acarició la espalda con sus manos, incluso cuando ya había acabado de vestirse.

Miró a Eriel a la cara. Una lágrima solitaria se abría paso hacia su mejilla. Mierda, *Iriyed, de veras que lo he intentado...* Gald rodeó el rostro de Eriel con sus manos y comenzó a besar los ojos de Eriel, después, también el resto de su cara. Notó pronto el sabor salado de las lágrimas sobre sus labios.

Eriel se apartó de él en el momento que se abrió la puerta. Iriyed entró en la habitación, había montado en cólera. De haberse fijado, hubiera podido distinguir todas las venas que cruzaban el blanco de sus ojos.

Gald agachó la cabeza, esperando un golpe en cualquier momento, igual que en el barco, pero su maestra se lo pensó mejor y, simplemente, le arrastró fuera de allí.

Historia de Lahör III

Año 1271 aT.

—Vete y dile a mi padre que puedo alejar al príncipe yo sola –dijo la princesa sin levantar la mirada del pergamino sobre el que escribía. Era igual de testaruda que el rey.

—No soy un mensajero –respondió el general, sin moverse del lugar en el que se encontraba– y pienso cumplir mis órdenes.

Mohela paró de escribir y se levantó para encararse con el hombre que había interrumpido sus estudios. No había derecho.

Ligeramente más alto que ella, con cabello y barba morenos, parecía demasiado joven para ser un general, mucho menos uno de los consejeros de su padre. Sin embargo, unos iluminados ojos grises transmitían una férrea voluntad.

El general también se tomó un tiempo para observar a su nueva carga. Todo el reino decía que la hija del monarca era bella, pero solo cara a cara se podía ver que era especial. Sus ojos azules, pelo rubio y bonitas facciones hubieran hecho a cualquier mujer hermosa, pero todo había que mezclarlo con su personalidad, dominada por el carácter testarudo que había heredado de su padre.

Los dos jóvenes se sorprendieron mirándose y Mohela apartó la vista al instante.

—Puedes quedarte si no haces ruido –dijo la princesa algo más amablemente–, al menos evitarás que ese pesado me moleste.

Lahör cogió un libro de la estantería y se sentó en otra mesa. Tenía un problema, y es que el rey de Fhael nunca aceptaría a alguien que no perteneciera a la aristocracia como yerno. Y Lahör había sabido enseguida que iba a necesitar ser su yerno.

Tan solo había tenido que apartar al príncipe de Calahl de la princesa en dos ocasiones durante los cinco meses en los que ella había estado a su cargo. Lahör había avanzado en sus estudios y también había conseguido seguir con sus clases. Pero cada vez se sentía más incómodo en presencia de la princesa, y era evidente que ella también.

Una noche le había invitado a pasar a su habitación. No hubiera podido rechazarla, pero sabía que el rey no tardaría en enterarse...

CAPÍTULO III

El alma del dragón

La expedición al completo estaba lista para partir antes de que amaneciera. A cada componente se le asignó un jinete, excepto a Sínael, a Variel y a su hija, que sabían cómo dirigir a los dragones.

Antes de que el primer rayo de sol tocara la costa de Im-Tayr, el grupo ya estaba en el aire, volando hacia el norte. Iban en formación, igual que las aves, con el dragón de Variel a la cabeza. Al poco rato, Gald comenzó a oír de nuevo las voces de los jinetes cada vez que se dirigían a los dragones. Era algo prácticamente involuntario. Intentó no prestar atención, para que los otros no pudieran también oír lo que pensaba, pero le resultaba imposible. Era como intentar sujetar agua entre las manos, tarde o temprano se le iba a escapar. Finalmente optó por dirigirse directamente al hombre que llevaba su dragón.

¿Te importa que oiga esto? Tampoco sé muy bien cómo evitarlo.

Me da igual, ya me dijeron que eras un mago.

Comprendo.

Gald se empezó a imaginar la vida de esta gente. Cómo habría sido crecer en Flarem, junto con el pueblo de los dragones. Lo normal que le resultaría ver a los reptiles todos los días. Incluso podría haber formado parte de la brigada, eso le hubiera gustado. Y aprender a volar, eso, sin duda, sería lo mejor.

Si quieres te puedo enseñar.

Gald se había olvidado por completo de que el canal por el que se comunicaban podía ser usado en ambos sentidos. También el jinete podía oír lo que pensaba.

¿No es muy difícil?

No, lo difícil es conseguir comunicarse así. Hace falta que conectes con el alma del dragón, y eso se hace de esta manera, indagando en tu propia alma. Se dice que, en el pasado, los dragones y los humanos éramos el mismo pueblo. Unos eligieron la tierra y otros, el aire. Por eso, si la buscas, encontrarás el alma del reptil junto a la tuya. Una vez lo has conseguido, hablar con el dragón es muy fácil.

De veras me gustaría aprender.

Está bien, vamos a separarnos un poco del grupo, no sea que haya un accidente. Suelen ser bastante comunes en los primeros entrenamientos...

El dragón sobre el que iba Gald viró hacia la derecha y se alejó de los demás.

Para que el dragón haga algo tienes que expresar tu pensamiento de una manera muy concreta. No basta con desear que baje, tienes que transmitir con tu mente la idea de que el dragón está bajando, imaginarte con todo detalle su propia posición.

El dragón de Gald bajó unos cuantos metros y siguió volando en línea recta a ese nivel.

También tienes que procurar dirigirte al dragón correcto, de nada te sirve si baja otro. Intenta hacerlo subir ahora.

Gald se empezó a imaginar que el dragón batía sus alas hacia arriba, con fuerza, que se empezaba a inclinar hacia el cielo... Cerró los ojos para concentrarse mejor. Al mismo tiempo intentó transmitirle lo que veía al animal.

Al instante notó que se elevaban. El aire le aplastaba el pelo contra la cara, pero era maravilloso. La voz de su guía resonó en su mente.

Para ya, muchacho, que se te va a acabar el cielo. Vuelve a la altura a la que se encuentran los otros.

Gald ya había comprendido cómo manejar el dragón y no tuvo problemas para hacer lo que su nuevo profesor de vuelo le decía. Ni tampoco para hacer los ejercicios que siguieron: volar más rápido, parar en el aire, hacer círculos...

¿Puedo hacer algo?, preguntó el chico después de unas dos horas de incesante actividad. En esos momentos se sentía capaz de todo.

Como sea algo raro, le ordeno que pare.

El dragón cogió velocidad y pasó al lado del grupo haciendo piruetas, como si fuera un gigantesco dardo rojo. Eriel, sentada sobre su propio dragón, se sonrió.

Gald había salido de la posada por orden de Iriyed y había bajado hasta la orilla del Obaum para recoger algo de agua. Los dragones, como cualquier otra criatura, también tenían que beber, y el último mono era el que se tenía que encargar de ello. A pesar de sus quejas, disfrutaba del tiempo que pasaba con los reptiles. Desde que su maestro de vuelo le había hablado del alma del dragón, parecía sentirse conectado a ellos. Pero solo era su imaginación.

De camino hacia la carpa que habían montado para los animales se le cayó la mitad del agua que llevaba. Estaba oscuro y apenas podía ver dónde pisaba. Cuando llegó, apartó la tela y se encontró con Eriel y Sínael, que reían alegremente. Al verle, ambos pararon.

—Bueno, Erielita, yo me vuelvo a la cama. Haz que beban bien, que mañana les espera un día duro.

Sínael tocó la mejilla de Eriel y desapareció por otra salida. Gald entró en la carpa con los dos cubos. La muchacha ni siquiera le miraba a los ojos. *Quizá es mejor así.*

Vio que la chica se disponía a hablar, y pensó que lo mejor sería apartar la conversación de ese tema. Antes de que Eriel pudiera articular palabra, el alar se le adelantó:

—¿Quién es Sínael? –dijo el chico mientras le pasaba uno de los barreños.

—Antes fue un maestro de vuelo en Flarem –dijo ella–. Hace unos cinco años marchó al norte, entonces fue cuando la gente comenzó a decir que estaba loco.

La chica vació el primer cubo en una especie de abrevadero.

—Para mí es alguien muy especial –continuó–. Él fue quien me enseñó a volar. Quizá después de hoy, tú también puedas comprender lo que eso significa.

El chico sí había sentido un afecto especial hacia el hombre que le había enseñado a volar esa misma mañana aunque, estrictamente hablando, apenas habían cruzado un par de palabras.

—Me solía gritar: ¡Vuela, gaviota, vuela! –dijo Eriel en un estado de ensueño–. Sabes, Eriel significa 'gaviota' en un idioma muy antiguo.

—¿Y por qué se fue?

—Yo misma se lo he preguntado muchas veces, pero nunca me ha dado una buena respuesta.

Eriel terminó de echar toda el agua a los dragones y le tendió el segundo cubo a Gald. El chico sentía que debía decir algo antes de que se fuera, asegurarle que, a partir de entonces, todo iba a cambiar entre ellos, que él iba a intentar respetar la profecía.

—Eriel... –las palabras se le atascaron en la garganta y le costó un gran esfuerzo continuar–. Lo de ayer... verás, yo no voy a hacer nada de ahora en adelante. Te intentaré respetar.

Nunca en la vida le había costado tanto decir un par de frases. Sin embargo, todo cambió cuando Eriel sonrió. Gald ya no estaba preocupado, ya no sentía la boca seca...

—Gracias, Gald.

La chica salió de la tienda, dejando al muchacho en la oscuridad. Más tarde, cuando la noche ya envolvía todo el paisaje, Gald remontó el pequeño promontorio que le separaba de la posada.

Esperaba encontrar a sus compañeros de viaje reunidos en torno a la lumbre, pero allí solo estaban Athlon y Firon, los gemelos. Por suerte no habían vuelto a tener ningún encontronazo.

El resto de sus compañeros debía de estar ya en sus habitaciones.

Gald subió las escaleras hasta la suya propia, que compartía con Iriyed y entró en el cuarto procurando no hacer ruido. No sabía si su maestra estaba durmiendo. No, estaba ordenando las cosas para no tener que demorarse demasiado al día siguiente antes de partir.

—Hola.

—Hola –dijo su maestra–. Variel dejó allí eso, es para que lo metas en tu mochila, todos tenemos que llevar parte de las provisiones de las próximas dos semanas.

Gald miró con detenimiento los alimentos que había sobre la mesa: pan y queso. Nada más.

—Espero que otra persona lleve carne o verdura. Estoy harto de comer siempre pan y queso.

—No es tu día de suerte. En el norte hace demasiado frío para encender fuego, así que no vamos a guisar.

—Ya me he dado cuenta de que no es mi día de suerte...

—Has aprendido a volar, eso es una suerte. A mí me gustaría poder hacerlo.

—Sí –reconoció el chico mientras les buscaba un sitio a los alimentos en su equipaje–, eso no ha estado mal.

Iriyed extrajo una pequeña bolsa de su equipaje y fue a sentarse junto a Gald.

—¿Qué es eso? –preguntó el chico.

Se fue acercando mientras su maestra sacaba pedazos de una sustancia esponjosa de la bolsa.

—Es Faiare.

—No, eso ya me lo había imaginado. Yo estuve en el consejo, pero el nombre no me dice nada. ¿Qué es?

—Es un hongo que crece bajo tierra, en el desierto del norte, donde acabamos de estar. Con un pedazo muy pequeño puedes aguantar un día entero de marcha. No te quita el hambre, eso tenlo por seguro, pero es una gran ayuda.

Iriyed metió parte del contenido de la bolsa en un saquito. Gald cogió uno de los trozos en sus manos. No era como ninguno de los hongos que conocía. Iriyed seguía explicando.

—Los alari hemos utilizado el Faiare durante muchos siglos. En las campañas de guerra, siempre es bueno que los soldados tengan la suficiente energía para poder marchar y luego luchar.

Iriyed volvió a guardar la bolsa en su mochila, pero se quedó con el saco en las manos.

—Quiero que te guardes esto –dijo mientras se lo entregaba.

—¿Por qué?

—En parte es por un extraño presentimiento. De todos modos, te conozco, y eres capaz de hacer alguna burrada, como separarte del grupo. Sería mejor que tuvieras algo de comer, por si acaso.

Gald se guardó el paquete entre los pliegues de la camisa, pero aún había más. Iriyed se le acercó con una cantimplora.

—¿Es algún otro alimento milagroso?

—Algunos sí lo consideran milagroso –sonrió la chica–. Es ron, para entrar en calor. Si te quedas atrapado en alguna cueva o sitio semejante, frótate el cuerpo con él y reza para que te encontremos.

—No confías demasiado en mí –dijo Gald, fingiéndose ofendido.

—No confío en ti y ya está.

Iriyed siempre se había distinguido por su abierta sinceridad.

Esa noche, Gald tuvo una pesadilla. A decir verdad, por la mañana no hubiera podido decir con exactitud si se había tratado de eso.

Caminaba descalzo por la nieve y hacía frío. Era pequeño y se sentía muy vulnerable. Un ataque podía venir desde cualquier lugar. Caminaba más y más, alejándose del humo, que le había nublado la vista hasta tal punto que hacía unos momentos no había podido verse la mano si la sostenía frente a su cara.

Cruzó el arroyo saltando de piedra en piedra y se adentró en el bosque. Allí, bajo los árboles se sentía mejor. Siempre se había sentido bien junto a los pinos gigantes.

Se adentró en la espesura, sin ningún rumbo, hasta que oyó un ruido a sus espaldas. Tuvo que exprimir todo su valor para poder darse la vuelta.

Allí, bajo la nieve, había un lobo. La cabeza del animal estaba prácticamente al mismo nivel que la suya. Él era muy pequeño y el lobo, muy grande. Los dos se estuvieron mirando a los ojos durante un tiempo, mientras que los copos de nieve comenzaban a caer a su alrededor, sin que el follaje de los pinos pudiera hacer nada por detenerlos.

Y entonces Gald cayó exhausto sobre la nieve. Justo antes de perder el conocimiento le pareció sentir como si le levantaran del suelo unas poderosas fauces.

Después, como por arte de magia, apareció en un lugar muy distinto. También en un tiempo muy distinto, mucho más cercano al presente, al menos, a juzgar por la altura que le separaba del suelo.

Lo único que seguía igual era la nieve.

El chico se hallaba de pie, justo al borde de una escarpada bajada. Todo el paisaje estaba cubierto por la nieve y el hielo. Todo era blanco, excepto el mar, que se extendía como un océano de brillante azul a su izquierda.

Llevaba algo colgado del hombro, una mochila en la que había algo pesado. Podía sentir cómo las asas tiraban de él hacia abajo. Sin embargo, no quería apartar la vista del paisaje.

También llevaba algo en sus brazos, ¿qué sería? Iba a bajar la mirada cuando...

—¡Gald! Es la tercera vez que te llamo. Si no te das prisa, nos van a dejar en tierra.

—Voy, voy –dijo con voz soñolienta mientras salía de la cama.

Aún era de noche y estaban utilizando las velas para alumbrar la habitación. ¿De verdad hacía falta salir tan temprano?

—Baja con tus cosas al comedor –dijo Iriyed–. Nos vamos en cuanto desayunemos.

Todavía medio dormido y también a medio vestir, Gald bajó finalmente al comedor. Todos se habían puesto ya la ropa de abrigo pero, a pesar de todo, se acercaban a la chimenea.

—¿No tienes frío? –preguntó Oraon mientras le pasaba un cuenco de comida.

Gald se dio cuenta de que solo llevaba puestos los pantalones y la camisa, sin ningún tipo de abrigo. A pesar de todo, tampoco tenía tanto frío. Podía sentir que hacía frío, pero aún no notaba la sensación en su cuerpo.

—¿Cómo va a tener frío –dijo Sínael– siendo un hijo del norte?

—No sé por qué estás tan seguro de que es del norte –respondió Iriyed. Con una sonrisa burlona añadió–: Le encontré en el sur.

—También el norte puede adoptar a quien quiera –sentenció el antiguo maestro de vuelo.

Un escalofrío le recorrió la espalda a Gald. Se concentró en su comida. No le importaba por qué razón no sentía el frío, seguramente fuera por haber estado hasta hacía muy poco envuelto en las mantas. De todos modos, nada más acabar de comer, se puso el resto de la ropa. Al pasar el tiempo, sí que iba notando cómo parecía bajar la temperatura de su cuerpo.

Ese día tuvieron que viajar durante mucho más tiempo sobre los dragones. Los vientos del norte también se hicieron notar, retrasando la marcha. A los reptiles se les haría cada vez más difícil avanzar. Hacia el mediodía, Gald pudo vislumbrar en la distancia las cimas de la cordillera de Gon, con la milenaria ciudad de Ildor en el otro extremo del valle. Los dragones les dejarían a un día de camino de la ciudad, aunque la expedición no pasaría por la antigua fortaleza.

Apenas tuvieron unos minutos cuando, por fin, bajaron a tierra para descargar los dragones. Resultaba vital que volvieran a alzar el vuelo lo antes posible.

—En la membrana de las alas tienen las venas muy cerca de la superficie –Gald escuchó mientras Sínael le explicaba a Eriel–, y por eso se les enfría la sangre muy deprisa.

Los dragones remontaron el vuelo, dirigiéndose de nuevo hacia el sur, y la expedición aprovechó las últimas horas de luz para avanzar hacia el valle de Ildor.

El suelo estaba completamente cubierto por escarcha, a pesar de ser una hora tan avanzada, pero aún no se podía ver la nieve. Gald imaginaba que pronto, al pasar el valle, iba a hartarse de verla.

Cuando cayó la noche montaron el campamento al resguardo de unas peñas. Una parte de él se alegró de volver a vivir así, con las estrellas como una inalcanzable barrera sobre su cabeza. Esa libertad era algo que formaba parte de él, que estaba enterrado en cada célula de su cuerpo.

Estuvo pensando si alguno de sus padres se sintió alguna vez de esta manera, libre en la soledad. Un escalofrío, quizá causado por la baja temperatura, le subió hasta la nuca desde la base de la espalda.

La noche transcurrió sin ningún incidente. Las bestias no se acercaban al campamento y, en aquellas regiones, apenas vivían algunos pastores, que nunca les hubieran hecho ningún daño.

Gald se acostó temprano. En las próximas semanas iba a necesitar todas sus fuerzas, incluso algunas más. Se acurrucó al lado de Iriyed bajo la fina tela de la tienda de campaña, que apenas servía para protegerles del viento y, esa noche, su sueño no se vio turbado por ninguna pesadilla.

Sínael le había hecho una seña para que se acercara y Gald obedeció casi al instante. Hacía dos semanas que caminaban entre la nieve y el antiguo maestro de vuelo se había convertido en los ojos de la expedición. Todos confiaban plenamente en él, no tenían ninguna razón para no hacerlo, pues, desde que había asumido el mando, no se habían perdido ni tan siquiera una sola vez. Claro que tampoco hubieran tenido ninguna manera de saberlo. A pesar de que el paisaje siempre pareciera el mismo, el hombre al que llamaban loco les guiaba con una férrea determinación.

Gald llegó a su altura, pero Sínael no abrió la boca. Caminaron en silencio durante un buen rato, cada uno absorto en sus pensamientos. Gald fue el que habló, sorprendiendo al guía con su pregunta.

—¿Por qué te sueles hacer el loco?

Sínael ni siquiera le miró a los ojos. Comenzó a reírse bajito y luego estalló en una sonora carcajada. Los otros miembros del grupo se encontraban demasiado lejos para oírles.

—Calas bien a la gente, muchacho. Ahora me dirás que te diste cuenta cuando me viste por primera vez en Flarem.

—Es verdad –dijo el alar con toda la sinceridad de la que pudo hacer acopio.

—Pues entonces tienes talento, he de reconocerlo. No es fácil, a veces, reconocer las intenciones de las personas. Solo con mucha experiencia, la experiencia de muchos años, lo empieza a conseguir la gente. Y tú no llevas muchos años en este mundo.

—Unos dieciséis.

—Pues eso es una buena habilidad.

El hombre amenazaba con hundirse una vez más en su característico silencio, pero Gald no se lo iba a permitir.

—Aún no has respondido a la pregunta.

—No tiene una respuesta fácil –dijo Sínael–, al principio, la gente no sabía cómo comportarse en mi presencia: no sabían de qué hablar conmigo tras haber viajado en solitario por estas tierras durante años. Después, yo también empecé a poner algo de mi parte, he de decirlo, para que prevaleciera la opinión de que estaba como una regadera.

—Pero ¿por qué?

—Poca gente puede comprenderme, muchacho, aunque quizá tú puedas ser uno de ellos. Tus ojos parecen haber vivido más que los de un anciano. Eso es imposible, pero me transmites una extraña sensación. Bueno, al grano, ¿te sientes a gusto en soledad?

Gald tardó algo de tiempo en responder. La vida que llevaba ahora no le daba muchos momentos de soledad, no era como cuando estaba en Penmar y podía estar todo el día por ahí, pensando en sus cosas. Ahora pasaba mucho tiempo con Iriyed, pero también había ratos en los que ambos cabalgaban en silencio, en una fingida soledad.

—No sé si me gusta, pero a veces es necesaria –dijo el chico–. Te ayuda a pensar.

—Un gran filósofo dijo una vez que solo en soledad se puede oír gritar al alma.

—No me gustan los filósofos, pero creo que este tenía algo de razón. Mi maestro de vuelo me contó ayer que otros filósofos dicen que todos tenemos un alma de dragón, un alma que quiere ser libre para volar pero que mantenemos encerrada en nuestro cuerpo. Yo, a veces, me he sentido así –confesó el alar.

—Entonces, tú también puede que me comprendas –dijo Sínael mientras sonreía–. En parte, me alejé de la gente para poder pensar, para poder tener tiempo para mí. Para poder partir hacia el norte cada vez que se me antojase. Si quisieras expresarlo así, se podría decir que me hice el loco para poder gozar de la libertad.

—Allá en Llantar hay una historia de un hidalgo –dijo el muchacho– que se vuelve loco y vaga por el mundo disfrutando de su libertad y también intentando concedérsela a otros. Muere desilusionado, sabiendo que todo lo que ha hecho no ha servido de nada, pero no muere en solitario.

Los dos viajeros volvieron a caminar en silencio. La nieve fresca crujía bajo sus botas. Esa misma noche había habido una tormenta y la tienda en la que dormía Gald se había colapsado a causa del peso de la nieve.

—¿Para qué me has llamado? No creo que fuera para conversar, después de todo, me estás diciendo que te gusta la soledad.

—Sí, más vale solo que mal acompañado –bromeó Sínael mientras le revolvía el pelo al chico–. Te he llamado porque quiero enseñarte algo, a ti solo. Camina un poco más deprisa o nunca llegaremos.

—¿Por qué a mí solo?

—Tú eres un hijo del norte.

—Basta ya de eso –dijo Gald algo enfadado–, ni siquiera sé lo que significa.

—Significa justo eso, que estás habituado a la nieve y al frío, a los desiertos del norte. Estoy casi seguro de que, si te cortara en el brazo tu sangre, sangre de hielo, apenas tardaría en cerrar la herida. ¿Pues no has hecho la prueba, no has respirado el hielo líquido?

Gald no pudo ocultar su sorpresa.

—Creía que esa práctica era secreta –dijo con un hilo de voz.

—Siempre hay rumores. Rumores que la gente descarta. Yo no suelo creer en lo mágico, pero en este caso sí lo haré. Tú eres prueba de ello.

—Si no crees en la magia, ¿qué hay de la profecía? Pronunciaste una en el consejo: verás los fuegos en este viaje: los habidos y los que aún han de ser.

—Ah, eso –dijo Sínael aún sonriendo–. Solo quería adornar un poco mi fingida locura. Esa frase apareció en mi cabeza en ese mismo instante, así que la dije.

Gald calló durante unos minutos. *Había aparecido en su cabeza...* Seguían avanzando, a un paso bastante rápido, e iban poniendo más distancia entre ellos y el resto del grupo.

—Bien, ya hemos llegado –anunció Sínael con satisfacción.

Gald miró a su alrededor. Nada parecía muy distinto al terreno que acababan de dejar atrás: rocas, nieve, alguna placa de hielo... Una roca un poco más grande se alzaba a pocos metros de él.

—¿Dónde hemos llegado?

—A nuestro primer punto de abastecimiento. Se nos acabará la comida pronto, así que tenemos que coger más.

—¿Y de dónde la vas a sacar? –preguntó el alar algo divertido.

—Te recomiendo que mires con más detenimiento el suelo sobre el que estás pisando.

Gald había imaginado que la comida que Sínael había consumido en sus muchos viajes debía venir de debajo de la tierra pero, por más que mirara al suelo, no conseguía ver nada. Finalmente, se dio por vencido.

—No veo nada.

—Hay unos pequeños agujeros en la nieve –dijo Sínael mientras se agachaba–. Mira, aquí, por ejemplo.

Gald miró con detenimiento el lugar que Sínael señalaba. En efecto, allí había un pequeño agujero, como si alguien lo hubiera hecho introduciendo una pajita en la nieve.

—¿Qué es eso?

—Eso es la señal más obvia de que debajo de nosotros hay una caverna, y una caverna con comida.

—No entiendo.

—No me extraña, también yo tardé en descubrir esto –reconoció el antiguo maestro de vuelo–. Verás, el suelo de

Tayr no está hecho de roca sólida, sino de una especie de arcilla en la que hay, a veces, grietas o agujeros. Las plantas, en una caverna subterránea, sobre todo si son setas y hongos, producen aire caliente.

—¿Caliente?

—Bueno, en realidad, se trata de una diferencia de temperatura muy baja, pero el aire caliente sube y se cuela por estas fisuras.

Entonces, Gald vio todo el mecanismo de manera muy clara en su imaginación y se adelantó al resto de la explicación.

—Y por eso derrite la nieve de alrededor, formando los agujeros. ¡Ya comprendo!

—Yo ya conozco esta gruta –dijo Sínael–, la entrada está detrás de aquella roca. Pero antes quiero pedirte que no le cuentes esto a nadie. Es una técnica que he querido compartir contigo, por si acaso me sucede algo, pero eso no te da derecho a contarle esto a nadie. ¿Entendido?

—Sí –dijo Gald, le habían asombrado las últimas palabras del guía, pero no pensaba discutir. Los secretos habían comenzado a formar parte de su vida.

El hombre y el muchacho rodearon la roca y, apartando una piedra que cubría la bajada, entraron en la gruta. En el interior no había luz alguna, pero Gald podía oler la humedad y, predominando sobre el resto de los olores, el olor a vida.

En la completa oscuridad, Sínael le enseñó qué plantas eran las mejores para comer y Gald aprendió a reconocerlas por el tacto. Había algunas que crecían en las paredes, otras en los laterales y algunas otras en el techo, donde había más humedad.

—Acuérdate siempre de volver a tapar la entrada o las plantas de dentro morirán por el frío –le advirtió Sínael.

Tardaron poco en salir de la cueva con las plantas y las setas. El resto de la expedición aún se encontraba a bastante distancia de ellos. Caminaban bastante despacio, pues era difícil avanzar por la nieve. Oraon, el discípulo de Écrate, apenas podía levantar las pequeñas piernas desde donde se le hundían bajo la blanca capa de nieve. Gald había notado que el niño estaba últimamente muy débil. Pero ya no había marcha atrás. Ninguno de los miembros podría ya abandonar.

Los temores de Gald se confirmaron esa misma noche. Oraon había estado desdoblando la lona de una de las tiendas cuando se desmayó. Era sorprendente que hubiera aguantado hasta el último momento posible. Variel y Athlon, que se encontraban cerca, acudieron de inmediato.

—¡Está ardiendo! –dijo esta–. ¡Rápido, terminad de montar esa tienda!

Todos los miembros de la expedición estuvieron reunidos en poco tiempo alrededor de la tienda en la que se encontraba el muchacho. Écrate, muy sereno normalmente, si se podían ignorar sus extrañas muecas, ahora parecía estar al borde de un ataque de nervios. Parecía culparse de lo que le había sucedido a su discípulo.

Iriyed salió de la tienda. Había estado atendiendo al muchacho junto con Variel, que en ningún momento se había separado de su lado.

—No es demasiado grave –dijo esta a todos los congregados–, pero mañana no nos podremos mover de aquí.

—Podemos sacrificar un día de marcha –opinó Sínael–, pero tendré que ir a buscar provisiones.

—Haz lo que consideres necesario –respondió Iriyed. Su maestra parecía haberse hecho cargo de la situación–. Vosotros montad el resto de las tiendas. Solo necesitaremos tres más: Variel y yo nos quedaremos para cuidar de él por la noche.

Todos se pusieron manos a la obra y, antes de que la oscuridad hubiera caído por completo, el campamento estaba preparado. Ni Iriyed ni Variel volvieron a salir de la tienda en la que se encontraba el enfermo durante las primeras horas de la noche. Sínael también había desaparecido, así que Écrate durmió él solo en la tienda que, en teoría, iban a compartir.

Eriel y Gald se retiraron para dormir un poco después de que lo hicieran los dos gemelos. El chico se sentía un poco incómodo, y se tumbó bajo las mantas nada más entrar a la tienda. Eriel hizo lo mismo, pero la chica no se disponía a dormir todavía.

—Gald, abrázame –dijo mientras se movía hacia él por debajo de las mantas.

—¿Qué? –el chico estuvo a punto de salir corriendo, de alejarse.

—No seas tonto –dijo ella–, solo es calor. Seguro que Iriyed y tú dormís abrazados, no lo niegues.

Vale, esta vez tenía razón. Gald pasó el brazo por encima de su cuerpo y los dos se acurrucaron bajo las mantas.

—Gald.

—¿Qué?

—Tú nunca tienes frío, ¿verdad?

—Algunas veces.

Eriel sacó la mano de debajo de las mantas y le acarició la barbilla, donde comenzaba a brotar lo que un día sería una barba. El chico se sobresaltó.

—Buenas noches –dijo ella mientras le besaba en la mejilla.

Notó que el chico estaba tenso y añadió:

—No te preocupes, no pasa nada.

Pero Iriyed y Variel debían opinar de otra manera, pues lo primero que les ordenaron por la mañana fue montar la otra tienda.

Una despedida rutinaria

Año 1017

Era una despedida rutinaria. El rey de Mähd nombró regente a su mejor consejero, Lebasi, y le dio el anillo con el sello real a su hijo Ievian. Después besó a su mujer y abrazó al príncipe, antes de montar a caballo y partir hacia el sur.

Todos los veranos, con el buen tiempo, aumentaban los ataques de los onak a los pueblos del sur del país; y todos los veranos, el príncipe Ievian se había acostumbrado a ver partir a su padre rumbo a numerosas campañas. Cuando era más pequeño había considerado a su padre invencible, pero ahora realmente se preocupaba cada vez que llegaba el verano.

La noticia llegó unos días más tarde. Ievian estaba 'estudiando' en su habitación junto con Saiba, su mejor amigo.

—Vamos, Iev –dijo el otro chico–, no lo dirás en serio.

—Muy en serio –respondió el príncipe, hinchando el pecho–. He leído todo sobre el Cuerno de Mähd y ya tengo decidido que iré a buscarlo, justo antes de que me hagan rey.

—Nunca te dejarán ir hasta Pryeth.

—Si no me dejan, me escaparé, pero hace falta que alguien traiga el Cuerno al Norte. Sonará en nuestro bando cuando llegue la última batalla y entonces...

La puerta de la habitación se abrió y entró el regente acompañado por la reina. Ievian vio que su madre sollozaba y temió lo peor.

—El rey Devian ha caído en batalla, hace dos días –dijo el regente con voz calma.

La reina rompió a llorar abiertamente, pero su hijo no derramó ni siquiera una lágrima. Años antes, su padre le había hecho prometer que no lo haría y, llegado el momento, el príncipe cumplió su palabra.

—¿Se le ha vengado? –preguntó con una determinación de la que hasta él mismo se sorprendió.

—Sí –respondió Lebasi–, los soldados mataron a todos los invasores.

—Está bien –dijo Ievian.

El príncipe salió del cuarto sintiendo que, en un solo momento, había dejado atrás toda su niñez.

CAPÍTULO IV

Profecías de Im-Tayr

Un día entero sin hacer nada. El sol no había llegado aún a su punto más alto, y Gald ya se estaba muriendo del aburrimiento: Sínael seguía fuera del campamento, Écrate escribía una especie de crónica en su tienda de campaña, Iriyed y Variel estaban durmiendo y los dos gemelos conversaban acerca de sus asuntos. La única persona que parecía aburrirse tanto como él era Eriel, que estaba sentada en la tienda de campaña, mirando hacia afuera.

Gald pensó en ir a buscar a Sínael, así al menos movería un poco las piernas, pero al levantarse notó algo frío contra su pecho. Era el medallón plateado, el que le había entregado el mago Khoun. Pensó que apenas había practicado la magia en estas últimas dos semanas de viaje.

El medallón le había sido entregado con esta única condición: que practicara. *Bueno, ¿y por qué no? No hay nada mejor que hacer...*

El muchacho no tuvo que pensar durante mucho tiempo para decidir qué ilusión crearía. Añoraba el fuego en el campamento y le apetecía engañarse a sí mismo, aunque solo fuera durante un breve período, para poder experimentar de nuevo el calor tan agradable que daba.

Comenzó a concentrarse para poder crear la ilusión allí mismo, justo en el centro del campamento. No quería que el fuego surgiera lentamente de la nieve, con eso iba a tardar mucho tiempo, así que se imaginó unas grandes llamas que se elevaban súbitamente. Cuando pudo vislumbrar todos los detalles dentro de su propia mente, proyectó la imagen sobre el terreno real.

Un grito sonó desde la derecha de Gald:

—¡Por el fuego bendito! ¡Qué diablos es eso!

Era Eriel. Gald no se había dado cuenta de que ella también había estado observando el lugar donde había proyectado la ilusión. Los sacerdotes se acercaron corriendo al campamento al oír el grito, y en poco tiempo habían desenvainado dos brillantes espadas, mientras ellos también lanzaban un poderoso grito de combate.

Gald quedó boquiabierto, mientras el fuego seguía quemando en el centro de la pequeña explanada.

—¡Gald! –la cortina de una de las tiendas se apartó y en el hueco apareció la cabeza de Iriyed.

El chico paró la ilusión al instante. Los gemelos volvieron a envainar las espadas. Solo el mínimo desconcierto asomaba a sus caras. Seguramente podían imaginar lo que había ocurrido, pero eso no quitaba que hubieran saltado tan fácilmente.

—¿Pero qué diablos haces? –preguntó su maestra–. Y tú, Eriel, tampoco tienes que gritar así. A este paso, ni Variel ni yo conseguiremos pegar ojo.

—Lo siento –se disculpó el muchacho–, estaba practicando la magia.

—No lo sientas –dijo Iriyed–. Idos los cuatro lejos de aquí y tú, Gald, practica el combate con Athlon y Firon. Te vendrá mejor que la magia.

Gald cogió prestada la espada de Iriyed y los cuatro se alejaron del campamento, algo cabizbajos debido a la reprimenda de esta. Incluso los gemelos estaban afectados. Gald conocía a poca gente que se pudiera enfrentar a Iriyed cuando esta se enfadaba.

Una vez se encontraron a una distancia prudente de las tiendas, Gald preguntó algo que le había rondado la mente desde el consejo de Flarem.

—¿Cómo es que lucháis? –dijo–. Creía que los sacerdotes solo rezaban, que deseaban la paz y todo eso, pero no sabía que lucharan.

—Hay muchos tipos –respondió Firion.

—No te entiendo, con eso no me dices nada.

—Ya demostraste en el consejo que lo de entender las cosas no es lo tuyo –bromeó Athlon.

Enseguida se tuvo que apartar para esquivar un golpe de Gald, pero el alar estaba interesado en conocer la respuesta a su pregunta, así que la pelea no fue a más.

—Como te decía mi hermano –prosiguió Athlon–, hay muchos caminos.

—El primero –siguió el otro gemelo– consiste en ayudar a la gente. Si intentas que otra gente sea feliz, puedes conseguir vivir bien, en paz contigo mismo, pues has contribuido al bien. Todos los sacerdotes que tú consideras 'normales' se dedican a esto: ofrendas, rezos, limosnas y un largo etcétera.

Los jóvenes se habían alejado lo suficiente del campamento y buscaron una explanada donde no hubiera piedras ocultas bajo la nieve para poder luchar.

Eriel se sentó a un lado, dispuesta a observarles luchar. A pesar de no haber reñido nunca con los dos hermanos, la chica no había trabado demasiada amistad con ellos. Todo lo contrario a Gald, que, en un principio, había querido liarse a puñetazos con Athlon. El chico no sabía cómo lo había hecho, pero, en las pocas semanas de viaje, parecía haber olvidado todo lo que dijo en el Consejo. Ninguna otra palabra en contra de la Orden había salido de sus labios, aunque el alar sospechaba que eso, en parte, era obra de Variel. La 'generala', como la llamaba Sínael a sus espaldas, no permitiría que el grupo se fragmentase.

Los gemelos volvieron a desenvainar sus dos espadas, con un ligero ruido metálico. A Gald le parecieron toda una obra de arte: el acero era de buena calidad y estaba muy bien cuidado y afilado, las empuñaduras eran blancas, de algún mineral increíblemente ligero y tenían pequeños engastes de oro. El peso estaba bien repartido, de manera que se podían efectuar movimientos completamente fluidos, sin necesidad de cambios bruscos de dirección. En definitiva: toda una obra de arte.

Athlon prosiguió su explicación mientras hacían ejercicios para calentar los músculos, algo entumecidos por el frío.

—Otros intentan pasar sus días meditando. No creo que nunca hayas visto a alguno de ellos: en raras ocasiones consienten hablar con la gente pues, según ellos, están demasiado ocupados buscando en su interior. La mayoría de estos sacerdotes viven recluidos, en lugares alejados de todo; otros vagabundean por las calles, intentando comprender al ser humano y a la sociedad.

—Yo nunca habría escogido una vida de meditación –dijo Firon–. Aparte de ser bastante incómoda, tiene pinta de ser bastante aburrida.

—También me lo parece a mí por lo que estáis contando –opinó Gald.

—El camino de guerreros que nosotros seguimos es bastante poco común –siguió Athlon mientras estiraba los músculos del cuello.

—Si todos son igual que vosotros –bromeó Gald–, mejor que no los haya.

Ahora fue su turno para esquivar los golpes. Le parecía injusto, pues para él provenían de dos direcciones. Athlon se le echó encima y, derribándolo, hizo que el chico tragara un buen puñado de nieve.

—Bien, la hora de la verdad –dijo Firon–. Veamos a quién se le da mejor.

Y, dicho esto, arremetió contra el muchacho. El primer choque del acero se oyó claramente en la explanada, después, la lucha se volvió más irregular. Gald contaba con algo de ventaja porque la espada de Iriyed era más ligera y le permitía moverse con más rapidez a la hora de esquivar los golpes, pero los dos gemelos apenas le dejaban descansar. Se fueron pasando el relevo el uno al otro, sin conseguir ninguno penetrar las defensas del alar.

Gald estuvo dando lo mejor de sí, entregándose plenamente a la lucha hasta el último segundo. Entonces y solo entonces se dejó caer sobre la nieve completamente agotado. Estaba bañado en sudor y apenas podía respirar, pero aún tenía ganas de hablar. Los dos gemelos se sentaron frente a él. También parecían cansados.

—Sí que sois guerreros –admitió mientras intentaba calmar su respiración con ejercicios de relajación–, pero entonces, ¿qué es lo que hacéis exactamente? ¿Cuál es vuestra historia?

—Decidieron por nosotros –respondió Firon, de repente sombrío.

—Una mujer embarazada acude al templo del aire –comenzó a narrar su hermano– y, antes de entrar, justo en las escaleras, da a luz a dos gemelos, justo el día en el que mueren los antiguos regentes del templo, también gemelos. Todos gritan '¡Milagro!' y la mujer no tiene más remedio que entregar a los niños, que pasan a formar parte de los aprendices del templo.

—Después se dijo incluso que se había vaticinado nuestro nacimiento –dijo Firon–. Yo no creo en las profecías, aunque Im-Tayr sea el país donde más se hagan. Creo que solo sirven para controlar el destino de la gente, para que crean en algo. En mi opinión, todo fue demasiada casualidad.

—Y una mierda para nosotros –dijo Athlon, que parecía realmente enfadado. A pesar de ser gemelos, tenían distinto carácter, y el de Athlon parecía ser el más fuerte–. Vimos a nuestra madre una sola vez, cuando estaba enferma y a punto de morir. Después de eso pedimos que nos entrenaran para ser sacerdotes guerreros.

—¿Entonces no creéis en todo eso de purificar el espíritu mediante la lucha?

—Creemos en el acero y en poco más.

—¿Y el venir al consejo con las túnicas, esa imagen que parecíais intentar dar? ¿Y esos pelos?

Athlon y Firon se echaron a reír.

—El pelo lo llevamos así porque nos gusta. Nuestro maestro de tiro con arco nos enseñó cómo hacerlo –dijo Firon.

Gald miró hacia el campamento. Todo estaba en silencio y aún no había señal de Sínael. Eriel se entretenía dibujando sobre la nieve. Al parecer, el combate de tierra no le gustaba demasiado. Iriyed le había dicho que la mayoría de los soldados en Flarem montaban sobre los dragones, y como única arma utilizaban el arco. Solo unos pocos se entrenaban para formar parte de la infantería. En los tiempos de los grandes dragones, cuando había habido más reptiles gigantes, la mayoría del ejército había sido aéreo. Eso era lo que quería sacar la Orden de esta misión: un ejército único.

—Vamos a seguir un rato –dijo Athlon cuando ya habían descansado–, tu maestra nos gritará si se despierta y nos ve aquí parados.

La expedición se había puesto en camino justo a la mañana siguiente. El pequeño Oraon aún estaba algo débil, pero la marcha continuó sin problemas durante la siguiente semana.

Gald había hecho amistad con los dos gemelos y pasaban mucho tiempo juntos. Eriel les acompañaba en alguna ocasión, pero, sobre todo, prefería caminar con Iriyed. Las dos chicas parecían comprenderse bien.

Variel, en cambio, estaba siempre de un humor pésimo. Sínael desaparecía cada vez durante períodos más largos y ella debía tomar las decisiones sin saber nada sobre el terreno que les esperaba en los próximos días. El muchacho adivinaba que lo que más molestaba era el hecho de ser tan dependiente del supuesto loco, de no poder dirigir la expedición tal y como ella quería.

La comida que habían traído de Im-Tayr se estaba acabando, pero Gald, ni ningún otro, había comenzado aún sus reservas de Faiare.

A medida que se habían ido adentrando en el antiguo país de los dragones, el frío se había hecho notar. Ya no era solo el hielo y la nieve, que hacían la marcha más pesada, pero también las fuertes tormentas.

El día anterior habían dejado de caminar a media tarde para refugiarse. Apenas habían acabado de montar las tiendas cuando la tormenta arremetió contra ellos con toda su fuerza. Había sido una noche espantosa, en la que a punto estuvieron de quedar sepultados bajo una capa blanca. La previsión para hoy no era demasiado optimista. Sínael lo había anunciado nada más levantarse muy de mañana. Aparentemente, al anciano le bastaba con oler el aire.

Sínael se había adelantado para buscar una cueva o algún tipo de refugio, pues había comenzado a levantarse el viento y el cielo seguía completamente cubierto de nubes.

Gald caminaba en la retaguardia con el discípulo de Écrate. A pesar de ser muy pequeño, su conversación era la de un adulto. Había sido educado con una férrea disciplina, y sabía más que el propio Gald acerca de muchas cosas. A veces incluso parecía saber más que el propio Écrate.

El viento hacía el caminar cada vez más difícil y Gald vio que el resto de la expedición se detenía un poco más adelante. Al alar no le gustó el sitio que escogieron. Estaba completamente al descubierto; si una tormenta les sorprendiese allí, no tendrían ninguna roca junto a la que montar las tiendas, ningún lugar para cobijarse. Pero también había algo más. El chico no lo pudo definir con exactitud, pero estaba seguro de que era un mal sitio. Un sitio donde Sínael nunca les hubiera dejado parar.

Entretanto habían llegado al lugar y Oraon fue inmediatamente a sentarse con su maestro. Gald, en cambio, sin ni siquiera quitarse la mochila, fue a hablar con Iriyed.

—¿Por qué nos hemos parado? –dijo.

La urgencia que sentía se reflejó en su voz. Su maestra levantó una ceja, en aparente confusión.

—Hay que decidir si seguimos la ruta marcada por Sínael o nos acercamos a esas rocas que hay al noreste. Se acerca una tormenta.

—Este sitio no es bueno para pararse.

Iriyed parecía extrañada por el comentario.

—¿A qué te refieres?

—No lo sé, no me da confianza.

—Tardaremos poco en decidir, pero, si quieres, puedes ir a dar una vuelta mientras tanto.

—Está bien –dijo Gald–, pero daros prisa. La tormenta no va a esperar.

Justo cuando dijo esto pareció levantarse algo más de viento, y la maestra volvió pronto junto con el resto de la expedición. Gald caminó hacia el oeste, mientras unos pocos copos blancos comenzaban a caer sobre la ya nevada tierra.

Al poco tiempo se dio cuenta de que el suelo era distinto en esa parte de la planicie. La nieve había tapado algo al caer. No estaba muy seguro, pero descartó al instante que fuera una cueva subterránea, eso dejaba otro tipo de marca...

El viento rugía contra sus oídos y no podía oír las voces de los demás. Los copos comenzaron a caer más seguidamente, formando remolinos cuando se cruzaban en una corriente de aire.

¿Qué es este suelo? La nieve crujía de manera extraña bajo sus pies. Una raja avanzó con rapidez, partiendo la nieve a sus espaldas, pero, con el rugido de la tormenta, no se percató. Apenas podía ya ver, solo parecía haber blanco frente a él. Le pareció oír una voz que le llamaba, pero no estaba muy seguro de en qué dirección había dejado el campamento. Seguía intrigado por el misterio. ¿Qué tenía este suelo de extraño? *¡Mierda, no hay suelo!*

Tan pronto como se había dado cuenta, el pánico se apoderó de él. Intentó apartarse del barranco, que había sido tapado por la nieve y el hielo, pero no le dio tiempo. Otra figura apareció junto a él y, no pudiendo soportar el nuevo peso, la nieve cedió bajo sus pies, arrastrándolos a ambos hacia abajo. La tormenta ahogó sus gritos.

El sol le despertó. Al darle en los ojos, su brillo aumentado por los reflejos de la nieve, la luz consiguió hacerle cobrar el conocimiento.

Su cuerpo estaba medio sepultado, y, al parecer, se había golpeado la cabeza con algo, pues sentía fuertes punzadas de dolor. Se intentó levantar, una tarea no muy fácil con las piernas entumecidas por el frío. El paisaje estaba completamente blanco, con algunas rocas sobresaliendo entre la nieve pero, quitando eso, era exactamente igual que el que habían visto en las últimas tres semanas.

Poco a poco fue recordando lo que había sucedido el día anterior.

Sí, allí estaba el terraplén por el que había caído. Los otros seguramente habrían montado el campamento allí arriba. Había caído con alguien. Gald no le había podido ver, pero había gritado con voz de mujer. Variel no podría haber sido, nunca habría ido a buscarle; Iriyed tampoco, el chico dudaba que hubiera gritado... *¡Eriel!*

No había nadie a la vista, pero Gald gritó igualmente. Un millar de pensamientos surcaban su mente a cada instante. No era posible que esto estuviera sucediendo.

Se puso a excavar en la nieve, cerca de donde él mismo había caído. A pesar de todos sus esfuerzos, sabía que había muy pocas probabilidades de que encontrara a la muchacha con vida. Se dejó llevar por la desesperación y las lágrimas comenzaron a mojar sus mejillas. Seguía excavando y excavando...

Una tela marrón apareció entre el profundo blanco, parte del abrigo de su compañera. Su corazón pareció dar un salto y moverse dentro de su pecho. Por fin la había hallado, pero ¿qué encontraría ahora? El alar siguió apartando la nieve, descubriendo un cuerpo inerte. Las lágrimas apenas le dejaban ver y el mundo se convirtió en un lugar de formas indefinidas.

Gald cogió a Eriel en brazos y la arrastró hacia fuera, tumbándola en el suelo junto a él. La chica estaba pálida y sus labios habían adquirido un insano color morado. Acto seguido puso el oído junto a su boca. Todavía respiraba.

Casi gritó de alegría y sorpresa cuando la chica abrió los ojos. Lo hizo lentamente, igual que si estuviera saboreando el volver de nuevo a la vida. Los dos jóvenes estuvieron mirándose durante unos segundos y ella vio que había llorado. Sonrió.

Gald arrastró su mochila hasta el lugar donde se encontraban. Tras buscar en su interior, extrajo una bolsa de agua y le ofreció a su compañera. Una vez hubo bebido, Eriel recuperó el color y, por fin, pudo hablar.

—¿Dónde estamos?

—Al oeste de donde han acampado. Caímos por un barranco, ¿lo recuerdas?

La chica parecía ausente, sin mirarle a los ojos mientras hablaba. Entonces se incorporó y tocó la cabeza del alar. Cuando retiró la mano, Gald vio que sus dedos estaban teñidos de rojo.

—Es un buen golpe, ¿no te duele?

—No me había dado cuenta –admitió.

Gald se sentó junto a la chica y dejó que le colocara un improvisado vendaje en torno a la cabeza. Contempló cómo sus manos se afanaban en poner el trozo de tela lo mejor posible, cómo sonrió cuando hubo terminado y cómo su expresión, una vez hubo acabado, se tornó sombría.

—Gald, hay algo que no sabes –dijo–. El campamento ya no está ahí arriba. Me enviaron a buscarte porque íbamos a ir hasta las rocas. Seguramente ya hayan partido.

—Mierda...

Eriel se apoyó contra su hombro. Ahora sí que estaban completamente solos. Solos y perdidos. No se podía atravesar la llanura sin un guía.

—No te preocupes –dijo el chico, intentando mostrar una confianza que estaba lejos de sentir–, les intentaremos alcanzar. Sé encontrar hongos bajo tierra y, además, Iriyed me dio Faiare cuando acampamos junto al río.

Gald se levantó, no demasiado seguro de que sus piernas fueran a poder aguantar su peso, mucho menos caminar una gran distancia. A pesar de todo, si querían alcanzar al grupo, deberían darse prisa. Conociendo a Iriyed, seguramente no hubiera retrasado la marcha por su culpa. Pensaría que se las arreglaría, al menos tenía Faiare.

Sin mayor demora, los dos muchachos se pusieron en camino, siguiendo la ruta que vagamente habían oído describir a Sínael hacía dos días.

A pesar de lo que le había dicho a Eriel, Gald no estaba tan seguro de poder identificar las cuevas subterráneas. Antes siempre había ido con el antiguo maestro de vuelo, y este parecía saber dónde se encontraban.

Durante los siguientes días tan solo fue capaz de encontrar una, pero fue suficiente para que pudieran comer los dos. Con las provisiones que tenían, no les sería difícil llegar hasta Urmil. De todos modos, era muy probable que dieran algún rodeo al no conocer las nevadas planicies. No estaría de más intentar guardar las reservas del hongo para las emergencias.

En ocasiones, el chico observaba con detenimiento los alrededores, seguro de poder encontrar el rastro de la expedición si prestaba la suficiente atención al entorno. Miraba, sobre todo, en puntos clave, como un puente de roca natural para cruzar un desfiladero, una formación rocosa que hubiera podido servir de campamento... Todo fue en vano. No fueron capaces de encontrar ninguna seña de que sus compañeros hubieran pasado por alguno de esos lugares. Parecía como si se los hubiera tragado la tierra.

Las cosas parecían ir bien con Eriel. Los dos hablaban mucho durante el día y también, a pesar de su pequeña tragedia, tenían ganas de reír. Por la noche solían buscar alguna fisura en paredes rocosas. Al menos, en el tiempo en el que habían viajado con Sínael y el resto de la expedición habían tenido la oportunidad de aprender algunas de las técnicas de supervivencia de este lugar.

Dormían acurrucados para quitarse el frío pero, antes de cerrar definitivamente los ojos tras el largo día de marcha, se contaban el uno al otro algunos de los cuentos y leyendas de sus patrias. Eriel siempre deseaba oír los cuentos de los alari que, según se decía, podían conmover hasta a las personas más adultas. Pero Gald no podía satisfacer su curiosidad al respecto. Había sido criado en Llantar y no había oído hablar de su raza hasta que Iriyed le rescató de su aldea.

Al atardecer del cuarto día se desencadenó otra tormenta. Habían pensado en continuar durante unas horas más, pero la marcha se les hizo imposible. La nieve parecía penetrar por cada pliegue de la ropa de Gald, haciendo que le pareciera que miles de dedos helados tocaban su piel a cada instante. Eriel, al parecer, tampoco conseguía realizar un gran progreso.

Finalmente se dieron por vencidos. Protegiéndose del viento en la medida que les era posible, se dirigieron a un promontorio rocoso, esperando encontrar algún lugar donde refugiarse. Casi inmediatamente, como por un acto providencial, Gald encontró una cueva, algo más grande que las que habían utilizado en días anteriores. Los dos se deslizaron por la angosta abertura, ansiosos por entrar en un lugar que les cobijara del fuerte viento.

Ambos se sentaron con la espalda apoyada contra la pared. La tormenta seguía su curso en el exterior. Se habían librado del aire y de la nieve, pero el frío aún estaba en el ambiente, cubriéndoles y pesando sobre sus cuerpos como una gruesa manta.

Estaban tiritando, sin ser capaces de controlar los músculos de sus propias mandíbulas. Nunca antes lo habían pasado tan mal. Esa noche les iba a resultar difícil dormirse, incluso peligroso si sus cuerpos se enfriaban demasiado. Quizá deberían hacer turnos y despertarse el uno al otro cada cierto tiempo. Si no, cabría la posibilidad de que ninguno fuera capaz de despertarse por la mañana.

Entonces, Gald se acordó del preciado líquido que aún guardaba en la cantimplora. Iriyed le había dado ron junto con el Faiare y ahora parecía un buen momento para utilizarlo.

Vació su mochila, sacando las mantas, unas velas y otras cosas que necesitarían para pasar la noche, hasta que, por fin, encontró lo que buscaba. Con una mano que temblaba ligeramente a causa del frío le tendió la cantimplora a Eriel.

—Bebe un poco, es ron.

La chica se llevó el recipiente a los labios y bebió dos grandes tragos. Arrugó los ojos después de tragar. La bebida debía de ser fuerte. Mucho mejor si se pretendía entrar en calor.

Cuando acabó, Gald también tomó un poco y al instante notó cómo le bajaba por la garganta un líquido que parecía quemar. Pese a todo, echó otro trago, era necesario, y no pensaba echarse atrás tan solo por culpa de un mal sabor.

Al poco tiempo también comenzaron a notar otros efectos de la bebida. La cueva se llenó de sus risas y volvieron a destapar varias veces la cantimplora.

Sin saber cómo, Gald se encontró tumbado junto a Eriel mientras le besaba en el cuello, la cara y los labios. Sentía un fuego quemar dentro de él, como si él mismo fuera un dragón.

Fuera, el viento rugía entre las rocas y la tormenta ganaba fuerza.

De súbito, Eriel se apartó de él. Su expresión se había tornado seria.

—No puedo, Gald –dijo mientras se volvía a cubrir con su abrigo–, no podemos...

—Ni Iriyed ni tu madre están aquí –dijo él, mientras se acercaba de nuevo.

—Puedo escaparme de ellas, pero no de la profecía.

Los efectos del alcohol parecían haberse disipado en pocos segundos. Gald también estaba serio.

—Iriyed habló sobre una profecía –dijo.

—Sí, lo recuerdo –contestó Eriel–, y me sorprendió que lo hiciera. Muy poca gente lo sabe.

—¿Saber qué?

—Cuando nací, el oráculo de Yar hizo una profecía. Era la única niña dragón que había nacido en veinte años, la única persona en todo Im-Tayr con el tatuaje.

—¿Qué dijo el oráculo?

—Nunca me han dicho las palabras exactas, pero, básicamente, que yo era alguien especial y que tendría que casarme con un rey extranjero para que los dragones y, en general, todo el país de Im-Tayr sobreviviese. De la unión surgiría algo que liberaría el mundo, unos hijos semidioses era una de las especulaciones. Apenas tenía unas horas de vida y ya me habían cargado con el peso de toda una nación. Yo no creo en nada de eso, pero, al parecer, el resto del mundo sí, por eso no puedo.

Gald guardó silencio. Era extraño que una persona tan joven pudiera comprometerse de tal manera con la gente de su país. Estaba seguro de que muchos reyes no habrían pensado ni siquiera en hacer un sacrificio solo por las creencias de su pueblo.

—Yo no soy un rey –dijo Gald aún muy serio mientras acariciaba el cabello de la muchacha–, pero te juro que conquistaré un país si con ello consigo estar contigo.

—Gracias, mago –dijo Eriel volviéndose a tumbar junto a él.

—De nada, mi reina.

Historia de Lahör IV

Año 1271 aT.

—Y cuenta la leyenda –explicaba Lahör a sus alumnos– que un dragón se enamoró de una campesina; muy lejos de aquí, en el continente. Sobrevolaba la granja en la que la mujer vivía con su padre, mientras que los otros granjeros les señalaban con el dedo, diciendo que traería mala suerte. Una noche, unos encapuchados prendieron fuego a la granja y sus dos habitantes murieron.

Lahör veía las lágrimas a punto de asomar a los ojos de las chicas, mientras que los pocos muchachos aguardaban expectantes a que prosiguiera.

—Cuando el dragón volvió a la mañana siguiente, una gran tristeza se apoderó de él, pues habéis de saber que las emociones que sienten son mil veces más fuertes que las humanas. Intentó regresar hasta esta misma isla volando, pero a mitad del caminó sintió que le fallaban las fuerzas. Se detuvo en un lugar al norte de Urmil y allí se transformó en piedra.

—¿Cómo? –preguntó una de las chicas.

—Su corazón se había quedado vacío de toda emoción, tal como una piedra, y después esa tristeza se contagió al resto de su cuerpo. El dragón se convirtió en una gran montaña que todavía hoy se alza sobre el valle de Urmil. Algunos dicen que

aún se puede encontrar vida en el corazón del dragón, la suficiente para resucitarle.

Todos los chicos guardaron silencio, ensimismados por la historia que acababa de contar. Rompiendo la momentánea quietud, sonaron unos pasos acompasados a lo lejos. Cinco soldados venían hacia el grupo. Lahör les había estado esperando durante las últimas semanas, pero hoy finalmente el soberano se había enterado.

—El Rey ordena que te presentes –dijo el hombre que parecía estar al mando.

Lahör abandonó a sus alumnos y se dirigió hacia el palacio, rodeado por los soldados. Fue el mismo monarca el que le puso la espada al cuello nada más entrar por la puerta del salón del trono. Lahör pudo ver que Mohela también estaba presente.

—Dime que no es verdad lo que he oído sobre vosotros –dijo el rey sin apartar la espada.

Lahör tuvo que tragar saliva, pero la voz no le vaciló al responder:

—Es la verdad.

CAPÍTULO V

El valle de Urmil

La cordillera de Urmil apareció ante sus ojos al día siguiente. Al remontar un repecho pudieron ver todo el valle bajo ellos. La ciudad en ruinas parecía haber pasado a formar parte del paisaje, anclada en la orilla del mar, justo entre la cordillera y unas pequeñas colinas. Oculta tras una capa de niebla, en mitad del intenso azul del agua, se podía distinguir el contorno de la isla de Fhael, la antigua morada de los dragones. Gald sintió algo en el estómago cuando miró a la misteriosa isla desde la que habían venido los niños y los dragones en una noche de tormenta hacía más de mil quinientos años. A su lado, Eriel miraba el paisaje con los ojos humedecidos, presa de la emoción.

No sabían con exactitud el lugar de la cordillera en el que se había firmado el pacto, así que anduvieron durante varios días por las montañas, sin rumbo fijo. Buscaban signos de ocupación humana: pisadas, nieve removida, las señales de un fuego... Pero la zona parecía estar completamente deshabitada.

Se estaba acabando el Faiare y Gald no sabía cómo encontrar cavernas en un terreno tan rocoso.

—Tenemos que bajar a la ciudad –le dijo a Eriel–, y si en unos días no vemos a nadie, tendremos que bajar por la costa, igual que planeamos hacer.

—Está bien, pero no puedo dejar de preocuparme. Si no han llegado aquí, significa que les puede haber pasado algo grave.

—Lo he estado pensando –dijo Gald– y quizá demoraron tiempo en buscarnos. Si hubiera desaparecido yo, Iriyed habría dejado que me las apañase, pero tú... Al fin y al cabo eres la salvación de Flarem y, posiblemente, del mundo.

—No digas chorradas, mago. Yo solo tengo un maldito tatuaje.

—¿Me dejarías verlo?

Eriel se levantó la camisa y dejó al descubierto el extraño dibujo. Gald repasó la forma con el dedo. La piel en esa zona no era nada distinta, no tenía ningún tacto característico.

—Parece un dragón envuelto en llamas –observó el muchacho.

—Mucha gente lo dice.

Gald bajó la camisa de la chica.

—¿Tiene algún significado?

—Ninguno que se conozca. Y pensar que todo este lío es por unos simples papeles...

—A mí me están empezando a gustar los papeles –dijo Gald–. Unos me permitieron convertirme en mago, y estos otros me han permitido conocerte.

Eriel se giró para poder mirarle a la cara. Gald extendió una mano vacía y concentró todo su talento de ilusionista en ella. Una flor violeta apareció entre los dedos del chaval.

—Voy a ver si encuentro algo –le dijo a Eriel mientras le entregaba la flor–. Adiós, mi reina.

Se alejó en dirección poniente, donde el sol teñía la nieve de tonos anaranjados. Eriel se quedó sola en el campamento, con una flor que desapareció de su mano en cuanto el mago estuvo a unos metros de distancia.

Gald tenía muchas veces la sensación de no saber por qué hacía las cosas. Sobre todo, cuando estaba con Eriel. Estaba claro que ella no quería que se acercara más y ambos sufrían cuando pasaba, pero él siempre parecía insistir.

Era algo que hacía instintivamente, casi sin darse cuenta, igual que hacía unos momentos. *¿Por qué diablos habré hecho lo de la flor?*

En estos casos, lo mejor siempre era alejarse, tener las ideas claras antes de enfrentarse a lo siguiente, buscar la soledad que Sínael había encontrado en estas tierras.

Gald pensó que aquí, en algún lugar, aquel hombre debió de sufrir una transformación, algo casi mágico que le cambió para siempre. El alar pensó si él también cambiaría después del viaje. Estaba claro que había crecido mucho, y había desarrollado unos buenos músculos a base de llevar la mochila, pero el muchacho pensaba en algo más profundo, en algo dentro de él.

Quizá todos los que se adentraban en Tayr cambiaban. Pensó en Iriyed, que también debía de estar en algún lugar de aquella inmensa soledad, a lo mejor, más cerca de lo que él imaginaba. Pensó también en la expedición y se preguntó si sabrían que estaban vivos. Podían haber visto sus huellas en la nieve algún día.

El mismo pensamiento de Gald se materializó a sus pies. Vio entre dos rocas lo que, sin duda alguna, era una huella humana, y al instante estuvo seguro de que no era ni suya ni de Eriel. Solo había una hilera de pisadas que conducían hacia lo alto de la montaña. Quienquiera que hubiera subido lo había hecho solo y, además, aún seguía allí, al menos que hubiera decidido bajar utilizando una ruta distinta.

Gald miró a la montaña. Prometía ser un ascenso difícil, pero habría que hacerlo. Estaba deseando encontrar al resto.

El cielo estaba completamente despejado, no parecía que fuera a nevar durante la noche, así que Gald no se molestó en señalizar el lugar y volvió al campamento, ansioso por contar a Eriel lo que acababa de ver.

Cuando llegó al campamento, también él se llevó una sorpresa. Junto a su mochila había un puñado de madera, trozos de tablas carcomidas, pero madera al fin y al cabo. Eriel se acercaba al campamento con una nueva carga y Gald se apresuró a ayudarla.

—También yo he estado explorando –dijo la muchacha– y encontré una caseta abandonada no muy lejos de aquí.

Agruparon la madera en el centro del claro y Gald rebuscó en su mochila hasta encontrar un poco de paja seca. Empezó a frotar unas rocas y, tras muchos intentos y blasfemias, consiguió hacer arder el material. Eriel le felicitó y le plantó un sonoro beso en la mejilla.

Un rato después se hallaban sentados junto al fuego, comiendo algo de Faiare. Fue entonces cuando Gald le contó a Eriel su descubrimiento.

—Si hubiéramos intentado subir, se nos habría echado la noche encima –dijo Gald–, pero mañana a mediodía ya habremos llegado a dondequiera que esté esa persona.

—Entonces es la última noche que pasamos solos.

—Eso parece, alteza.

—¡Serás tonto! –dijo Eriel mientras le propinaba un golpe en el brazo–. ¡Deja de llamarme así!

—Te casarás con un rey, serás parte de la realeza –dijo Gald mientras se levantaba y hacía una burlesca inclinación–, ¿qué hay de malo en que te llame así?

Eriel se levantó con toda la dignidad que pudo y se puso las manos en las caderas. Con voz solemne dijo:

—Pues, como futura reina de un país extranjero, te prohíbo que me llames así.

—¿Cómo he de llamarte, mi reina? –dijo Gald mientras se arrodillaba ante ella. Eriel apenas podía aguantar la risa al verle actuar de aquella manera.

—Te ordeno bajo pena de muerte que me llames Eriel.

—Y así será. ¿Pero tendrás el suficiente valor para mandarme decapitar en el caso de desobedecerte?

Gald besó la mano de la futura reina con mucha pompa. Resultaba curioso que allí, en plena soledad, pudiera haber dos personas actuando como si se hallaran en plena corte.

Entonces, Gald se imaginó a Eriel con los enseres de una reina, vestida con un traje largo de un azul deslumbrante, más incluso que el del propio cielo estrellado. Con una corona sobre la frente, hecha de pequeños brillantes, y como único adorno, un colgante con una flor violeta, igual que la que había hecho aparecer unas horas antes.

En pocos segundos, su visión se hizo realidad y, frente a él, se hallaba la que perfectamente podría haber sido la reina de la noche. Eriel dio un pequeño grito al ver la transformación, pero esta vez pudo adivinar lo que había sucedido.

Gald, el propio artífice de la ilusión, también quedó sorprendido por ella. Nunca habría podido imaginar que la realidad pudiera ser cambiada de tal manera. Cogió las manos de Eriel y, excesivamente serio, preguntó:

—¿Concederás un baile a un plebeyo?

—A un plebeyo, no –contestó la nueva reina–, pero sí a un buen mago. ¿Sabes también hacer música?

—Lo puedo intentar.

Resultó más fácil de lo que creía y pronto dos figuras se movían en torno a la hoguera al ritmo de una orquesta invisible.

—¿Dónde has aprendido a bailar así? –preguntó Eriel asombrada–. ¿También te ha enseñado Iriyed?

—No –dijo Gald–. Me enseñó la cocinera de una hacienda de Penmar, se llamaba Floss.

El chico no había reparado en lo poco que había pensado en su antigua aldea desde que hacía más de medio año se había encontrado con la Orden. Cuando había salido de allí, lo único que deseaba era convertirse en un guerrero, en parte, para poder vengar la muerte de Nior, pero, en este tiempo, esos sentimientos habían desaparecido. Ahora solo quería vivir, ver mundo y disfrutar de los pocos momentos como este.

Bailaron hasta el momento en el que Gald ya no pudo mantener las ilusiones por más tiempo. Entonces, Eriel volvió a aparecer vestida con las ropas de viaje y los dos se sentaron junto al fuego un rato antes de dormir.

Gald sacó la flauta alaria de la mochila y comenzó a tocar una melodía que había aprendido de Iriyed. El instrumento le permitía hablar a la vez que tocaba, pero ambos jóvenes guardaban el silencio, disfrutando de las últimas horas que pasarían en soledad.

—No sé nada de ti –dijo de pronto Eriel.

—¿A qué te refieres?

—Solo sé que estás en la Orden, y que te criaste en una aldea de Llantar, pero no sé nada ni de tus padres ni de tu infancia...

Gald se tumbó boca arriba, apoyando la cabeza en las piernas de la chica.

—Si no te lo he contado es porque no hay nada que contar –dijo–. No conocí a ninguno de mis padres y los magos dijeron que no recuerdo nada anterior a los siete años debido a una especie de hechizo. Desde que me acuerdo, estuve rondando por la aldea de Penmar, hurtando y mendigando; como ves, no es una historia muy bonita.

—¿Y la Orden?

—Iriyed me llevó donde la Orden después de que los onak invadieran la aldea y mataran a la única persona a la que consideré mi amigo.

—Lo siento.

—No lo sientas –la voz del alar se había vuelto fría, apenas parecía la suya–. No tienes la culpa. Tampoco envidio el destino que te han asignado. Yo no podría vivir sin libertad.

—¿No te has planteado nunca que pudieras perderla?

—No, siempre podré escaparme de todo.

—No es posible hacer eso, deberías saberlo. Siempre va a haber algo que te una a una persona o a una cosa, algo que te ate –dijo la chica–. ¿Podrías ahora mismo abandonar a Iriyed y volver a tu aldea?

Gald pensó durante unos momentos antes de responder.

—Creo que tienes algo de razón. Podría físicamente, pero nunca lo conseguiría hacer. Además, tengo que convertirme en rey, y para eso voy a necesitar algo más de entrenamiento –dijo el chico sonriendo.

El mago se incorporó y dio un beso en la mejilla a su compañera.

—Vamos a dormir y mañana seguiremos las huellas. Buenas noches, mi reina.

—Buenas noches, mago.

El ascenso resultó ser muy difícil, y las huellas no eran siempre visibles. A pesar de todo lo que le había enseñado su maestra, Gald se las arregló para perder el rastro unas cinco veces. En varias ocasiones seguían ascendiendo y, tarde o temprano, volvían a encontrar las pisadas; pero a media tarde tuvieron que detenerse tras haber retrocedido mil veces y rastreado todos los alrededores en busca del escurridizo rastro.

—Apenas puedo respirar –dijo Eriel dejándose caer sobre una roca cubierta de musgo.

—Eso es porque vives cerca del mar. Te sería más fácil si te hubieras criado en la montaña, como yo.

—No paro de preguntarme quién diablos habrá querido subir hasta aquí –dijo Eriel–. Quienquiera que sea nos está haciendo pasar un mal rato.

—A mí me parece más importante preguntar por qué. Por qué separarse de toda la expedición y subir una montaña.

—¿Quizá para intentar encontrarnos? Se tiene que ver todo el valle desde arriba...

—Es una opción –dijo el chico, pero no parecía demasiado convencido de ello.

Gald le tendió algo de Faiare a Eriel y estudió la falda de la montaña. No había ningún camino visible, pero lo que más le preocupaba era una pared de roca que se alzaba unos veinte metros más arriba. No iba a ser fácil para él escalar con una mochila. Tendrían que pensar en algo.

—Hay una pared de roca –dijo Gald.

—Ya la he visto desde abajo, pero creo que hacia la derecha hay un lugar por el que no es tan difícil subir.

Gald observó con más detenimiento la roca. La chica tenía razón, al este había un lugar en el que la pared solo se levantaba unos diez metros por encima del nivel del suelo.

—Lo mejor será ir por allí. Supongo que la persona que haya subido también habrá tomado ese camino, así que, con suerte, podremos encontrar la pista.

—Vamos entonces. Estoy deseando llegar a donde sea.

No les resultó difícil llegar hasta la pared, pero, una vez allí, los dos vieron que era bastante escarpada y que resultaría más difícil de escalar de lo que habían pensado en un principio.

Su único consuelo fue volver a encontrar las regulares pisadas de la persona a la que iban siguiendo, que al parecer, había intentado el ascenso por el mismo lugar.

El sol iba descendiendo hacia el horizonte. Gald estaba casi seguro de que no podrían llegar a la cima, si es que era allí donde se había dirigido el caminante, antes de que anocheciera. En tal caso tendrían que dormir junto al camino para no perderse en la oscuridad.

—No puedes subir con la mochila –observó Eriel.

—Ya lo había pensado –dijo el alar–. Lo mejor será dejar las cosas pesadas aquí y llevar solo lo más imprescindible. Yo puedo subir primero y, después, me lanzas la mochila, ¿vale?

—Está bien.

Comenzaron a separar el contenido de la mochila en dos puñados y enterraron las cosas que no iban a necesitar al lado de la pared. Solo dejaron dentro una manta, el cuchillo y el Faiare.

Después, Gald se dispuso a escalar la roca. Desde que dejó Penmar, no había tenido que escalar en ningún otro lugar, pero recordaba perfectamente cómo buscar hendiduras en la roca.

Primero colocó el pie en una que tenía a la altura de la rodilla, y la mano en otra por encima de su cabeza. Se dio un pequeño impulso y comenzó a escalar. No era mucha altura, pero, si caía, era casi seguro que se torcería el tobillo en el terreno irregular.

Intentó descartar esos pensamientos y se concentró en la tarea que realizaba. Pronto llegó arriba y se agarró a un saliente para terminar de alzarse.

—¿Qué hay arriba? –preguntó su compañera desde abajo.

—Lo mismo de siempre –contestó el muchacho sin demostrar entusiasmo alguno–: nieve, hielo, rocas y cuevas. Prueba a tirar la mochila.

Necesitaron tres intentos antes de que Gald pudiera agarrar una de las asas, pero finalmente consiguieron estar todos: Gald, Eriel y la mochila, sobre la rocosa pared.

Al reanudar la marcha vieron que las huellas no ascendían más, sino que se dirigían a una de las cuevas que había sobre la rocosa planicie.

Solo había un grupo de huellas, las que entraban en la caverna. La persona que hubiera entrado no había salido en ninguna ocasión durante el tiempo que hubiera estado allí.

Gald observó que, en la pared de la montaña, había al menos quince aperturas, y todas ellas daban a la llanura. Parecía un lugar moldeado por la mano del hombre y no por la naturaleza.

La cueva a la que se dirigían tenía la entrada más grande y estaba situada en el centro de la formación, como si su presencia hubiera agrupado al resto de las cavernas a su alrededor. Gald se sintió muy pequeño e insignificante en comparación con la montaña.

—Parece un lugar propicio para firmar un pacto –susurró Eriel. Al parecer, también ella estaba impresionada por la majestuosidad del lugar.

—Las rutas de acceso dejan mucho que desear –bromeó el mago.

Los jóvenes se cogieron de la mano antes de entrar en la cueva. La entrada parecía ser la única, pues no había rastros de luz en el interior. En el instante en el que entraran estarían momentáneamente cegados, así que el alar sacó el cuchillo para defenderse en el caso de necesidad. Apenas habían hecho ruido al subir, así que los posibles enemigos no estarían preparados.

El corazón de Gald comenzó a funcionar cada vez más deprisa. Quería entrar a la cueva y averiguar quién estaba allí o dónde se encontraba el resto de la expedición, pero a la vez sentía que algo ocurriría si lo hacía. Sentía que, al entrar en aquel lugar, algo cambiaría para siempre, quizá para él, quizá para Eriel o, incluso, para más de una persona.

Pero no había llegado hasta aquí para dejarse intimidar en este momento, justo cuando se encontraba al final del camino.

Cogió aire e hizo acopio de su valor. Entró en la cueva, con el cuchillo en una mano y la de Eriel en la otra. Afuera, los últimos rayos de sol bañaban la meseta suspendida en las alturas.

Al principio no vieron nada, tal y como había pensado, pero poco a poco las paredes de la cueva fueron adquiriendo forma y la pareja de viajeros pudo ver que estaban a la entrada de un pasadizo.

Unos metros más adelante parecía abrirse para dar paso a una caverna bajo la tierra, un espacio más grande del que solo podían percibir por la oscuridad.

El suelo estaba seco más allá de la apertura. El orificio por el que habían entrado no permitía que el viento empujara la nieve hacia el interior durante las tormentas.

Comenzaron a caminar hacia la caverna. Cada vez, las paredes se separaban más y pronto dejaron de marchar hombro con hombro. Al chico le pareció ver una luz al fondo de la estancia, que se acercaba a medida que caminaban.

Las paredes se abrieron hacia los lados y, de pronto, se encontraron en el centro de un espacio vacío. Sin manera alguna de orientarse, Gald decidió caminar hacia el reflejo que veía, muy semejante a la mortecina luz que despedían las lámparas de aceite. Si había alguien en el lugar, lo más seguro era que se encontrara cerca del candil.

Eriel había comenzado a temblar, quizá a causa del frío. Ninguno había dicho una palabra desde que se habían adentrado en la cueva.

Junto a la luz comenzó a perfilarse una silueta oscura, alguien vestido con una capa, cuya capucha cubría al completo su cara. Al oírles, la figura se giró y la luz de la lámpara dio de lleno en una cara surcada por las arrugas, en una piel curtida por el frío y unos cabellos blancos como la misma nieve.

—¡Sínael! –gritó Eriel soltándose de la mano del muchacho y corriendo hacia el hombre.

—Me alegro de verte, pequeña.

Los dos amigos se abrazaron, mientras Gald observaba. En su interior, el chico siempre había sabido que el viajero al que perseguían era el antiguo maestro de vuelo.

Historia de Lahör V

Año 1271 aT.

El rey dejó caer la espada al suelo y se alejó del general, caminando con paso lento. La furia que sentía se vio reflejada en su voz cuando dijo:

—Te aprecio, así que conservarás la vida, pero quedas destituido de todos tus cargos. Si te vuelvo a ver junto a mi hija, morirás.

—Entonces os pido formalmente la mano de vuestra hija.

El anciano monarca estalló en cólera.

—¡Guardias!

—¡No! –toda la sala quedó paralizada. La princesa había gritado con tal fuerza que los soldados se debatían entre obedecerla a ella o a su padre–. La ley impide que le toques una vez ha pedido mi mano, y también dice que se la deberás conceder si te trae las riquezas que le pidas.

El rey se sentó sobre el trono, mientras una sonrisa malévola asomaba a sus labios.

—Veo que no malgastaste con este truhán todo el tiempo que estuviste en la biblioteca. Si es eso lo que deseas, como precio a tu mano deberá traerme una estrella fugaz.

—¡Padre! –dijo la princesa, arrojándose a sus pies.

Año 1008

—Con un gran crujido, la puerta de entrada al gran salón cayó al suelo, y en la sala irrumpió un gigantesco reptil rojo. Con los movimientos de las patas y la cola arrojó a todos los soldados contra las paredes sin que estos pudieran hacer nada por evitarlo. En medio del tumulto, Lahör cogió a Mohela y los dos corrieron hacia el dragón. Un segundo más tarde se hallaban sentados sobre el gran animal, alejándose del palacio y de la isla de Fhael.

Sínael vio que tenía a toda la brigada infantil entusiasmada con la historia, deseando a la vez que la terminara y que nunca acabara de contarla.

—En muy pocas ocasiones veréis una estrella fugaz persiguiendo a otra pero, si las veis, sabed que el segundo resplandor no es una estrella, sino el dragón sobre el que viajan Lahör y la princesa, que siguen persiguiendo su estrella.

—Pero nosotros te habíamos preguntado sobre los orígenes del juego del aire –dijo la pequeña Eriel.

—El juego no es más que eso –respondió el maestro de vuelo–. Un equipo intenta recuperar la pelota, o la estrella, mientras el otro trata de impedírselo. De todas maneras basta de historias, siempre buscáis excusas para no entrenar. ¡A los dragones!

CAPÍTULO VI
Viejas leyendas, nueva esperanza

—¿Dónde están los demás? –preguntó Gald.

Se sentó sobre el suelo rocoso de la caverna, tras haber devuelto el cuchillo a su funda. Su primer pensamiento había sido para los miembros de la expedición, no se imaginaba la razón por la que no estaban en el lugar, si resultaba ser este en el que se había firmado el pacto.

—Demasiado vagos para subir hasta aquí –dijo Sínael con una carcajada que retumbó en toda la caverna.

—En serio, Sínael, ¿dónde están?

—En Urmil –dijo a secas el antiguo maestro de vuelo.

—¿Y por qué están allí? –preguntó Eriel, que se había acurrucado junto al hombre.

—Están en la biblioteca –dijo Sínael–, buscan el documento del pacto de los dragones, pero malgastan su tiempo. Bueno, quizá no lo malgasten, pero no servirá de mucho un trozo de papel.

—¿A qué te refieres con eso? ¿No es el pacto lo que veníamos buscando? –preguntó el muchacho, desconcertado–. ¿Sabes algo que nosotros ignoremos?

—No sé nada que no quiera compartir con vosotros dos –dijo el anciano–, solo me refería a que no van a conseguir que los dragones de Flarem crezcan, por mucho papel de pacto que les puedan dar de comer.

—¿Pero han encontrado lo que veníamos buscando? –volvió a insistir Eriel.

—Sí, lo han encontrado, y lo llevaremos de vuelta a Flarem. Ya han empezado a preparar las balsas, no queda demasiada comida.

—A nosotros tampoco nos queda –dijo el alar–, pensábamos irnos mañana si no descubríamos nada, si no encontrábamos a nadie. Pero vimos tus huellas en la nieve ayer y decidimos seguirlas.

—¿Supiste que eran mis huellas? ¡Sí que te ha enseñado bien esa Iriyed!

—No, no lo supe –admitió el chico–, pero no hay nadie más en el valle, así que tenían que ser de alguno de vosotros.

—Deberíamos bajar a la ciudad –dijo de súbito Eriel–. Nosotros estamos aquí hablando, pero supongo que Iriyed y mi madre estarán preocupadas por nosotros.

—No es hora todavía de volver a Urmil –dijo el maestro de vuelo con un tono que sorprendió a los dos–, aún hay cosas que debo hacer, que debemos hacer, aquí. Pero tienes razón, las dos están preocupadas.

Sínael recostó la espalda contra una piedra y sonrió.

—Debíais haber visto el lío que se formó cuando desaparecisteis. Cuando llegué estaba todo patas arriba, y tu madre y su maestra, a punto de tirarse de los pelos.

—Creía que eran muy amigas –dijo Gald.

—También yo –contestó el hombre–, pero, por lo visto, tenían distintas opiniones acerca de tu persona, joven. Variel se preguntaba por qué diablos habría mandado a su hija a buscarte, solo para que ella también se perdiera y muriera de frío en la tormenta. También dijo que a qué idiota se le ocurría alejarse del grupo cuando venía una tormenta. No estaba nada contenta. Te llamó irresponsable y otros insultos. Iriyed salió entonces en tu defensa. Dijo que te las arreglarías para volvernos a encontrar y que ella confiaba en ti. La cosa degeneró a partir de ahí.

—¿De veras dijo Iriyed que confiaba en mí? –preguntó el interesado.

—Iriyed te aprecia, aunque nunca te lo demuestre. Es una costumbre muy difundida entre los alari, el no mostrar los sentimientos. En el fondo confía en ti y está orgullosa.

—No lo parece, siempre me está echando la bronca.

—¿Y qué hicisteis al ver que no aparecíamos? –preguntó Eriel.

—A la mañana siguiente nos pusimos en camino, aunque tu madre quiso esperar más.

Reinó el silencio en la caverna, mientras los pensamientos de los dos chicos regresaban al día en el que se habían perdido durante la tormenta. Había pasado poco tiempo, pero a ellos les parecía una eternidad. Habían tenido que sobrevivir en un lugar extraño, y mantener una buena convivencia en la más absoluta soledad. No estaban muy seguros de lo que sucedería al volver a encontrarse con el resto del grupo.

—¿Han decidido ya cuándo marcharse?

—Mañana al ponerse el sol. Por la noche, la corriente es más fuerte. La mayoría arden en deseos de volver a Im-Tayr. Écrate es uno de ellos, en su crónica, la palabra 'frío' figura unas dos veces por línea –dijo Sínael.

—¿Y los gemelos, qué tal están?

—Bien, han sido ellos los que han construido la barca. Esos dos opinan igual que yo: los textos, mejor de lejos.

—Me parece que ya no tengo tantas ganas de montarme en esa barca –bromeó Eriel.

Todos rieron, conociendo lo desorganizados que eran los dos gemelos. Para ellos seguramente daría igual la orientación de las tablas o el tipo de nudo que utilizaban. Avanzar a lo largo de la costa en semejante barca sería toda una aventura.

—Bueno, chicos –dijo Sínael a la vez que daba una palmada–. Es hora de que os cuente todo, no podemos estar aquí de cháchara hasta mañana.

—¿Contarnos qué? –preguntó Gald, mientras se acercaba a las otras dos figuras para poder oír mejor.

—Ya te lo he dicho: todo. Agradecería que no me interrumpieras porque sí, ahora bien, si tenéis alguna pregunta importante, no os la calléis. Demasiadas cosas están en juego.

—Estás empezando a asustarme –dijo Eriel mientras se incorporaba.

—Si me hacéis caso, no tenéis nada que temer –contestó el anciano con mucha calma.

Sínael cruzó las piernas y comenzó su relato:

—No es la primera vez que vengo a esta cueva –comenzó–, sino que ya debe ser la tercera. En uno de mis viajes descubrí esta meseta casi por accidente. Quería llegar a la cima más alta de la cordillera pero, sin quererlo, acabé aquí. Cuando terminé de escalar la pared rocosa y mis ojos se posaron sobre el terreno, sentí una fuerza especial.

Los ojos de Gald se abrieron, detalle que no pasó inadvertido al anciano.

—Tú también lo has sentido, ¿verdad? –dijo Sínael al ver la reacción del muchacho–. Sí, los hombres poderosos sienten de inmediato el poder de un lugar.

—¿Hombres poderosos? –preguntó Gald–. Tú puede que sí, fuiste maestro de vuelo del único ejército aéreo del mundo, pero ¿yo? Ni siquiera soy un guerrero todavía.

—Quizá algún día te conviertas en alguien con mucho poder, el destino te puede tener guardada alguna sorpresa.

Gald guardó silencio y pensó en el estúpido sueño de llegar a ser rey. Un estúpido sueño.

—Este, por si aún no lo habéis adivinado, fue el lugar en el que se firmó el pacto de los dragones hace mil quinientos años. Esta misma caverna albergó a los representantes de cada raza. El mismo suelo sobre el que nos encontramos fue un día pisado por los grandes dragones.

Eriel rozó con la mano la roca milenaria, sobre la que había ahora una gruesa capa de polvo y arena. Era un lugar en el que se podía *sentir* la historia.

—¿Estás seguro de ello? –preguntó el alar.

—Sí, lo comprobé al poco tiempo.

—¿Cómo? –preguntó Eriel.

—No me interrumpas.

—Lo siento.

—Entré en esta cueva –prosiguió Sínael– y me choqué de lleno contra una piedra. No llevaba luz y no veía dónde pisaba. Está allí, a la derecha, ahora la veréis. Lo que me sorprendió fue que la piedra estaba pulida, y palpé en busca de alguna muesca, o algo que me pudiera indicar qué razón había para poner una piedra pulida en medio de una cueva. Y esto fue lo que encontré.

El hombre se levantó del suelo y se sacudió el polvo de los pantalones, después cogió la lámpara y se alejó de ellos. Durante un instante pudo ver su figura perfilada junto a la de una piedra, y luego la oscuridad envolvió la caverna en muy poco tiempo. Sínael debía de haber apagado el farol, pero a Gald no se le ocurría ninguna razón por la cual el antiguo maestro de vuelo hubiera decidido hacerlo. Los ojos del chico intentaron adaptarse a la oscuridad, pero sin ningún resultado ya que no se filtraba apenas luz a través de la angosta entrada a la caverna. Sus otros sentidos parecieron agudizarse de tal manera que el muchacho se sobresaltó cuando un feo chirrido, el sonido de placas de metal oxidado, rompió la quietud del lugar. Con el chirrido apareció la luz, mucho más radiante de lo que había sido antes, demasiado brillante para ser emitida por un simple farol.

Con la nueva claridad, Gald observó que Sínael seguía de pie junto a la piedra, mientras que un objeto en la superficie de esta irradiaba un potente haz de luz.

El chico se levantó de su sitio y acudió lleno de curiosidad a observar el extraño mecanismo. Oía cómo, detrás de él, Eriel le imitaba. Parecían dos insectos atraídos por la luz en una habitación oscura. *Pero los insectos acaban quemándose.* Sacudió la cabeza como para librarse de los malos pensamientos.

Sínael había puesto el candil en el interior de una caja hecha de metal, oxidada por el paso de los años. Uno de los lados se podía deslizar hacia arriba, dejando al descubierto un lado de la lámpara. El interior de los otros tres laterales estaba recubierto de espejos que, a pesar de hallarse sucios y ennegrecidos por el paso del tiempo, conseguían amplificar la luz de tal manera que la pequeña caja parecía ser un faro costero en una noche sin luna.

La luz rebotaba en varios espejos distribuidos a lo largo de las paredes de la sala, su trayectoria hábilmente calculada por los mejores matemáticos de la más avanzada civilización hacía mil quinientos años. Gald contempló maravillado el efecto, descubriendo cada vez más espejos escondidos en los lugares más remotos de la cueva; espejos y cristales, estos últimos ayudaban a agrandar o contraer el haz hasta que tuviera el ancho necesario.

El chico se dio cuenta de que estaba contemplando el lugar absorto, y que tenía la boca completamente abierta. Se apresuró a cerrarla antes de que nadie más se diera cuenta y dirigió su atención hacia una parte del techo de la caverna, donde convergían de nuevo todos los haces de luz. El complejo mecanismo había sido diseñado para alumbrar ese trozo de la pared en la que unas runas extrañas, que no reconoció ni como comunes ni como alarias, formaban una inscripción. Un mensaje en medio de ninguna parte, solo descubierto por Sínael debido a la casualidad. *¿Casualidad?*

Sus otros dos compañeros también observaban las runas en silencio, pero Gald sabía que Eriel no tardaría mucho en hablar.

—¿Lo has descifrado? –preguntó al anciano.

—Fue difícil –dijo este–, de hecho tuve que rebuscar en todas las bibliotecas de aquí a Gádunar, pero lo conseguí.

Gald no pudo esconder su impaciencia.

—¿Qué es lo que pone?

—No te lo sabría decir con las palabras exactas, pues estas adquieren nuevos significados a lo largo del tiempo –comenzó a decir el maestro de vuelo–, solo podría...

—Vamos, Sínael –dijo Eriel mientras le tiraba de la manga.

—Es un extracto del Pacto de los Dragones. Más concretamente, la profecía que los dragones hicieron de cómo, en el futuro, resurgiría su raza.

—Pero, si eso es lo que vinimos buscando –dijo Gald sin salir de su asombro. Luego añadió más bajo–: ¿por qué no nos hablaste de esto en Flarem?

—Aunque lo hubiera dicho, no habría servido de nada, excepto para hacer fracasar esta expedición. En Flarem me creen loco, Gald, y a decir verdad no les he dado razones para que no lo hicieran. Si hubiera dicho algo acerca de profecías, me habrían echado del consejo a patadas.

—Pero había una posibilidad, aunque fuera muy pequeña, de que te creyeran –dijo Eriel–. Yo te hubiera apoyado.

—No me cabe la menor duda –dijo el anciano a la vez que le pasaba una mano por el pelo–, pero entonces se hubiera organizado un verdadero consejo, una reunión con todo el mundo que tuviera algo que decir respecto al asunto, lo cual hubiera sido medio Im-Tayr. Se hubieran demorado meses, y no me podía permitir perder tanto tiempo. En este momento no hace falta filosofar acerca del significado de la profecía, sino cumplirla.

—¿Cumplirla? –preguntaron Gald y Eriel a la vez.

—Hay un tiempo para cada cosa, y esta noche se cumplirá esta profecía, pues sobre esa pared está escrito: «*Cuando los cuatro planetas se junten en el cielo en la noche más corta del año, caminarán sobre el fuego la última hija de los dragones de la mano de su rey, y con ellos estará la esperanza del renacer*».

Gald quedó paralizado cuando Sínael terminó de hablar. No se sentía capaz de mover ningún músculo, ni siquiera para observar la reacción de Eriel. Todo parecía una leyenda, una historia de héroes, princesas y profecías que podía haber sido contada en la plaza del mercado de Penmar. No podía creer que Eriel, de pie allí junto a él, pudiera ser la protagonista de dos profecías distintas, pero que a la vez coincidían en demasiadas cosas.

Al parecer, la chica estaba igual de sorprendida que él. Actuaba como si no conociera a Sínael, como si realmente hubiera escuchado al loco por el que este se hacía pasar.

Al ver que ninguno iba a decir nada, el anciano volvió a hablar:

—He consultado con un amigo mío, astrónomo, y los planetas no volverán a alinearse hasta dentro de más de tres mil años. Ha de ser esta noche.

—Pero... –comenzó a decir Eriel. Las palabras se le atragantaron– el rey...

—Como comprenderás –respondió Sínael con cierta tristeza–, ningún rey extranjero hubiera estado dispuesto a venir hasta el fin del mundo solo porque un viejo se lo pida.

El hombre miró hacia abajo y removió con su bota entre el polvo del suelo; parecía estar pensando en lo que decir. Finalmente alzó los ojos y los fijó en Gald.

—Creo que tendremos que conformarnos con lo que ya tenemos.

El corazón del chico dio un vuelco. Ya había sido demasiado enterarse de que Eriel tendría que llevar a cabo una profecía pero el hecho de que él, un chico de una pequeña aldea, tuviera que hacerlo con ella se le antojaba poco menos que imposible.

—Yo no... –comenzó a decir–, Sínael, espero que no te moleste, pero tú conoces a los dragones y, además, descubriste todo esto. Yo, en cambio...

El maestro de vuelo clavó su mirada en el chico. Sus ojos, iluminados tan solo por la luz de la lámpara, adquirieron una fuerza repentina.

—Tienes que ser tú –dijo sin vacilar–. Seguidme.

El hombre sacó la luz del recipiente y se dirigió con ella hacia un lateral de la cueva. Los dos jóvenes le siguieron en silencio. Gald no podía ver la cara de Eriel, pero podía imaginarse su expresión: una mezcla de resignación y rebeldía ante lo que había preparado para ella el destino, de temor y curiosidad por cumplir las profecías, de preocupación y de alivio porque él mismo fuera a acompañarla.

Sínael se había detenido ante un arco en la pared. Este parecía estar tallado sobre la misma piedra, mostrando relieves con figuras que se asemejaban a humanos y dragones. No era demasiado grande, solo lo suficiente como para que hubiera podido pasar una persona a caballo pero, en la apertura del arco, tan solo se podía ver una pared de piedra gris. Ningún pasaje, ni hueco, ni siquiera una pequeña rendija.

Varias inscripciones recorrían la curvatura exterior del arco, en runas similares a las que habían visto grabadas en el techo. En ambos laterales, a media altura, había grabadas dos manos y en cada una de ellas, sobresaliendo de la pared pero amarrado a ella por una tira metálica, había un anillo dorado.

Sínael dejó la luz en el suelo y se acercó a uno de los anillos. Hizo un amago de introducir sus dedos por él, pero paró a mitad de camino.

—¿Ves? –dijo mirando a Gald–. Yo no puedo ir con ella. Más adelante podría haber más puertas como esta.

—¿Y si fuéramos los tres juntos? –preguntó Gald, aun pensando que él no podía ser el más indicado para la hazaña.

—Tengo que volver a Urmil para avisar a los demás. Además, si el destino te ha colocado aquí en este momento, significa que eres el más apropiado para sustituir al rey, ¿no crees?

Gald asintió, pero aún no se hallaba lo suficientemente convencido. La caverna pareció enfriarse repentinamente y el muchacho sintió un escalofrío a pesar de la abundante ropa de abrigo.

Le sorprendía que Eriel no hubiera hablado en ningún momento, al parecer, la chica tenía algo que decir para cada ocasión, pero ahora era distinto. Mientras Gald y Sínael conversaban se había acercado al arco y pasaba los dedos sobre los grabados de la piedra. Parecía absorta en esta tarea, hasta tal punto de ignorar a los que se encontraban con ella en la caverna.

—Bueno –dijo Sínael–, será mejor que os pongáis manos a la obra si tenéis que resucitar a toda una raza.

Eriel salió de su trance y miró a Gald. Los dos se colocaron a ambos lados de Sínael, dispuestos a seguir sus instrucciones.

—Tú, Eriel, colócate frente a la columna izquierda, y tú, Gald, a la derecha. Bien, bien –decía mientras miraba las runas–. Ahora tenéis que pasar un dedo por el anillo.

Los dos jóvenes hicieron lo que les pedían. Los anillos eran de oro, pero no tenían ornamentación alguna. Cuando introdujeron los dedos, no sucedió nada en absoluto. Sorprendidos, y hasta divertidos, se giraron para observar al anciano, ahora evidentemente en un apuro.

—Veamos... –dijo, acosado por ambas miradas– eh... probad a daros la mano.

Se cogieron de la mano, pero la pared de la cueva no sufrió ningún cambio. La piedra seguía allí, tan sólida como lo había estado desde hacía tres mil años. Parecía que a Sínael se le estaban acabando ya las ideas. El antiguo maestro de vuelo se sentó sobre el suelo de piedra y observó el arco, tratando de averiguar la manera de abrirlo. Eriel y Gald, sin moverse de su posición, también intentaron encontrar un sistema para abrir el arco. Casi a la vez, los dos vieron una fisura en la piedra, junto al lugar donde los dos anillos se pegaban a ella. Los dos movieron las manos hacia arriba, haciendo que el anillo se desplazara, y al instante pareció oírse un ruido distante, el ruido del roce entre piedras.

Rápidamente se apartaron del arco, cuyas columnas habían comenzado a vibrar perceptiblemente. Una piedra que rellenaba el pasaje bajo el arco se apartó lentamente hacia un lado, dejando la vía libre.

Lo primero que notaron fue el calor, tan añorado tras un mes de continuo invierno. Una nube de vapor caliente entró en la caverna a través del arco, y estuvieron momentáneamente cegados por ella. Cuando, poco a poco, se fue igualando la temperatura de las dos cuevas, se despejó la niebla que tan repentinamente se había formado.

Cada vez se notaba más calor, y Gald tuvo ganas de despojarse de su abrigo. Vio que Eriel ya lo había hecho y no tardó en imitarla. Después, los tres se acercaron a ver la caverna que había aparecido frente a ellos.

Un extraño brillo emanaba del agujero en la pared; no se trataba de la luz de velas o antorchas, sino una tenue luz rojiza que parecía provenir de las mismas entrañas de la tierra.

Pasaron a través del arco y se encontraron en otra cueva, mucho más pequeña que la que acababan de dejar atrás. El suelo que pisaban se convertía, más adelante, en un estrecho puente que atravesaba toda la estancia y, al llegar a la pared opuesta, se ramificaba para conducir a dos pasadizos diferentes. A ambos lados del puente se abría un abismo, en cuyo fondo se encontraba un río de lava, la fuente del calor y de la luz. *Caminarán sobre el fuego.*

Gald observaba con desconcierto la caverna. Estaba ya convencido de que tendría que aceptar el papel de rey en la profecía, sentía que debía hacerlo por los dragones, por Im-Tayr y, también por Eriel; pero, al ver que el camino se bifurcaba, comprendió que lo que tuviera que hacer habría de hacerlo en solitario, y eso cambiaba las cosas. Cambiaba mucho las cosas: Eriel era la protagonista de dos profecías, su nacimiento y su vida habían sido regidas por el destino para poder llegar hasta aquí y cumplir su misión, pero él no era la persona indicada. Yendo en solitario podía fracasar en su misión, incluso hacer que Eriel fracasara en la suya.

Notó un nudo en la garganta en cuanto los pensamientos negativos comenzaron a asaltarle. Poco a poco, y sin ser consciente de ello, se fue convenciendo de su propio fracaso mientras contemplaba, absorto, la pared que se alzaba al otro lado del abismo. Un tirón de la manga de su camisa le devolvió a la realidad. En la caverna hacía un calor sofocante, y sus compañeros de viaje le hacían señas para que saliera fuera. Tenían que hablar.

—Bien –dijo Sínael una vez se encontraron de vuelta en la primera cueva–. Lo primero: no es bueno estar ahí dentro, el aire caliente quema los pulmones cada vez que respiramos, así que procurad pasar rápidamente por el puente y mejor no habléis.

Los dos jóvenes asintieron.

—Ignoraba que tuvierais que separaros –continuó–, creo que va a ser necesario. Que cada uno siga un camino y pasará lo que tenga que pasar.

De nuevo, mudo asentimiento por parte de Eriel y Gald.

—Otra cosa que aún no os había dicho: rebuscando entre papeles encontré otra alusión a esta profecía, una que describía con profundidad el método de llevarla a cabo. Por desgracia, la mayor parte de estos pergaminos estaba muy dañada. Lo único que pude sacar en claro es que, una vez hayáis hecho lo que sea, debéis abandonar la montaña de inmediato. No debéis esperaros, salid directamente.

También los dos asintieron, pero, esta vez, con menor convicción. Después se prepararon para marcharse. Dejaron fuera las ropas de abrigo, pues estaba claro que no las iban a necesitar, y Gald se llevó las dagas. Ignoraba si debía pelear contra alguien o algo, pero podían serle muy útiles.

Una vez preparados, despidieron a Sínael, que bajaría al valle a avisar a los demás, y se dispusieron a entrar en la segunda cueva. Se cogieron de la mano y caminaron con paso rápido, tal como les había recomendado el anciano. Gald intentaba mostrarse seguro para infundir ánimos a su compañera, pero las dudas no dejaban de asaltarle y no conseguía dejar la mente en blanco. Quizá pronto debiera luchar contra alguien, pero de nada le servirían las clases de Iriyed si él estaba luchando contra sí mismo.

Habían llegado al fondo de la caverna y se habían detenido. El calor era asfixiante y ambos sudaban por todos los poros del cuerpo.

Se disponían a separarse, y el chico no sabía qué decir. Ella, ignorando los consejos, habló primero.

—Prométeme que no me esperarás –dijo sin mirarle a los ojos.

Gald tragó, pero seguía teniendo la garganta completamente seca.

—Te esperaré –dijo en un tono apenas audible.

Después, cuando Eriel se disponía a separarse, la cogió de la cintura y le dio un largo beso. Antes de que ella pudiera reaccionar, entró corriendo en el pasadizo de su derecha. Eriel le vio desaparecer en las tinieblas y, luego, también desapareció por el otro pasadizo.

El cuerno de Mähd

Año 1017

—No –dijo con firmeza el regente–. No sé qué es lo que espera sacar la Orden de toda esta maldita empresa, pero ten por seguro que no te beneficiarás tú. Te tienen igual de engañado que en su día tuvieron a tu tía, a pesar de que tú no tengas los ojos estrellados.

El príncipe Ievian estaba sentado frente al estudio en el que, tan solo unos meses antes, había trabajado su padre.

—Ya había pensado en buscar el Cuerno de Mähd antes de que la Orden estuviera dispuesta a prestarnos su ayuda –dijo el joven.

—A pesar de todo, no te acompañaré. No creo que, ni juntando a los locos de todos los reinos, consiguieras los suficientes miembros para una expedición.

El príncipe Ievian sonrió, al menos esta era una pregunta que ya había esperado.

—Si te unes a nosotros, seremos ocho: los tres alari, los espías de Lisk, el padre de Saiba, tú y yo.

—¿El padre de Saiba?

—Es el mejor guerrero de todo Mähd.

—Eso ya lo sé –dijo el regente–. Lo que me sorprende es que haya accedido a algo tan descabellado, ¿cómo le has convencido?

—Solo se lo tuve que pedir –dijo Ievian mientras guardaba unos papeles–. Bueno, también le tuve que prometer que no me llevaría a Saiba conmigo.

—¡Esto es una locura!

—Lebasi –dijo el príncipe apoyando la mano sobre el hombro del regente–, siempre he soñado con ser yo el que cabalgue junto al rey de los alari en la última batalla tocando el Cuerno de Mähd. Ahora tengo la oportunidad de hacerlo, y quiero que me ayudes.

—Ievian, los alari no tienen rey. Hace unos años, un hombre llamado Areidar se proclamó rey, pero murió después de la Segunda Guerra. No dudo en que se sacarán otro heredero de Arhiez de la manga, si eso les conviene, para manejarle a su gusto. Si te descuidas, eso es lo que te pasará a ti. Ya te están manejando.

El príncipe suspiró.

—Estoy seguro de que tienes razón en todo eso, pero aun así creo que debo ir a buscar el Cuerno. Y te necesito para que me aconsejes. Ven, por favor.

—No me queda otro remedio –dijo Lebasi–. Tu padre no hubiera querido que te dejara hacer algo así en solitario. ¿Cuándo dices que partimos?

—Dentro de seis meses –contestó el príncipe–. Es lo que Ulferey tardará en llegar desde el desierto del norte.

—Al menos tendré tiempo para dejar las cosas bien atadas. Bueno, tengo que empezar cuanto antes. Te dejo.

En cuanto el regente cerró la puerta, Ievian dio un salto de alegría.

CAPÍTULO VII

En el corazón del dragón

Muy pronto dejó de correr. El suelo del pasadizo era muy irregular y temía tropezar en cualquier momento. No sería lo más aconsejable quedarse tirado dentro de una montaña con un tobillo roto.

Aminoró el paso y comenzó a caminar mientras tanteaba las paredes laterales con los dedos. Un líquido fluía sobre estas hasta caer al suelo que pisaba. Gald se llevó un poco a la boca. Era agua, tenía un sabor un poco raro y, además, estaba caliente, pero era agua. Seguramente, hielo derretido por el vapor que invadía todas las cuevas.

Avanzaba con paso firme, pero no estaba seguro de caminar en línea recta. La oscuridad le desorientaba y ni siquiera quería imaginar la idea de que pudiera haber millares de pasadizos bajo la montaña. Si ese era el caso, podía llegar a perderse y no salir nunca. No tenía manera alguna de señalizar el camino. *Cálmate. A los reyes se lo dan todo hecho desde que nacen. Esto no puede ser muy difícil.*

En efecto, no fue muy difícil hasta que se topó de lleno con la pared. El pasadizo acababa abruptamente frente a un muro liso, a excepción de unas pequeñas muescas en la piedra, probablemente, el lugar donde se había amarrado una escalera.

No podía continuar. No había ningún otro pasadizo en el lugar. De hecho, el que había estado siguiendo podía acabar allí, sin continuación más allá de la pared.

Desesperado, dio marcha atrás, buscando ávidamente algún otro conducto que no hubiera notado al pasar un rato antes. Quizá hubiera pasado de largo alguno durante los minutos en los que estuvo corriendo.

Una hora más tarde regresó al lugar donde paraba el camino, derrotado y cansado de tanto buscar. Blasfemó varias veces y después se sentó, intentando poner orden a sus pensamientos.

Era posible que, pese a lo que había dicho Sínael, no le correspondiera estar en este lugar. Era posible que el rey hubiera tenido que seguir a Eriel, sin preocuparse de una misión en solitario.

No, no puede ser. Si no, ¿por qué hacer dos túneles?

Desesperado, se levantó y comenzó a palpar la pared. Era posible que la parte baja de la escalera se hubiera desplomado, pero que la superior siguiera en pie. Si eso era verdad, tan solo tendría que escalar unos metros antes de encontrarla. Sobre el suelo solo había unas cuantas tablas, así que esa teoría bien podría ser la verdad.

Buscó las muescas. No eran anchas, apenas podía meter tres dedos en ellas y tampoco le cabía el pie. Si iba a escalar así tan solo podrían ser unos metros.

Comenzó a subir. No aguantó ni medio metro antes de dejarse caer al suelo. A pesar de todos sus esfuerzos, no encontró ningún rastro de una escalera. Furioso, golpeó con el pie el puñado de escombros. Los dragones no habían puesto muy fácil la tarea de resucitarse.

Justo entonces, una idea que no sabía de dónde había salido, le dio la solución a todos sus problemas.

Los escombros.

Agarró un par de tablas sueltas y las introdujo en los pequeños orificios. Cabían perfectamente. Fue introduciendo más y más estacas en los agujeros, hasta que tuvo una escalera sobre la piedra. Ahora solo requeriría el esfuerzo de subir, algo que incluso un rey podría hacer.

Cogió el resto de las tablas, que colocaría más arriba, y comenzó el ascenso. Tampoco era muy fácil. La mochila le entorpecía el movimiento, pero en poco tiempo avanzó una buena distancia.

Se encontraba a varios metros sobre el suelo cuando una de las estacas, demasiado dañada por la edad, cedió ante su peso. Varias en las que se encontraba apoyado también se partieron, y el chico no pudo aferrarse a ningún lugar para no caer.

Se precipitó al oscuro vacío y solo tuvo noción de haberse golpeado la cabeza justo antes de perder el conocimiento.

Cuando despertó no pudo adivinar cuánto tiempo había pasado desde su caída. Sentía dolor por todo el cuerpo, pero, sobre todo, en la cabeza. Un líquido caliente brotaba de algún lugar entre su pelo. No sabía tampoco cuánta sangre había perdido ya. Se pudo levantar sin marearse demasiado, así que asumió que no debía haber perdido mucha.

Cualquier otro habría regresado a la civilización, dejando la pared por imposible, pero no Gald. Justo antes de caer, allí arriba, había sentido el movimiento de aire. Una corriente de aire.

Eso significaba que seguía habiendo un camino que seguir y, mientras lo hubiera, resolvió no volverse atrás. Intentó pensar en alguna otra manera de subir.

Había roto muchas de las estacas en su caída, y dudaba que las pocas que le quedaban fueran suficientes para llegar hasta arriba. De todas maneras, solo las habría utilizado como último recurso. No podía saber cuándo volvería a fallar alguna bajo su peso.

Inconscientemente acarició su cinturón con la mano. Allí llevaba las dagas, y pensar que había creído que aquí le servirían de algo. ¡Claro que le servían!

Comenzó el ascenso de nuevo, introduciendo parte de la empuñadura de las dagas en cada grieta a medida que subía. Al principio se ayudó de las estacas, apoyando los pies en ellas pero luego, más allá del lugar en el que había caído, tuvo que utilizar solamente los brazos.

Sentía que iba a desfallecer en cualquier momento a causa del esfuerzo, pero, cuando alzó el brazo buscando la siguiente hendidura, se encontró con un vacío.

Había llegado a lo alto de la pared. Con un último esfuerzo se incorporó hasta el escalón natural y descansó durante algunos minutos.

Cuando se levantó dispuesto a continuar se hallaba un poco más mareado, pero se infundió ánimos, se convenció de que ya debía de quedar muy poco.

Gald siguió su camino utilizando otro pasadizo que comenzaba en el escalón y, después, se internaba en la montaña. A medida que caminaba se iba haciendo más angosto, y pronto se vio caminando a cuatro patas a lo largo del túnel.

Comenzó a preocuparse seriamente ya que el pasaje se iba estrechando cada vez más. Un poco más adelante ya no podría ni reptar. Alargó la mano y palpó las paredes del túnel justo frente a él. Había un agujero bastante pequeño, aunque seguramente lo suficiente grande para que pudiera pasar, pero más allá no había nada. El pasadizo debía de terminar en una especie de habitación o caverna.

Con nuevas fuerzas se deslizó a través del angosto agujero y aterrizó al otro lado. No podía ver nada, pero un ruido de salpicadura le indicó que había aterrizado sobre agua o algún otro líquido.

Miró hacia abajo y le pareció ver un tenue brillo azul. No era posible, estaba muy lejos de la entrada y, además, en el exterior era de noche. Una noche sin luna.

El brillo aumentó en pocos segundos hasta que pudo ver perfilada contra el suelo la silueta de sus pies. Se extendía a través del líquido, provocando una especie de reacción en cadena hasta que todo el suelo de la caverna comenzó a palpitar con una mortecina luz artificial.

Se encontraba en un pasillo bajo tierra cuyo suelo estaba cubierto completamente por el extraño líquido que desprendía el resplandor azul. A ambos lados del muchacho había unos recipientes de un translúcido cristal en cuyo interior se podían distinguir algunas oscuras formas. Siete a su izquierda y siete a su derecha, estos bastante más grandes.

Gald no quería saber lo que había dentro de las cajas de cristal, pero una fuerza más grande que la curiosidad que sentía le obligó a acercarse a la primera de su izquierda.

En el interior había una figura humana. Un cadáver. El chico dio un salto hacia atrás. Toda la sala estaba llena de tumbas.

Los muertos no hacen daño.

Se calmó y se aproximó lentamente al sarcófago. Era un hombre, muy joven, y sus restos se habían conservado perfectamente. En el pecho lucía un escudo, no muy distinto del que portaban Variel y Eriel en sus uniformes. El joven debía de haber pertenecido al ejército del aire.

Decidió no pararse a examinar el resto de las tumbas, pero le intrigaban más las de la derecha, demasiado grandes para contener tan solo a una persona. Un breve vistazo confirmó lo que sospechaba: dragones. Mucho más pequeños incluso que los que había visto en Flarem, pero aun así dragones. Con las alas completamente dobladas cabían a la perfección en unas tumbas no mucho más grandes que las de los hombres.

El muchacho sintió de pronto que el tiempo apremiaba. Le parecía que algo le llamaba desde el final del pasillo, como si una cuerda invisible tirara de él hacia una extraña meta.

Comenzó a caminar, mientras un silbido prácticamente imperceptible se oía en la dirección del túnel. El camino terminaba en el final del pasillo, sin que se pudiera ver ninguna apertura más.

Allí, sobre una isla formada por cuatro escalones que surgían del agua, había un altar de piedra que brillaba con la luz. Sobre el lado visible a Gald estaba grabada la runa del aire, tal como lo estaría en cualquier templo. Pero algo hacía este altar diferente: una forma redondeada colocada sobre él.

El muchacho avanzó hacia allí. Cuando le restaban unos cuantos pasos para llegar a los escalones, oyó un ruido demasiado parecido al sonido del viento. Imposible, estando dentro de una montaña.

Aceleró el paso y, justo cuando separó el último pie del líquido, el aire le tiró hacia atrás, contra la piedra. Apenas sintió el dolor, pero sí el frío que había penetrado en la caverna en ese mismo momento.

A sus pies, el extraño líquido comenzó a solidificarse, el brillo no duraría demasiado tiempo. Rápidamente se levantó del suelo y agarró el objeto que había sobre el altar. Era tan grande como su cabeza, de aspecto plateado, como todo bajo esa luz, y no era completamente redondo. Era más parecido a... un huevo. Gald había robado demasiados huevos en Penmar. Era un huevo, pero de dragón.

Lo metió en la mochila y descendió con rapidez los escalones. Quedaba ya poca luz en la cueva, y la trayectoria para atravesarla iba a ser muy difícil, pues el suelo resbalaba tras haber sido congelado. El chico se sirvió de las milenarias tumbas para hacerlo, y pronto estaba intentando atravesar la angosta entrada.

Cada vez sentía más frío, y comenzó a maldecir por haber dejado atrás la ropa de abrigo. La herida de su cabeza comenzó a sangrar de nuevo y a dolerle.

Consiguió pasar a través del agujero, no sin poco esfuerzo, y pronto se encontró en lo alto de la pared que había tenido que escalar unos minutos antes. ¿Minutos? Parecía que hubieran pasado horas desde ese momento, y días enteros desde que se separó de Eriel.

Descendió la pared utilizando las dagas, en lugar de escalando, más bien dejándose descolgar. Sentía que le quedaban pocas fuerzas.

Hizo los últimos metros a medio correr, tropezando varias veces, pero ansioso por sentir otra vez el calor de la lava en el interior de la montaña. La cueva estaba ya a poca distancia, nada más volver la esquina, estaba... fría. No, no fría, congelada.

Gald se desplomó. No había rastro alguno de los fuegos que habían quemado en las profundidades cuando entró por primera vez. Parecía un lugar totalmente distinto, otra cueva de la montaña, de no ser por el puente de piedra que había sobre el abismo.

Había algo al otro lado del puente, junto a la pared. El chico no se veía capaz de mover ningún músculo, pero intentó hacer el último esfuerzo. Además, debía salir de la montaña, esa había sido la advertencia de Sínael.

A medio camino pudo distinguir qué era lo que había junto a la pared. Estaba tumbada en el suelo, acurrucada en torno a un gran bulto envuelto en una tela.

—¡Eriel! –exclamó el chico en cuanto estuvo a la suficiente distancia.

No hubo respuesta. Gald se acercó para descubrir que la chica estaba inconsciente y demasiado fría. Su piel había comenzado a adquirir un color pálido.

Sin pensarlo dos veces, atravesó el arco y volvió a la cueva en la que habían dejado la ropa, la misma en la que Sínael les había leído la profecía. Se vistió con el jersey y el abrigo, tiñendo de sangre la parte trasera. Después cogió la ropa de la chica y corrió hacia la otra cueva tan rápido como sus cansadas piernas le pudieron llevar.

Se las arregló para vestir a Eriel con sus ropas, y también le hizo beber algo del ron que le quedaba.

Bajo la tela que sujetaba la muchacha descubrió otro huevo, muy similar al suyo en el tamaño, pero distinto en el color: este era dorado.

Guardó los dos huevos en la mochila y se dispuso a salir de la montaña. Cogió a Eriel en brazos y se dirigió hacia la salida. Con suerte, sus compañeros no andarían muy lejos. Si Sínael les había avisado, lo más probable es que subieran a buscarlos.

Salió de la cueva, hasta la meseta, y durante un instante tuvo una sensación muy extraña. Se encontraba al borde de la pared que durante el día habían escalado Eriel y él, mirando hacia abajo, hacia el valle de Urmil.

El mar estaba a su izquierda, completamente azul, y a sus pies, todo se hallaba cubierto de nieve y de hielo. La escena resultaba muy familiar y la imagen de un lobo le vino a la cabeza.

Estoy empezando a delirar.

Nunca supo cómo consiguió descender la montaña llevando a la chica en brazos. Cómo bajó por la pared o cómo pudo completar todo el camino hasta Urmil.

Solo pudo recordar vagamente el deambular por unas calles abandonadas hacía más de un milenio, y llegar a un lugar donde había más gente, una discusión. Gritos, y varias manos levantándole antes de que cayera al suelo.

—¡Ha abierto los ojos! –uno de los gemelos sonaba muy entusiasmado.

—Dejadme pasar –dijo otra persona–. Gald, ¡Gald! ¿Me oyes?

La cara de Iriyed se perfiló contra el cielo.

—Sí –dijo. Notaba la boca reseca.

Más gente comenzó a agruparse a su alrededor.

—¿Cómo te encuentras?

—Mal –dijo, le dolía la herida de la cabeza y, además, estaba mareado–. Todo se mueve.

—Pues claro que se mueve, imbécil –gritó Athlon–, estás en un barco.

El comentario atrajo una mirada poco amigable de Iriyed.

—Ven, levántate.

Su maestra le ayudó a incorporarse despacio. Poco a poco fue recordando. Habían sucedido dos cosas importantes. Dos cosas que tenía que recordar.

—¿Eriel?

—Se ha despertado hace unas horas, pero ahora está descansando y no creo que Variel te deje despertarla.

La otra cosa importante...

—¿Y los huevos?

—A buen recaudo. Me dejaste sorprendida cuando apareciste en Urmil llevándolos.

Gald sonrió y aprovechó la pausa en la conversación para mirar a su alrededor y observar la balsa que les transportaba hacia el sur. Allí estaban Iriyed, Athlon, Écrate y su discípulo Oraon, como siempre en profunda meditación. Los demás debían de estar en otra balsa.

—Tómate esto.

Iriyed le acercó un cuenco a la boca y el chico tragó sin rechistar. Era una mezcla viscosa y de un sabor muy poco agradable, pero, por suerte, no era mucha cantidad.

—¿Qué es? –preguntó cuando hubo acabado.

—La sabia del Faiare. Tomando esto podrías remar todo el camino de aquí a Flarem.

—Pero una dosis muy alta podría matarte –dijo la voz de Écrate.

Gald se giró. Maestro y discípulo habían dejado a un lado la meditación y le observaban atentamente.

—Chico –dijo Écrate–, me gustaría que relataras todo lo que te sucedió. Es importante que se conozca la verdad de primera mano para poder incluirla en un texto histórico.

Gald asintió, aunque lo que menos le apetecía en esos momentos fuera contar historias. Era la primera vez que el sabio le había dirigido la palabra amablemente desde el comienzo de la expedición.

—Está bien –dijo Écrate, claramente ilusionado–. Oraon, apunta todo lo que él diga. Y no tergiverses, que a mí no me engañas tan fácilmente como a tu profesor de física.

Siete días duraron las celebraciones en Flarem, y, durante siete días, Iriyed le había dejado recorrer las calles de la ciudad junto con el resto de la brigada infantil. Habían ido a ver a los juglares, habían participado en todo tipo de bailes y juegos e incluso habían ayudado con los preparativos de la fiesta que se iba a dar en la playa la noche del último día.

Gald estaba sentado entre los dos gemelos, cuya popularidad había aumentado notablemente cuando todas las chicas del lugar se enteraron de que habían participado en la expedición. Al día siguiente, todo habría acabado, pero no podía quejarse. Se había divertido todo lo posible, y aún quedaba gran parte de la noche por delante. Lo más probable era que la fiesta terminara al alba.

El chico ya había oído contar a Athlon mil veces cómo él y su hermano, desafiando a las inclemencias del tiempo y a los vientos helados que amenazaban con congelarles en el acto, habían construido las dos balsas que trajeron a la expedición de vuelta a Im-Tayr. Curiosamente, a medida que contaba la historia, la descripción de sus construcciones se iba pareciendo más a la de palacios flotantes que no a la de las dos balsas cochambrosas en las que no había parado de entrar agua.

Solo cuando ya hubieron contado la historia unas veinte veces decidieron que ya había sido suficiente.

—Gald, chico –dijo Athlon–, mañana partimos hacia Yar. Ha sido un placer conocerte y también luchar contra ti.

—Eres un buen guerrero –admitió el segundo gemelo–, si alguna vez piensas en unirte a los sacerdotes guerreros dínoslo, te admitiremos como alumno.

—Sí, y así no aprenderás nada –dijo Athlon.

—Creo que es un poco pronto para que piense en esas cosas –dijo Gald–, pero gracias por el ofrecimiento.

—De nada, chico, espero que nos volvamos a ver.

Tras la breve despedida desaparecieron los dos, dejando a Gald en solitario. La brigada se había disuelto y cada uno había ido a encontrarse con más amigos en la fiesta. No pensaba buscar a Iriyed, pues seguramente estuviera con Variel. Un par de encuentros le habían servido al joven para darse cuenta de que la mujer no le apreciaba demasiado.

Decidió ir a buscar a Oem o a alguna de las chicas de la brigada, pero, nada más levantarse de la mesa, apareció Iriyed, con un gesto de impaciencia en la cara.

—Gald, acompáñame un segundo.

Su maestra le llevó cerca de una de las antorchas, pero aun así lejos del gentío, y le tendió un papel. Estaba escrito en runas alarias, pero, en esta ocasión, Gald no tuvo problemas para descifrar el significado.

—Lo ha traído un halcón desde Gádunar –dijo la mujer.

—¿Otra expedición? ¿Tan pronto? –preguntó el muchacho sorprendido–. Si ni siquiera han podido enterarse de que esta ha acabado.

—Créeme que se han enterado.

—¿También le has pedido a Aremei formar parte esta vez?

Iriyed negó con la cabeza.

—Creo que esta vez nos mandan para curtirte a ti –dijo–. Con tu edad, la mayoría ha acabado el entrenamiento, supongo que estarán algo preocupados ante la posibilidad de que te hartes de todo en cuanto te hagas algo más mayor. Esto debería acelerar el proceso un año.

—¿Entonces ingresaré cuando volvamos de este sitio?

—No, aún te quedaría un período de prueba en solitario. Y la pregunta correcta es si volvemos de este sitio. ¿Sabes dónde está Pryeth?

—No –dijo el chico–, aunque creía conocer todas las ciudades más importantes de los reinos.

—Pryeth no está en los reinos. Estuvo ocupada por Mähd durante mucho tiempo, pero está en territorio onak.

El corazón de Gald se saltó un latido cuando el chico oyó las palabras. Por su mente pasaron las imágenes de los seres inhumanos que habían atacado su aldea. La muerte de Nior. Venganza. Podía haber venganza.

—Si buscas venganza te destruirás a ti mismo –dijo su maestra como si le hubiese estado leyendo el pensamiento.

—¿Cómo sabes...? –preguntó Gald. Tenía la sensación de haberse levantado de un sueño; más bien, de una pesadilla.

—Es por el brillo malsano de los ojos –respondió la maestra–. Solo os pasa a los hombres, y es muy fácil de ver. Las mujeres podemos ser más crueles, pero no dejamos adivinar nuestros planes con tanta claridad.

Iriyed tomó el papel de manos de Gald.

—No te obsesiones con ello –dijo su maestra–, deja que pase el tiempo y, sobre todo, no vayas buscando problemas, pues podrías poner en peligro a todo el mundo.

—Está bien, te doy mi palabra.

—No era necesario, me estoy acostumbrando a fiarme de ti –dijo mientras le pasaba la mano por el pelo–. Disponemos de seis meses para llegar a Zärm, al punto de reunión, así que no hace falta que te despiertes al alba.

—Vendrán todos los historiadores para apuntar el día en el que Iriyed viajó pero no se levantó al alba.

—Deja de decir tonterías –dijo su maestra con una sonrisa– y diviértete.

Iriyed se alejó hacia las mesas y Gald volvió a quedarse solo.

Sin nada mejor que hacer se alejó un poco del gentío y se sentó sobre la arena de la playa, a observar las olas. Era curioso ver el continuo ir y venir, que nunca cesaba.

Tan ensimismado estaba en sus pensamientos que no se percató de que alguien, descalzo sobre la arena y sin hacer apenas ruido, se acercaba por sus espaldas. Dio un respingo cuando dos manos le pellizcaron en los costados. Poca gente lo había averiguado, pero tenía muchas cosquillas.

Se giró y vio a Eriel, divertida por la broma que le acababa de gastar.

—¿Por qué te ríes tanto?

—Estoy orgullosa de mí misma. He conseguido pillar desprevenido a alguien de la Orden. Se dice que dormís con un ojo abierto.

—Yo aún no estoy en la Orden.

—Pronto entrarás, estoy segura. Por cierto, ¿qué hacías aquí?

—Nada –respondió el chico–. Solo pensaba.

—¿De veras que puedes pensar? –preguntó la chica con tono burlón.

Fue el turno de Gald para atacar y, haciéndole cosquillas, derribó a la chica sobre la blanda arena.

—Gracias por esperarme –dijo Gald, y su expresión se volvió seria–, sobre todo después de lo que nos dijo Sínael.

—Gracias a ti por llevarme hasta Urmil.

—De nada –dijo Gald jugando con la arena que tenía entre las manos–. No me has contado a dónde conducía tu pasadizo.

—No hay mucho que contar. Continuaba unos doscientos metros hasta un lugar sin techo. Era dentro de la montaña, pero se podía ver el cielo, como si fuera una bañera. En el centro había unos hierros sujetando el huevo. Fui a cogerlo, pero, cuando apoyé las manos, sucedió algo raro. Creo que estuve allí horas, y tenía una sensación extraña, se me pusieron los pelos de punta y sentía una especie de cosquilleo en todo el cuerpo, por debajo de la piel. Después tomé el huevo y me marché.

—¿Eso fue todo? –preguntó Gald–. No es justo, mi camino fue mucho más difícil.

—Es lógico, pues no eras el indicado para hacerlo.

¿Sugieres que al tal rey no se le hubieran roto las estacas?

—No lo sé –dijo Eriel, pensativa–, pero, de todos modos, gracias.

—De nada.

Durante unos minutos, los dos jóvenes observaron en silencio las olas, cuyo sonido al romper se veía eclipsado por la música que venía desde el lugar de la fiesta.

—Había venido para darte algo –dijo Eriel.

—¿El qué?

—Un regalo –dijo mientras sacaba un objeto de su bolsillo.

Era cilíndrico, hecho de plata, y había tres agujeros distribuidos a lo largo de su curvatura. Parecía una flauta en miniatura, pues su tamaño era más pequeño que el de un dedo.

—¿Para qué sirve?

—¿Te acuerdas del dragón en el que montamos el primer día?

—Sí, claro.

—Es con el que suelo entrenar. Sínael le enseñó a venir si oía el silbido que produce este instrumento. Si algún día necesitas un dragón, no tienes más que utilizarlo, acudirá incluso si estás en la otra punta del mundo, interrumpiendo lo que haga en ese momento.

—Gracias –dijo el chico tomando el regalo–, pero yo no tengo nada para darte. Excepto...

Vio una llama aparecer en los ojos de Eriel y juntó los labios contra los suyos. En cuanto se rozaron, Gald sintió también bajo su piel un cosquilleo, tal como el que había descrito Eriel.

Por un momento sintió que se hallaba junto a un gran dragón, capturado solamente por su presencia, y admirando su belleza, pero, segundos después, las llamas de los ojos de Eriel desaparecieron y volvió a estar junto a la chica.

—Pero eres incluso más bella –susurró.

—¿Más bella que qué? –preguntó ella.

Sin contestar a su pregunta, Gald la volvió a besar.

Epílogo

—Eriel, despierta.

La muchacha abrió los ojos con pereza, ¿ya era por la mañana? Su madre estaba en su habitación, como todas las mañanas, pero la luz del sol todavía no había hecho su entrada a través de la ventana.

Eriel se incorporó y miró por la ventana. Fuera tan solo se veían las estrellas, no había rastro de la claridad que precedía al alba. ¿Por qué la había despertado tan temprano?

Variel estaba rebuscando en el armario de su hija y, por lo que la joven vio, había cierta urgencia en sus movimientos. Finalmente puso el mejor vestido de Eriel sobre la cama.

—¿Quieres que me ponga un vestido? –preguntó la chica extrañada–. ¿Qué es lo que pasa?

Su madre no tardó demasiado en responder. Por vez primera, Eriel vio que su madre llevaba puesto el uniforme militar al completo, con todas sus insignias, algo que no se utilizaba, excepto en ocasiones muy especiales.

—Hay una reunión de los Gremios –dijo Variel–, y tú también tienes que ir.

—¿Los Gremios? –el Consejo de los Gremios era el órgano político de mayor importancia en Flarem, a falta de un rey–, ¿por qué quieren que vaya yo?

—Te lo explicaré por el camino –dijo su madre–, ahora date prisa y vístete.

Las calles de la ciudad estaban completamente desiertas a esas horas de la noche, pero aun así las dos mujeres llevaban una escolta de tres soldados, como si los blancos edificios fueran a lanzar un ataque.

Llegaron sin problemas a la Casa del Consejo, un edificio de salones grandes decorados con mármol de distintos colores. El interior de la Casa estaba frío, pero el escalofrío que recorrió la espalda de Eriel poco tenía que ver con la baja temperatura.

La chica sabía que algo importante iba a suceder o ya había sucedido. Se sintió de súbito muy al tanto del tatuaje que tenía en la espalda, el que la identificaba como la última de los niños dragón.

Variel dejó a su hija en uno de los salones y fue a reunirse con el resto del Consejo de los Gremios. Eriel se sintió de pronto muy sola y bastante insegura. ¿Qué le estaba sucediendo? Eso no era normal en ella. Hizo acopio de su valor y se dijo que, pasase lo que pasase en el interior de la sala del Consejo, no se iba a dejar intimidar.

Un hombre vino a buscarla y la guió a través de varios corredores hasta la Sala del Consejo. Solo había estado allí una vez, cuando la nombraron capitana de la brigada infantil, pero recordaba el lugar a la perfección.

Era una habitación circular, de piedra gris, con seis sillas imponentes que ocupaban los representantes de los seis gremios más importantes de la ciudad: los marineros, los herreros, los agricultores y granjeros, los artesanos, los mercaderes y el ejército. Esa última silla era ocupada por su madre.

Las sillas estaban ordenadas en un semicírculo sobre una pequeña plataforma. Eriel estaba segura de que la disposición servía para hacer sentirse a cualquiera que apareciera ante ellos pequeño e insignificante, siempre observado desde todas las direcciones.

Odiaba no tener un lugar fijo al que dirigirse cuando hablaba, pero había decidido que no se iba a dejar intimidar.

—¿Quién viene ante el Consejo? –preguntó el representante de los mercaderes.

—Eriel Sahatar, hija de Variel Sahatar, capitana de la brigada infantil de Flarem y niña dragón.

Por una vez en su vida hubiera deseado tener una lista de títulos más importante. El representante de los mercaderes parecía estar midiéndola con la mirada.

—Has sido llamada aquí por un asunto de suma importancia –dijo una voz a su derecha.

Tuvo que girarse para observar al hombre que hablaba, el representante de los herreros. ¡Cuánto odiaba esta sala!

—Los huevos que trajiste del norte se han abierto esta misma noche –dijo Variel.

—Han nacido dos dragones –dijo Tyr, la representante de los marineros–, y por sus venas fluye la sangre del dragón, la antigua sangre de los grandes dragones.

El corazón de Eriel se detuvo durante un segundo, mientras su mente asimilaba lo que la mujer acababa de decir. ¡Había ocurrido finalmente! Gald y ella habían resucitado a la raza de los grandes dragones. Tuvo que contenerse para no empezar a dar saltos de alegría en medio de la Sala del Consejo.

—Eriel Sahatar –dijo de nuevo el mercader–, has sido llamada porque este Consejo ha decidido que tú, en calidad de niño dragón, deberás ocuparte de estos dragones.

—No es una tarea que puedas tomar o rechazar –dijo su madre–, es tu obligación.

¿Su madre creía que iba a rechazar la oportunidad de cuidar de los primeros grandes dragones? En los últimos meses había soñado con que el Consejo dejara que viera los huevos una vez más pero nunca, ni siquiera en sus sueños, había barajado la posibilidad de que la eligieran a ella para esta tarea.

Todos los Consejeros se pusieron en pie, y el mercader, que parecía presidir esta sesión, comenzó a hablar de nuevo.

—Desde este momento, los grandes dragones quedan al cuidado de Eriel Sahatar, hija de Variel Sahatar, capitana de la brigada infantil de Flarem, niña dragón y Guardiana de la Sangre del Dragón.

—Que así sea –dijeron al unísono los demás miembros del Consejo de los Gremios.

—Que así sea –repitió Eriel.

Glosario

Ahlda –hija de Radai, conde de Hast, y Mahl.

Airna –maga y hechicera, procedente de un pequeño pueblo de Llaëtan. Entre sus discípulos estuvo, durante un tiempo, Eidar. Tuvo una hija, Malirna, madre, a su vez, de Virna.

Alarian –lengua de los alari (de esta palabra derivan los adjetivos alarios/alarias, eg. runas alarias).

Aluria –comunidad familiar en la que viven los alari (plural alurias, adjetivo alurian). Hay tres alurias en Gádunar: Ir-alurian, Ar-alurian y Ul-alurian.

Areidar –mago que se proclamó rey de los alari en el año 1000 y les llevó a la Segunda Guerra en un intento por recuperar la perla de Tyrion.

Arendei –presidente del comité central de la Quinta Orden. Descendiente indirecto de Arhiez.

Arhiez –rey de los alari del año 20 aT. al 1 pT. Logró contener la invasión de los pueblos del sur y expulsarlos de Dörn. La balada de Arhiez relata sus hazañas bélicas, además de cómo la tierra se alzó contra los invasores. Bajo su reino se firmó el célebre tratado de Tyrion, que unificó a los nueve reinos durante un corto período de tiempo.

Arjankas –alar que mató a Ulhiaz, su mejor amigo, durante un combate amistoso. Alegó que su subconsciente se había apoderado de él, y luego se casó con la viuda de Ulhiaz. Años más tarde confesó a esta que no había sido un accidente, que no se había abandonado al subconsciente. Su mujer entonces le asesinó.

Bahara –prenda de abrigo que cubre la cabeza, muy utilizada por los habitantes del desierto del norte.

Barsdahr –piedra con una runa grabada en la superficie que se entrega a los recién nacidos. La runa suele representar alguna cualidad o habilidad que el padre desearía que su hijo tuviera cuando fuera un adulto. Según la costumbre, estas piedras se compran en la ciudad de Lisk, donde hay un mercado permanente.

Dahal –aprendiz de mago. Utilizó a Gald para derribar un muro en Átelli.

Écrate –sabio de la escuela universal de Yar. Se especializó en filosofía e idiomas.

Eilmus –antiguo idioma diseñado para unir las lenguas de Laëtan e Imesk. La idea fracasó al introducirse, poco después, la lengua común en los nueve reinos.

Eriel –hija de Variel y capitana de la brigada infantil de Flarem.

Faiare –especie de hongo autóctono del desierto del norte. Muy utilizado por sus habitantes y por los alari ya que poca cantidad consigue aportar la energía suficiente para poder caminar durante todo un día. También usado en zonas muy frías para mantener el cuerpo en calor.

Fendra –ciudad cercana a la aldea de Penmar.

Gádunar –cuidad donde se asentaron los alari después de abandonar el Desierto de las Sombras. La Quinta Orden tiene su sede aquí. Es la única ciudad en la que los alari aún viven en alurias.

Gaeela –hermana mayor de Jinask. Abandonó Hast y se casó con un hombre de Nighal. Se quedó a vivir en esta ciudad, donde es una conocida constructora de ilízaras.

Haldas –polvos extraídos de una planta (Ahara Haldas) y utilizados con fines curativos.

Hast –ciudad al suroeste de Laëtan. Radai, el hermano de Iriyed, es el conde.

Hiarm –espía de Mähd.

Ierlach –ciudad subterránea del Desierto del Norte.

Ilízara –método de transporte utilizado por los habitantes del desierto del norte. Consiste en una especie de barca impulsada por los fuertes vientos de las planicies.

Imhalu –habitante del Desierto del Norte, hijo de Gaeela. Fue amigo de Gald y los dos se sometieron juntos a la Prueba del Hielo.

Iradel –madre de Iriyed, segunda mujer de Radgol IV de Hast.

Iriyed –hija de Radgol IV de Hast e Iradel. Maestra de Gald.

Iryal –hermano de Iriyed.

Jinask –Maestro de Armas de Hast.

Khoun –maestro que en Átelli le enseña a Gald algo de magia. Este maestro conocía a su padre, pues le había dado clase.

Lahör –según la leyenda, general de los ejércitos del aire de la isla de Fhael alrededor del año

1270 aT. Se enamoró de la princesa Mohela y ambos huyeron de la isla sobre un dragón.

Lamdhe –término en alarian que significa «el que lo intenta». Se llama así a los aspirantes a ser entrenados por los maestros de la Quinta Orden. Tras una prueba se decide si los lamdhe deben ser entrenados o no.

Limbha –chica que acude a las clases de magia que imparte Khoun en Átelli.

Llantar –uno de los reinos de Arhiez, situado al sur. Aquí se encuentra Penmar.

Maryel –elfa de Sar-Mast.

Mohela –princesa de Fhael. Huyó de la isla con Lahör cuando su padre se opuso a su casamiento.

Nighal –ciudad subterránea del desierto del norte.

Nior –sacerdote de Penmar. Muere durante una invasión de los onak.

Odím –espía procedente de Apach.

Oem –único miembro masculino de la brigada infantil en Flarem.

Oraon –discípulo de Écrate, cursó estudios en la escuela universal de Yar.

Penmar –aldea del sur de Llantar donde Gald pasó los primeros años de su vida.

Pryeth –ciudad abandonada en las tierras del sur donde, según las crónicas, se encuentra el Cuerno de Mähd.

Radgol –padre de Iriyed, conde de Hast.

Radgol –primogénito de Radai y Mahl, sobrino de Iriyed, futuro conde de Hast.

Ramahl –segundo hijo de Radai y Mahl.

Sar-Mast –antiguo asentamiento de los elfos en el bosque de Mast (en élfico quiere decir: el último rincón). De ahí viene la rima: Cantan los elfos de

Sar-Mast bajo las estrellas, lejos queda el mar, las luchas y querellas.

Sythm-er –ciudad del sur, famosa por las piedras de sus canteras.

Taeer –elfo de Sar-Mast.

Tahim –ciudad subterránea del Desierto del Norte.

Tarian –ciudad al noroeste de Llantar. Residencia permanente de uno de los maestros de la Quinta Orden.

Tar-ipach –filosofía élfica que dice que la naturaleza siempre intenta ayudar a la persona que lo desea.

Tyrion –ciudad de los alari. Se encuentra en el centro del Desierto de las Sombras. Quedó deshabitada cuando la Perla fue robada.

Ulhiaz –amigo de Arjankas, al que este mató.

Ulhirma –amiga de Arniane que se ocupa de sus hijos, Endar y Eidin cuando esta muere.

Urel –alar que vive en Ir-aluria. Se encarga de enseñarle su cuarto a Gald cuando este se hospeda allí.

Variel –general de ejército del aire en Flarem.

Virna –aprendiz de mago en Átelli. Recibe el medallón plateado el mismo día que Gald. Es nieta de Airna, la hechicera que entrenó a Eidar.

ÁRBOL GENEALÓGICO DE LAS CASAS MÁS IMPORTANTES

CASA DE LOS CONDES DE HAST

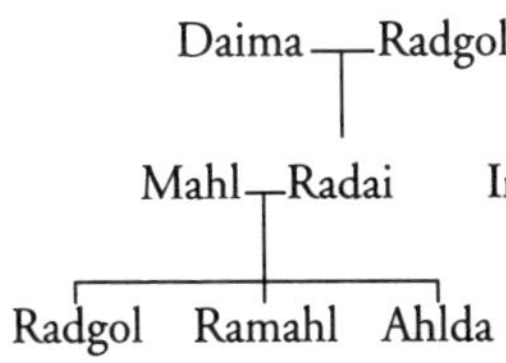

CASA REAL DE MÄHD

CASA REAL DE ALARÚN

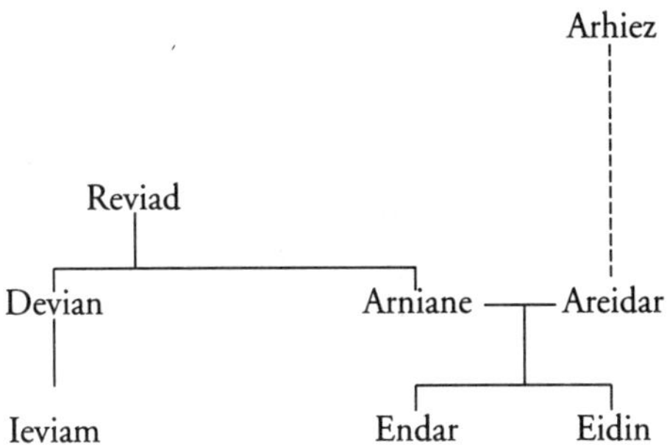

ÍNDICE

PRIMERA PARTE:
LOS ALARI

JUNIA
Michael E. Giesler

MARÍA Y EL REY
Rafael de los Ríos

JUANA DE ARCO
La chica soldado
Louis de Wohl

DESDE UN TREN AFRICANO
Miguel Aranguren

DEL ISLAM AL CRISTIANISMO: MI HISTORIA
Sabatina James

LOS ÚLTIMOS FARAONES
Aventuras de «Salix Aurea» II
Jacinto Forment

LA PROFECÍA DEL DRAGÓN
Libro primero de las Crónicas de Arendar de Tyrion
Elena Martínez Herranz

EDICIONES PALABRA, S. A. - Castellana, 210 - 28046 Madrid
Telfs.: 91 350 77 20 - 91 350 77 39 - Fax: 91 359 02 30
www.edicionespalabra.es - epalsa@edicionespalabra.es